忠　诚

〔意大利〕马尔科·米西罗利 著
邵思宁 译

上海译文出版社

献给马达莱娜

和西尔维娅·米西罗利

我们是这样知道自己还活着的：通过犯错。①

——菲利普·罗斯

① 引自菲利普·罗斯长篇小说《美国牧歌》。

“你妻子跟踪我。”

“我妻子？”

“是的。一路跟到这里，”索菲娅看着他，“老师？”

他看着教室门口。

“她现在应该就在外面院子里。”

卡洛·彭泰科斯泰走到窗边，认出了玛格丽塔，她身上那件紫红色大衣从入春的第二天起就没换过。她坐在矮墙上，正在读一本书，又是内米洛夫斯基①，她跷着二郎腿，一手护着背包。此时是三月底，一场突如其来的薄雾笼罩着米兰。

卡洛转向学生们。索菲娅正在第二排找座位，但已经像往常一样从包里拿出了笔记本和几颗杏仁。她脸庞小巧，柔美的身姿消解了突出的臀部曲线，使得她看上去比二十二岁的实际年龄还要小一点。此刻她望着他，神情焦虑。校长把他俩一起叫去办公室的时候她也是这样。他们在一楼厕所被一个新生撞见：他伏在她身上抚摸她的脖子，或是类似的场景。那个新生到底看到了什么，传言从一种两种发展到无数种，层出不穷的新版本让大家越来越相信：彭泰科斯泰老师和一个女学生有一次“暧昧的近距离

---

① 伊莱娜·内米洛夫斯基（1903—1942），旅居法国的俄国犹太裔女作家，1942年在奥斯威辛集中营遇害。代表作包括《法兰西组曲》《大卫·格德尔》等。

接触”。

他没有宣布上课，而是穿上外套，走出教室，下台阶来到前厅，放慢脚步，转身朝厕所走去。那件事之后，为了澄清真相，他带一位同事来过这里，也带校长来过，当着他们的面重现了他称之为“误会”的场景：当时他走进男厕所，站在小便池前，然后到公共区域洗手，洗脸，擦干，听到女厕所传来声响，透过半开的门看到自己的学生索菲娅·卡萨代伊倒在地上几乎昏迷——“几乎”是什么意思？——他弯下腰查看她的情况，不停叫她的名字，扶她坐起，再站起来——他还向校长演示了一下具体动作——让她靠着墙。前后不过几分钟，等女生缓过来，她去洗脸，他在旁边看着：完全没有注意到什么新生。

他在原地站了一会儿，翻开手机短信：玛格丽塔没有通知他自己会来。他继续朝校园走，看到她还坐在矮墙上读书。

“你怎么知道我在这儿？”

“你的外套很好认。”他指了指教室的窗户。

“我松松我腿上的筋，正要起来。”她合上书站起来，“你忘了这个。”她拿出一个小瓶子。

“你来就为了我的抗过敏药？”

“上个星期你那么受罪我真看不下去。”

“我更希望你好好养腿上的伤。”

“我坐地铁来的，”她整了整他的衣领，“如果我是你，今天就在室外上课，这雾别有韵味。”

“大家会分心的。”他一手搂住她的背，放在她后腰，就像他们在他妹妹家的聚餐会上初次相识时一样。那里的曲线证明她的身材保持得很好。“一起上去吗？我要上课了。”

玛格丽塔很喜欢他的手，它们不像是教师的手。他帮她背好包，她陪他走到前厅门口。

“你来找我真的是为了——”

“我来了，所以我来了。”她指了指手表示意他抓紧时间，他笑了笑，回教室去了。

目送他消失在最后一级台阶，玛格丽塔靠在玻璃门上，低下了头。为什么没有勇气陪他去教室？为什么没有胆量按照妈妈说的，进了学校大门就直奔那间厕所？而现在，她为什么颤抖？她慢吞吞地离开前厅，她很想停下来，但还是强迫自己往前走，到路上，到校门外，她停下脚步，把大衣扣子扣好，闭上眼睛，她需要一块心灵乐土来抵挡沮丧，她强迫自己去想接下来就要开始的那五十分钟，她会焕然一新的。每次那种预约都会让她焕然一新，又危机四伏。她的日程本上写着“理疗”，那对她来说也等于冒险。她朝出租车候客站走去，把学校甩在身后，脑子里想着那五十分钟，仿佛服下了一剂对抗不安的解药。早上一起床她的腿就开始疼，疼痛从耻骨延伸到膝盖。这种疼痛是从三个月前在健身房一次跑步后开始的，那之后她开始在意一些细节：运动鞋取代了高跟鞋，不得不放弃勘察没有电梯的房源，不能和小朋友一起奔跑，这一切都让她郁闷。

她拿出手机，看到康科迪亚大道那栋房子的房主发来一条短信：“我签好了，亲爱的玛格丽塔。接下来是你们签喽。”一条同事的短信："公司已收到钥匙，可以开卖了。"还有一通来自母亲的未接来电。她没有管那通电话，也没有看 Facebook，只是捏着手机站在原地。每次点开索菲娅·卡萨代伊的 Facebook 主页，她都会产生一些奇奇怪怪的念头——那个女人工作的咖啡馆、吃早饭的餐馆、居住的街区，她想去这些地方附近转转。排队等到出租车，她报了理疗所的地址"卡普奇尼路 6 号"，就倒在座椅上闭目休息。司机提出要绕一下路，因为内环路上正在施工，她回答说没问题，然后开始发呆。她时不时睁开眼看向车窗外的米兰，街道上来来往往的人群，以及一栋栋大楼门口的门卫。突然想起母亲来过电话，她打回去，电话在铃响第一声被接起。"妈妈。"

"我正准备给水管工打电话。"

"怎么了？"

"那个，"她喘了口气，"那个操蛋的热水器。"

"喂。"

"我向来爱说这个词儿，只是你爸总认为女人嘴里就该干干净净的。"她停顿了一下，"总之我想问你康科迪亚大道房子的事。"

"他们刚刚给我回复了。"

"你觉得怎么样？"

"没有电梯，但我挺感兴趣的。公司把房源挂出去之前我会让卡洛去看一下。"

"你的腿呢？"

"如果你怀疑什么，你会怎么做？"

"你腿疼得很厉害，我知道。"

"你会怎么做？"

"怀疑什么？"

"就是怀疑。"

"怀疑是一种考验。"

"妈，我们又不是在演《法庭上的一天》①。"

"这就是人生，我的宝贝。"她说，"你打算告诉我怎么回事吗？"

"我到了，得走了。"

"亲爱的，"她清了清嗓子，"明天赴约之后，你的一切怀疑都会云开雾散。"

"天啊。"

母亲叹了口气："其实你一直想去的，这几个月是我说得你烦了。十点半，维杰瓦诺路18号，按F室的门铃。"

"再提醒我一次我是怎么答应你的。"

"因为迪诺·布扎蒂②也去过。把这几个字写在你的手背上。"

"那你在手背上写一下我婆婆的生日。"

"我不去。"

"噢你去的你当然要去。"

"不去。倒是你，什么时候有兴致来看一下自己的妈妈。"

玛格丽塔的母亲已经送走了自己的丈夫，那个时候她整整三

---

① 《法庭上的一天》(1954)，意大利喜剧电影。

② 迪诺·布扎蒂（1906—1972），意大利著名作家，被誉为"意大利的卡夫卡"，代表作《鞑靼人沙漠》《山上的巴纳伯》《魔法外套》等。

天不眠不休，一直坐在客厅里的沙发椅上。每个周日早晨他都坐在那张沙发椅上看报纸。最后她说，以后我做饭给谁吃呢。有一阵子她拒绝提起那个男人。那个男人让她习惯了两人按部就班的生活——逛跳蚤市场，看“特克斯·威勒”①，规规矩矩。他是一个沉默的男人，如今沉默成了空白，她们只能故意弄出些响动。她们拌嘴，打电话，保持热烈的气氛。

她付了车钱，下车来到理疗所门口。她出汗了，但她知道是因为心里烦躁。她检查了背包，衣服、沐浴露、毛巾和梳子都带了。在前台登记名字，然后直奔更衣室，换上泳衣——了解了治疗的具体内容后，她专门新买了一套——外面再套上短裤，然后扎起头发，拿上手机和耳机，走出更衣室，总觉得自己的美容师活儿干得太匆忙了。她拿了一瓶为顾客准备的矿泉水，走进复健馆。

安德烈亚向来准时，今天也不例外。他跟她握了握手，问她腿有没有好一点，她总是回答“时好时坏”，然后就等着享受小隔间的门猛地关上那一下脆响。她已经适应和这位表情严肃的二十六岁青年共享一片角落。他的工作就是缓解她腿上几乎已发展成慢性病的炎症。他请她躺下，她把手放在短裤的松紧带上看向他，他点点头，她褪下短裤。青年拿起电子治疗仪，贴着她的大腿内侧慢慢向腹股沟移动，最后力度适中地停在耻骨上。每当

① 《特克斯》系列漫画的主人公。这本漫画讲述了一名得克萨斯游侠和他的伙伴们一起打抱不平伸张正义的故事，1948 年开始连载，是意大利史上最长寿的漫画。

这个时候，玛格丽塔总是盯着小隔间的某个角落，强迫自己放慢呼吸。这种热身——他是这么叫的——要持续十多分钟，这足以抵消她的尴尬。接下来她就放松了。安德烈亚神态镇定，动作娴熟，目光低垂，很值得信任。她也总是移开视线，除了某些时候——比如现在——他把电子治疗仪放到一边，正准备把她的泳衣再提起来一些：一瞬间玛格丽塔期待勾起他禁忌的冲动，越过职业道德底线的那种。她努力感受着他游移不定的手指，它们为了确定那根筋的位置在她的耻骨附近来回按压。一般是大拇指、中指，偶尔是食指，几乎要戳进她的皮肤里。第一次就诊的时候安德烈亚介绍了治疗方式，仪器消炎，按摩舒缓，辅以健身锻炼。整个疗程包括二十五次诊疗，不算一开始的体检和超声波检查，一共要两千八百二十欧元。这笔开支她几乎无力承担。她试过公共医疗系统，可无休止的等待让她看不到希望，于是她退而诉诸她父亲所谓“容易”的选项。花三千欧元找个理疗师是容易的，中学时没考到好名次还能收到欧洲铁路通票是容易的，有建筑专业学位却满足于当一个房产中介是容易的。把理疗和情欲搅在一起，大概也是容易的。

现在，理疗师正按压着玛格丽塔的身体，不轻不重，等待她回答到底痛在哪里，她的思绪却回到了那个地方：她的丈夫，厕所的门，五号教学楼，一楼的女厕。**那里**就是让她痛了两个月的地方。她不再想这些，正如过去两星期她已经学会的那样，完全调转方向。作为女儿她能无微不至、随叫随到吗？她可能差得远。作为房产中介，她能一场勘房结束直奔下一场一点时间都不浪费吗？她完全可能浪费时间。作为病人，面对三根技术精湛的手指，她能忍住不被诱惑吗？她可能也可以。只要想到那间厕所，她就**可以**违背天性，用怀疑转移注意力。

安德烈亚问她，他此时按摩的位置疼不疼。她只需要回答“往右边一点”就可以实现幻想。安德烈亚一定会向右侧划一点，结果一定立现：享受。天呐。

可是她说：“往左边一点。”

他的手指移了过去：“晚上是不是更疼？”

“看情况。”

“锻炼在做吗？”

“看情况。”她在床上换了个姿势，“我做事通常都很坚定。”

“所有女人都这么说。”

“所有？”

“然后又会打退堂鼓。”

“你的意思是？”

“她们不会直面问题。”说着他按得更重了一点，“这一块变厚了，你感觉到了吗？”

她沉默了。她和**所有**光顾这里的女人一样，有特地购买的全套装备、耳垂上戴着的珍珠耳环，有市中心的房子，有可疑的丈夫，还有温顺的性格。

“你好像很喜欢你的工作，安德烈亚。”

他按压得不像刚才这么重了。

“我是想说，你很棒。有人说过你很棒吗？”

"有。"他往后退，然后绕床转了一圈，按摩她的小腿，再慢慢重新往上。

玛格丽塔感觉到他的手指像鱼叉一样摁在她的筋上，一寸一寸地靠近她的腹股沟。她投降了，开始想象他在床上的技术。可能是粗野的；肯定缺乏经验。她瞬间想到两处可以带他去的空置房产：萨博蒂诺大道3号，因为公寓管理费太贵一直没租出去，还有巴齐尼路18号，带一个小型按摩浴缸的三居室。

"右边一点。"她突然说道，声音很轻，把自己吓了一跳。

他的动作慢下来："右边？"

"稍微一点就好。"

他知道向右是不对的。他的指尖已经准确地按住那根肌腱，按在她疼痛的地方。向右是危险的，除非只是让小拇指轻轻落下，感受那温暖、潮湿、不一样的触感，再抬起来，丝毫不影响手上的工作。他从来没有做过这种事，但是同事们给他示范过如何一边操作一边保持专业形象。但凡出现一个"有吸引力"的女性内收肌肌腱炎患者，他们都会挤破脑袋。

玛格丽塔轮到他来接诊是因为她的存在感低。这个女人相貌和善，甚至可以说平淡。然而她的身体让他惊讶：不是说她紧实匀称的肌肉，线条健美的双腿，或是平坦光滑的腹部，而是他慢慢发现，她会调动自己的肌腱、关节，乃至她整个人，配合五十分钟的高强度治疗。他喜欢这个女人的沉默，让他能够专心工作。玛格丽塔总是一副头脑放空的样子，却会突然之间心事重重，所以他从不直视她，仿佛害怕惊动她。他选择嗅觉：她身上散发出他从未闻过的芳香——有点像牛奶——除非他去洗澡，这股香味会一直萦绕在他身边。

他看了看手表，还剩五分钟。他把她的腿弯起来，问她这样哪里更痛，他意识到自己得帮她缓解大腿后肌挛缩问题。他把她的脚踝架到自己肩上，集中对付大腿后侧，揉捏那里的肌肉群，摸到硬块就用力。他听到她跟第一次诊疗时一样，发出了呻吟声：绝对是呻吟，而不是喊叫。忍一忍，他说着，又用力按，好再次听到她那有所暗示的呻吟。所以他跟那帮同事有什么区别？他的动作轻巧迅速，一直按到胳膊都麻木了。他把她的腿放到床上，说："你去练一会儿踏步机，等会儿阿莉切会来带你练习。"

"阿莉切？"

"我今天要提前走。不过明天你还得来一趟。有个地方的炎症我觉得不太好。"

"明天就来？"

"如果你有空的话。"

她考虑了一会儿。"我九点到。"她坐起来，垂下两条腿，"你下午去哪儿？"

他打开小隔间的门。

"哦对，那是你的私事。"她穿好短裤，"只不过在米兰，一个自由自在的下午是很稀有的。"

"没那么自由。"

"是吗？"玛格丽塔尴尬地扮了个鬼脸，"抱歉，我说过头了。"她侧身经过他，到器材室练习踏步机。

安德烈亚看她练了一会儿，便朝更衣室走去。他迅速换好衣服，走出理疗所，不再想她和任何患者。以前他回家之后还想着那些身体，想着怎么让她们复原，需要花多长时间，怎么优化每个疗程。后来他学会了松弛，逛逛米兰卡普奇尼路附近那几条奢华的街道，穿过布宜诺斯艾利斯大街①上格外拥挤的人潮和环城公路上凶猛湍急的车流。复杂的米兰啊。"复杂"，他从小就被老师们和其他所有人这样说。不爱说话，复杂；不听话，复杂；他揍了一个同学，复杂；突然抛弃自己养的狗，复杂；从没谈过女朋友，复杂；后来又谈了太多，还都不合适，复杂。安德烈亚·曼弗雷迪，复杂。而当他母亲说，我儿子就像米兰一样复杂——只是第一眼以为的那种复杂——他就明白了自己在别人眼中是什么样子了。

现在他就需要这种"归属感"。他从韦尔尼齐别墅②门前经过，看到水池里奇异的火烈鸟，路过几栋新艺术主义建筑，看到它们被城市的烟雾熏得发黑，掉头朝威尼斯门走去，一路上看到同性恋者、黑人和中产人士混杂在一起。他沿着皮亚韦大街青草茂盛的电车轨道一直走，走了一公里——他习惯双手插兜、肩膀内收着漫步而行，姿态可谓优雅——直到三色旗广场，然后坐9路车到罗马门下车，这里在变成时尚的街区之前是城市边缘地带的棚户区。他在这里长大，他父母在圣安德烈亚教堂对面经营一

① 布宜诺斯艾利斯大街是米兰主要购物街之一。

② 韦尔尼齐别墅是一座私人别墅，位于卡普奇尼路上，花园里养着几十只从智利和非洲引进的粉红色火烈鸟。

间书报亭，已经二十三年了。他在书报亭打工挣到了理疗师的学费，天一亮就开始工作，连续六个夏天，还有整整两个冬季。他会仔细核对每天的收支情况，把自己的审美趣味贯彻到报刊陈列上：喜欢往杂志当中放点“格格不入”的商品，比如漫威漫画、动物绘本或者帕尼尼贴纸①。父亲从不管他，只等他摆完了再重新整理。父亲总是在整理，这一天也是，他正弯着腰整理一箱杂志，把二手的《乌拉尼亚》杂志②整齐地堆成一摞，标价两欧元一本。看到安德烈亚来，他说：“我不去。”

“真顽固。”母亲从书报亭里走出来，冲安德烈亚点了点头。安德烈亚拉着父亲的胳膊帮他直起身。父亲眼里泛起雾气。他挽着父亲，一边从母亲手里接过装有病历的文件夹。

“结果出来了告诉我。”

他和父亲穿过马路，经过教堂，两人像是取暖一般挨得很近，老头儿嘴里嘀咕着“我不去”。

“我们等了两个月才预约上。”

“你的口气真像你妈。”

“只是做个检查嘛。”

“别逼我。”

“那随你吧。”

老头儿曾经被人发现倒在书报亭门口，去摇滚餐吧玩的人看

---

① 意大利主营体育赛事集藏品的帕尼尼公司拥有世界杯、欧洲杯、欧冠等知名体育赛事的集藏品独家授权，如球星卡、贴纸、收藏册等。

② 《乌拉尼亚》，意大利著名科幻杂志。

到他躺在地上抱着左胳膊嚷着胸口疼，从那以后他就随心所欲地过日子了。他的心脏搭桥搭了三根，出院了还责怪是梵蒂冈（不是教宗，而是红衣主教们）和国际米兰（不是莫拉蒂家族[①]，而是球员们）害他心脏病发作。然后他才说，是书报亭。医生赞同他的说法：他每天只睡四个小时，这样过了大半辈子，对心肌损伤很大。于是他每天多睡一个小时，不再跟着《周日体育》[②]大喊大叫，不再忙前忙后，每天只吸四口妻子的万宝路香烟。他不再为了养家糊口费尽心力。安德烈亚可以。玛丽亚也可以。他只要做好一件事：顺着自己的心意来。

“爸，你就去做个检查，把这事儿了结了吧。”

“你再养条狗吧，别管我了。”

安德烈亚落后半步跟着父亲，一路走到一张旁边有秋千的长椅。他们坐下来，雾气下阳光微弱，父亲把翻领运动衫的纽扣都扣上，他的牛仔裤太大了，两条腿像钟摆一样荡来荡去。

“养条德国牧羊犬吧，你会开心的。”

对面长椅上坐着一位年轻的姑娘，怀里抱着皮制双肩包，她从包里拿出什么东西吃了起来。安德烈亚看着她，他觉得她很忧伤。

“或者马瑞马牧羊犬。”父亲挺直腰，抬起一只手捏了捏肩。

“你自己养。”

---

① 莫拉蒂家族拥有萨拉斯石油公司，长期经营国际米兰足球俱乐部。

② 《周日体育》是意大利国家电视台的一档球评节目。

“你养，你才不会老管着我。”他还在捏肩膀。

“你怎么了？”

“书报亭的凳子坐得我关节疼。”

安德烈亚盯着自己的手。宽大，光滑，无名指比食指长。他搓起手，这是他举棋不定时的习惯动作。他的余光一直落在捏着肩膀的父亲身上。他不想太关注父亲，于是看向对面那个忧郁的女孩，发现她也在看他，耳边一群南美裔保姆围在秋千旁窃窃私语。他捂住脸。手上还带着玛格丽塔的味道。他把手放下来。“哪里不舒服？”

“文图里太太再也不来买《晚邮报》了，因为她先生读网络版了。”

“肩膀？”

“等我走了，你赶紧把书报亭卖了。”

“肩膀，还有哪里？”

“脖子也有一点。”

“你靠在椅背上，手放在身体两侧。”

“赶紧把书报亭卖了，听明白了吗？”

“你先听我的。”

父亲没有动，安德烈亚站起来绕到长椅背后，让他靠在椅背上，开始帮他按摩。安德烈亚发现自己的动作格外轻柔，生怕弄疼他。他们的鼻子长得一个样儿，但是他们那同样喜欢逃避的眼神，才真正让人确定这是一对父子。

索菲娅收回目光，吃完杏仁，背好背包，准备离开。她翘了彭泰科斯泰的课，乘上 91 路公交车，透过车窗看到拉维扎公园就下了车。离开里米尼[①]后，她总是渴望开阔的空间。六个月前，她满怀希望来到米兰中央车站，相信自己的人生将会就此改变，然而她还在原地踏步：她还是会做出让自己后悔的事，还是那个二十二岁的乡下姑娘。

她穿过草坪走到马路上，最后看了一眼那位老人和给他按摩的青年，一层薄雾模糊了他们。她在罗马门附近慢悠悠地逛着，走过一栋栋低矮的房屋和一间间临街店铺，这片街区让她放松下来，路过教堂时她猛地停住脚步，突然想对彭泰科斯泰说句抱歉。那天她当着全班同学的面走到讲台前，反而让他招致更多怀疑。她想对他坦白，他的妻子没有跟踪她，她们只是在去学校的路上碰巧遇到。但是如果他问她为什么骗他，她该怎么回答呢？她自己都不知道为什么。她在地铁上认出了彭泰科斯泰的妻子，躲进一群乘客中间偷偷观察她，远远地跟着她走进学校。看到她走进教学楼前的院子里坐到矮墙上，索菲娅赶到教室，到老师身边，对他说出了那个小小的谎言。说出口的瞬间，她有一种报复的快感：厕所的那场误会之后，他一直跟她保持距离，没有约她谈话，连她的第二篇作文交了快两个月，他也不找她谈，她只能守着他给第一篇作文的评语，当时他说，写得不真实。

“不真实？”

---

① 里米尼，意大利北部艾米利亚-罗马涅大区的海滨城市，是一座历史超过 22 个世纪的艺术之城，著名的度假胜地。

“不真实。”

所以她要交第二篇，七页纸，全手写，写的是她和母亲在那辆菲亚特朋多汽车上发生的事。她取了个标题，《事情的真相》。一个周三的早晨，她把作文交给老师，他说他不接受他没有布置过的作业。她捏着稿纸愣住了，但还是把作文放在讲台上，然后整节课盯着他，盯到他上完课把作文和教材、电脑一起放进包里才罢休。他从头到尾躲着她的目光。校长找他们谈话的时候他也没看她，甚至没有暗示她说他俩统一好的口径，虽然他知道一切取决于她怎么说。她就按照脚本说，说自己在厕所突然不舒服，他跑过来扶她站起来。校长重申这件事不会有什么影响，要不是彭泰科斯泰坚持，他根本不打算深究。

两天之前，为了统一口径，她和老师在华人区的一家咖啡馆见面。他们根据自然的顺序、动作和时间点，编出了一段详细的故事。然后一遍一遍熟悉。剩下的时间闲聊。他结了账，两人走出咖啡馆就分开了。她沿着通往纪念墓园的路走了一会儿，拿出手机，按下结束录音键，戴上耳机开始回放，一遍，两遍，三遍。决定把这次会面录下来说明一点：苹果落地，总离树不远①。面对会使人不断遭受伤害的现实世界，要心存警惕，做好预防和抵御。这是她家族执着的信念。要出人头地得靠数字，而不是书本：所以她本科那三年选了旅游经济学专业。芭蕾舞要坚持下去，说不

① 西方谚语，形容一个人身上总会带有遗传自父母或家族的某些特点，类似于中国谚语“有其父必有其子”。

定能进某个著名舞蹈团。别搭理年纪比你大的男孩。米兰只会浪费你的时间。她存下了 51 分 37 秒的录音，证明她也是这样的人。可是一个细节让她变回了自己：彭泰科斯泰的声音。他温柔的语调，嘴唇微张发出的“o”的读音，起初腼腆、渐渐欢快的笑声，都让她无比兴奋。第二十一分钟开始是他的独白，她听得如痴如醉。也许她是这样的人。

“再给我们拿一瓶水好吗？你还要吗，索菲娅？好的，那就一瓶水，谢谢。我们说到我四岁左右做了一次扁桃体手术，我爸妈为了补偿我买了一只小鸡回来，我叫它阿尔弗雷多，养在楼下的爷爷奶奶家，它住在一个纸箱里，很懂事，不怎么叫，我一个人在家的时候就把它放出来，让它在厨房里玩，我在旁边看着它又跑又跳。我最喜欢做的是把它关回纸箱里，然后马上重新放它自由。三十多年之后的今天，我明白了我喜欢的是从纸箱到厨房的那一段路，是它那双小细腿怯生生地但势不可挡地推动它向前冲的瞬间，但这并不意味着我不喜欢把它关在几块纸板之间。吸引我的是它的转变。我喜欢观察某个拥有转变潜力的人经历转变的过程，你明白我的意思吗？”

索菲娅正走向她打工的咖啡馆。她穿过圣纳扎罗教堂和塞德纳公园之间的小路，耳边放着这段独白，听到“推动”（propulsione）这个词，按下停止键，倒回去又听了一遍。他清晰有力的 p 和含糊温柔的 s。推动，小鸡，米兰，研究生课程，在咖啡馆的工作。轮班的时候，她会把叙事技巧课学到的内容和她的实用主义本能融会贯通，有时会把脑子里的想法写在点餐本上。

这家咖啡馆环境十分舒适，有抛光的拼花木地板，菜单上还有几道素菜可选——古斯米[①]是他们的招牌菜，时薪是税后九欧元。她在学校的公告栏看到这里的招聘信息，试用了两天就被录取了，他们叫她练好在卡布奇诺上做心形拉花。每周轮六次班，偶尔加班，扣掉房租，她还能攒下一点，把父亲为她付的专业硕士的七千欧元学费还掉一部分。今天她也会赚到四十五欧元，她会在收银台前一边整理芝麻能量棒，一边跟哈利勒聊他的祖国约旦，她会给用来写特色菜的小黑板画上彩色的花边，会努力为顾客提供热情的服务：这样她就不会在这样的地方想象自己的未来。

到了咖啡馆，店里已经坐着五位顾客，她急急忙忙吃完一片三文鱼牛油果吐司，到储藏室换工作服，穿上围裙，松松地打了个结以免勒着腰，摘掉手表，往口袋里装了点粗盐——听姑姑说只需要几粒就能驱散厄运。她走到哈利勒身边帮他卷好衬衫的袖口。“我还在想念里米尼。”她说着拍了拍他的肩膀。

“你来这里还没多久。”

“六个月不算短了。”

“这可是米兰。”

“今天我来负责收银，行吗？”

他们并排站着，她在收银机前，他在咖啡机旁。没有顾客招呼的时候他们也不说话，有时候哈利勒会叫她列工作清单，今天

---

① 古斯米（couscous）是源自北非马格里布柏柏尔人的食物，由粗面粉制成，是北非多个国家的主食，在意大利南部撒丁岛、西西里岛等地也流行。

也是如此，她拿起便利贴写了“擦窗户”，他跟着说“扔垃圾”，她写“准备早餐食材”，他说“检查排班表”，她写“切水果”，他说“祷告五次”。

“你不是约旦的基督徒吗？”

“如果你从小到大身边百分之九十四的人都是穆斯林，你能认输？①”

她笑了。

“好了，里米尼小妞，再写一条你自己的工作，把任务分完。”

“我已经写了呀。”

“切水果吗？你倒是想得远。”

他们听见开门声。索菲娅抬头望去，是彭泰科斯泰的妻子。她进来了，轻轻关上门。索菲娅走到咖啡机旁，请哈利勒跟她换一下岗。她背对房间，拿起海绵开始擦柜台。那位妻子向墙边走去，看了看墙上的菜单，点了一杯鲜榨果蔬汁。

哈利勒问她要小杯、中杯还是大杯。

“小杯好了，谢谢。”

“我们会送到您的座位上。”

索菲娅把海绵放到一边，摆好砧板，从冰箱里拿出苹果、茴香、罗勒、酸橙、肉桂，开始切片，切到一半，她停下来，回头看了一眼，他的妻子坐在窗边的位置上。她把食材扔进榨汁机，

① 《古兰经》规定穆斯林每日要做五次祷告。基督教没有规定一天祷告的次数，一般基督徒每天早晚各有一次祷告。

用压料棒压了七下，倒满一杯，盖上盖子，插好吸管，交给哈利勒，而她走进储藏间，靠在墙上。她双手紧握抵住眉心，就这样一动不动。直到她知道必须回去工作了。哈利勒正在调收音机频道，看到她出来，问："你还好吗，索菲？"

索菲娅只是盯着那位妻子。她脱下了紫红色的大衣，嘴角咬着吸管，一边喝着果蔬汁，一边翻着店里的杂志，显得十分专注。

哈利勒冲索菲娅做了个手势："你没事吧？"

她回了一句没事，把果皮果核扔进垃圾桶。这是她一天里第二次见到老师的妻子，加上研究生开学仪式那次，总共三次。她记得很清楚，那天对方穿着男款衬衣、高跟鞋，和走路稳健的样子很相称，她想，这是个很有魅力的女人。今天她一样感受到了这位妻子的魅力，栗色的刘海遮住了一只眼睛，双腿交缠似乎相互借力，令她想起薇娜·莉丝①。她特别喜欢以前和母亲一起看的那些薇娜·莉丝演的老电影。她收回审视的目光，拿起记账本，把哈利勒在早餐高峰期后做的报表并表。正当她在专心研究半脱脂牛奶的备货——每个星期得少订一盒——突然听到椅子在木地板上摩擦的声音，她抬起头，那位妻子正朝她走来。"我能和你谈谈吗？"

索菲娅放下笔："我吗？"

对方点点头。

---

① 薇娜·莉丝（1936—2014），意大利演员，曾出演《玛戈皇后》《黑郁金香》等众多经典影片。

哈利勒看了看她们说："去吧。"

索菲娅抓了抓围裙，绕过收银台，朝门口走去。那位妻子对哈利勒说了声谢谢，跟着索菲娅走到一片铺着鹅卵石的空地上。一百米之外是米兰大学的围墙。

"你是索菲娅，彭泰科斯泰的学生。"

索菲娅点点头。

"我早就想见你了。"他的妻子把手提包和背包都放在地上，拨开挡在眼睛前的头发。索菲娅发现是她的眼睛令她像薇娜·莉丝，哪怕是严肃的时候眼睛里都有笑意。"我想听听你的说法。"

两个小伙子与她擦肩而过，进了咖啡馆。"我的什么说法？"

"拜托你说吧。"

"噢，"索菲娅小声地叹了口气，手里摆弄着围裙一角，"老师已经说了——"

"你呢，"他的妻子打断她，"我想听你说。"

"我当时身体不舒服，他帮了我。"

"真的？"

"真的。"

"之前呢，之前发生了什么。"

雾已经散了，但看样子还会再来。"什么之前？"

"厕所那天之前。"

"一切正常。"

"什么叫正常？"

"正常上课，偶尔带我们到室外修改作文。"一条边境牧羊犬和它的主人经过她们，“这是他的教学方式。”

“彭泰科斯泰式教学。”

索菲娅看着那条边牧，它正在花坛边嗅另外几条狗。“老师会带我们去某个有特殊意义的地方然后……”

“在那儿上一节课。”

“是的。”

“他带你去过哪里？”

“一家三明治店。”

“布雷拉路，比安恰尔迪写的那家①。”

索菲娅点点头。

“还有呢？”

“有一次去了华人区，”她放开围裙，两只手垂在身体两边，“感觉这像是审讯。”

“抱歉，”彭泰科斯泰夫人挤出一个微笑，“他为什么带你去那儿？”

里米尼。老爸和五金店的蓝色工作服。东边尽头黄色灯塔②的塔基，回家。“我们几个学生是一个小组的，老师他想，”她清了清嗓子继续说，“想让我们以那里为背景写一篇作文。”

“所以是和其他人一起？”

“是的。”说谎让她低下了头，盯着自己的脚。

---

① 指牙买加餐馆。出现在意大利记者、作家卢恰诺·比安恰尔迪（1922—1971）的代表作《贫穷的生活》中。这家餐馆和布雷拉路也是米兰的作家、艺术家常去的地方。

② 指建于 1892 年的切塞纳蒂科灯塔。

“你说得对，这像审讯一样。”

“没关系。”

“很高兴认识你，我叫玛格丽塔。”她伸出一只手。

索菲娅握住她的手。她的手很软。

“我不得不找你谈谈，相信你也能理解我。对吗?”

索菲娅点了点头，她是真心的。很奇怪，她对这个女人有一种亲近感。因为玛格丽塔也这么直接，还因为她苗条的身材和臀部曲线构成一种不协调的美感。

“那么再见了。”索菲娅作势准备回店里。

“嘿。”那位妻子把包背回肩上。

索菲娅看着她。

“嗯，打扰你了，对不起。”

玛格丽塔走了。刚迈出三步她就想，怎么会说出对不起呢。她心里一阵慌乱。最后一句台词她说错了。她本来想说什么来着。重点是不能让人觉得她很可怜，好像那种瑟瑟发抖的女人，那种听天由命的女人。她再次告诉自己牢记这一点。她走过一家印度烤肉店，放慢脚步，可是为什么要说对不起呢?也许是因为十几年前她也是一个索菲娅，也许是因为现在，她成了那个理疗师所说的“所有女人”。她停下脚步，心里很清楚，换作她是索菲娅·卡萨代伊，面对一个不设防的男人，她也会攻破他的防线。她看着自己的右手，手心里全是汗。刚才的握手她握得好吗?足够坚定有力吗?她把手缩回口袋，继续往前走。她相信自己了结了一桩心事。说不定从现在开始，她的脑子里再也不会上演厕所里的戏码了，再也没有他伏在那个女孩身上，她接纳他纠缠不休的舌头，或是她跪在地上，卡洛站在那儿解开腰带。其实她不想把一切问题都怪到丈夫的头上，但正是他把这件事闹得沸沸扬扬，要让校长相信他说的版本，让妻子相信他说的版本，让全世界都相信他所谓的狗屁版本。卡洛把他在修辞学上的造诣都用到他们身上来了，这让玛格丽塔出离愤怒。她加快脚步，腿上那根筋一抽一抽地疼，走到主教座堂广场，她已经筋疲力尽。

她给公司发了条短信说自己不回去了，在埃马努埃莱二世拱廊街①附近闲逛了一会儿，朝地铁站走去。她要去她现在唯一想去的地方。用自动售票机买了一张票，在北行站台找了张长椅坐下来等车。她拿出内米洛夫斯基的书，放在腿上。《法兰西组曲》是一本充满生命力的小说，但字里行间暗藏种种征兆，预言了一首生命的绝唱。但奥斯威辛集中营让作者的梦境戛然而止。乘上地铁后，玛格丽塔在心里背诵内米洛夫斯基的丈夫在妻子被警察带走之后发给她编辑的电报："伊莱娜今日突然被捕。目的地皮蒂维耶（卢瓦雷省）。望立刻干预——我打过电话，无果。"

玛格丽塔紧紧抓着手里的书。到了巴斯德站，她下车走出地铁站回到地面，穿过一片街区，这里是她长大的地方。以前这里只有本地人，如今有二十七个不同族裔的人聚居，还有许多学生。看着街上人来人往，她的心情好了起来，漫步走到莱盖路上。街

① 埃马努埃莱二世拱廊街，米兰的购物胜地，位于米兰大教堂广场北侧。

道两旁是一家家中餐馆和摩洛哥食品店。在这里，她曾是那个烦恼开始以前，对生活很满足的自己。她小时候住的公寓楼坐落在街角，一楼以前是一家乳品店，现在是咖啡馆，店主是一家突尼斯人，店里供应意利牌咖啡，可以免费上网，网速不错。她拿出钥匙，但还是决定按门铃，按了两下，对讲系统接通了，她说："是我。"

"'我'是谁？"

"你女儿。"

她推开大门，刚踏上一级台阶，看到母亲已经在楼梯转角处等着她。"出什么事了？"

"修热水器的来过了吗？"

"别转移话题。"

"我就不能因为想念自己的妈妈过来看看吗？热水器什么情况？"

母亲的嘴角翘了起来。"不——耐——压——"这三个字她说得格外清楚，"膨胀管空了。"

她亲了亲母亲的脸颊。她的母亲散发着玉兰油的香味，她个子娇小，会从脚到头地打量你。"你饿吗，宝贝？"

玛格丽塔走进小客厅。父亲的沙发椅从书橱旁移走了，电视上放着国家电视一台，没有开声音。

"宝贝，跟妈妈说说吧。"

"我想在这里，在你身边待上一个小时。"

"就像二战的时候丘吉尔休了一天的假。"母亲坐到她身边，察觉到女儿心里已经溃不成军，立刻把所有话都咽了回去。玛格丽塔还小的时候，当女儿心慌意乱、不知所措，她都会亲亲女儿的脑袋，但是女儿成家之后，她表达亲密的举动比以前拘谨了不少，比如靠在女儿身边，帮她整一整衬衣的领子，或是用手背掸一掸她身上的外套。

她把内米洛夫斯基的书从女儿手里抽走。“你知道吗，宝贝，我想告诉你一件事：我现在不怎么看书了，”她指了指书橱，“我发现我以前看书都是为了婚姻。”

“你那么厌烦爸爸吗？”

“正相反，书是我的参谋。”她拨开女儿的刘海，“如果你不想说发生了什么事，那换我来说。”

“什么事也没有，我跟你说过了。”

“我梦见潘内拉①了，一定哪儿不对劲。”

“妈！”她忍不住笑了起来，“你怎么这么关心政治啊？”

“我可是跟一个给贝鲁斯科尼②投票的男人一起生活过。你知道我问他为什么投给那个人的时候，他是怎么回答我的吗？”

“嗯？”

“我投西尔维奥，因为他的那个电视节目《汽车餐厅》③。”

“屁股和奶子。”

---

① 马尔科·潘内拉（1930—2016），意大利政治家、记者、社会活动家，左翼自由主义者，主张非暴力和捍卫公民权利，如离婚权、堕胎权等。

② 西尔维奥·贝鲁斯科尼（1936—　），意大利传媒大亨，四度担任意大利总理。

③《汽车餐厅》，意大利1980年代最受欢迎的电视综艺节目之一，以搞笑内容和性感女郎著称。西尔维奥·贝鲁斯科尼是该节目的策划人之一。

“太轻浮了，宝贝。”她换了个坐姿，“屁股和奶子也可以是非常棒的消遣，你会懂的。”

“别说这个了。”

母亲抬起头：“所以是关于你丈夫的。”

“我不想聊这个。”她注视着落地窗。阳台的地面和客厅齐平，小时候，父亲总是把落地窗打开，任她骑着带小轮的儿童自行车窜进窜出，母亲则缩在一旁的凳子上做针线活。母亲缝起衣服来跟她读书一样，精准迅速，为家里赚到的钱不比她身为铁路职工的丈夫少。

“你不愿意就算了，”母亲在她的肩膀上亲了一下，“但是你要知道，你丈夫经常到这里来。”

“我丈夫，来这里?”

“别跟他说我告诉你了。”母亲到厨房拿了两块馅饼，“菠菜馅的。要我帮你加热吗?”

玛格丽塔咬了一小口：“我丈夫经常来这里，做什么?”

“蹭点吃的，翻翻书橱什么的，他会拿几本书回去。一般周四来，如果周四是你怀疑的日子。”

“我没有什么怀疑的日子。”

“没事的，我的宝贝。”

“他为什么来这里?”

“我烧菜的水平也不差吧。我觉得他是为了你爸。”

“又来了，你这说辞太老套了。”

“你别不领情。”母亲把手搁在沙发扶手上，“你忘了他为你爸做过什么？”

“我没忘，”玛格丽塔打断她，“但我觉得那些事被夸大了。”

“你太小看卡洛了。”

玛格丽塔有点神经质地笑了：“我没有。”

她们沉默地吃着馅饼。用餐时间她们向来沉默，细嚼慢咽，时不时伸手挡一下嘴巴，保持端庄仪态。妈妈做食物的风格就是用新鲜简单的食材搭配清淡的酱汁。她们不紧不慢地吃完，聊起有一处墙角墙纸都开始褪色了。然后母亲把她手里的餐盘拿开，放在桌上，让她站起来，抱住她。

“是一个二十二岁的女学生。这都不能算怀疑，妈妈。”

“那是什么？”

“是愤怒。”

母亲松开怀抱看看女儿，“那么就像麦格雷①说的，你什么筹码也没有。”

“可我不想要什么筹码。”

“明智的选择，宝贝。如果你想听实话，”她伸出食指点点女儿的胸口，“你老公搞不定那种女人的。”

“你这么认为？”

“跟你爸一样。”

她的父亲曾经去都灵参加一个为期三天的进修班。那是他第一次在外面过夜。后来母亲告诉玛格丽塔，当时她睡不着觉，整

---

① 麦格雷探长是比利时推理小说家乔治·西默农（1903—1989）塑造的系列小说主人公。

晚做针线活，直到他回家，给她们带了礼物：一顶冬天戴的帽子和一盒彩虹仙子拼图。他满面春风地拎着礼物进门，脖子上围着一条新围巾。玛格丽塔躲在自己的小房间里，听着父母在客厅里争论不休。多年以后，母亲对这件事只是以“一场误会”草草定性。

也许现在她遇到的，也是“一场误会”。玛格丽塔把下巴搁在母亲头上，双手搂住母亲的肩膀。她说她该走了，却没有松开手。两个人一起穿过走廊，墙上挂着几幅米兰主题的复制画和一排红木挂钩，挂钟滴答滴答地走着，脚下是抛光的沙砾纹大理石地砖。她嫉妒母亲，嫉妒她拥有这些家具摆设，她能预见未来它们磨损老化、被修修补补的样子。玛格丽塔在门口停住脚步，给了母亲一个吻，闻了闻她头发上的发胶。

“你觉得《汽车餐厅》里的小伙子我搞得定吗？”

“我记得《汽车餐厅》没有男助理，”母亲的语气很认真，“不过当然，我们搞得定。”她笑着说，“明天就是那个布扎蒂之约，到时候什么怀疑啊愤怒啊所有鬼东西通通烟消云散。”

“这是你说的哦？”

“我说的。还有康科迪亚大道的那间公寓，有情况也要告诉我。”母亲帮她拢了拢外套，“你知道，你爸给你留了一些零钱。”

“你们应该把这套房子买下来的。”

“我们向来都是租房子住的人啊。”母亲站在楼梯转角处给了她一个飞吻。

玛格丽塔一边下楼一边回了一个飞吻。她走到一楼大门外，突然格外想念父亲。她加快脚步离开莱盖路和那栋四面临街的公寓楼，沿着蒙扎大道走到洛雷托广场。她想父亲，想他浓密的眉毛和叼在嘴里的烟，他手里总是拎着一把小号铁丝钳，看到什么都修剪一下，或者一边假装收拾厨房一边盯着她写拉丁文作业。他们说他在火车站也常常抽着烟修这修那的，有时候调侃一下AC米兰队和西雷阿①，虽然西雷阿是尤文图斯队的，有时候炫耀一下玛格丽塔读高中时的学习成绩，后来又多了他的女婿，“一个好小伙”。他曾经对卡洛说：“只要有机会，就要帮帮家里的女人们。”说这句话那天，他被仁爱医院的医生告知肺部有阴影。“哪种阴影？”这个大块头男人问。他说话口齿不清，听医生讲病情的时候也不肯坐着。“我们正在查。”医生们回答。他回到家后，就翻出放在客厅的一个文件夹，整理里面的文件。

每次觉得自己像个孤儿的时候，玛格丽塔总是会找她的丈夫。她看了看时间，给公司打个电话，说准备过去一趟拿康科迪亚大道的钥匙。然后她打给卡洛：“我们拿到那套房子了，你跟我一起去看房。现在就过来。”

只要分清了事情的轻重缓急，她就变得意志坚定起来。她是一个节俭的人，平衡家庭收支看起来毫不费力，并不让人觉得寒酸或艰苦，旁人也受到她的感染。她丈夫已经学会了紧要关头让她做主。比如租一套七十平方米的房子，浴室只有两平方米，这

① 加塔诺·西雷阿（1953—1989），意大利足球运动员，1974年转会至尤文图斯足球俱乐部，同年入选意大利国家队。

样的牺牲换来每个月少付三百欧元租金。比如提前一年定好假期，密切关注航班信息，以优惠价格抢下直达机票。比如用冰箱里的剩菜做一顿饭。

她走过布宜诺斯艾利斯大街，商店鳞次栉比，这是她讨厌的米兰。拐进斯蓬蒂尼路，她的中介公司就在这条街中段的位置，开张三年了，雇了两位员工，加布里埃莱和伊莎贝拉。经历了上一年的美国金融危机，如今经营状况依然不错。她走进公司，伊莎贝拉外出看房了，加布里埃莱在打电话，他把钥匙递给她，她冲他笑笑，离开公司，她要去蒙特内罗大道，走得快一点需要二十分钟，如果她的腿承受得了。

康科迪亚大道的房子在顶层，没有电梯。她向房主大献殷勤，花了不少时间才拿下这一单。她和房主报了同一个普拉提练习班，一起练了八个月，在更衣室里聊出了这套潜在房源，房主说她决定和男友搬去马略卡岛。她邀请玛格丽塔去她家喝一杯茶，顺便帮她估个价。一进门玛格丽塔就被屋子里的光线震撼了。两间宽敞的卧室，客厅，半开放式厨房，两个小阳台，整套房子清晰地展现在她眼前。房主很信任地告诉玛格丽塔，考虑到地段和房子质量，这套117平方米的房子她想卖五十五万欧元。她给玛格丽塔倒了杯茶——其实是红色浆果泡的果茶——配几块挪威黄油饼干，继续说，女人到了五十岁就该换个活法，对她而言就是搬家，跟治愈了她离婚伤痛的男友一起生活。

玛格丽塔点点头，喝了一口果茶，指出没有电梯的问题：五楼，一百多级台阶，这会吓退很多人。她说起自家只有两平方米的浴室，要天天洗淋浴，还自我调侃一般模拟用淋浴喷头把头发上的洗发水泡沫冲干净有多麻烦。她脸上挂着微笑，几乎是大笑，心里却意识到，她暴露了自相矛盾之处：作为一家生意蒸蒸日上的房产中介公司老板，她自己却没有一套与身份相匹配的房子。不过这一点尴尬被她的真诚坦率所消解，还添了一分亲密感：房主向玛格丽塔透露她的西班牙男友经济状况不佳，玛格丽塔也不再说她家那过小的淋浴喷头。房主卖了康科迪亚大道的这套房子，就能和男友到马略卡岛过上舒适的生活。后来玛格丽塔伤了腿，她们再没见过面，不过经常发短信嘘寒问暖，最后，房主对玛格丽塔说，希望由她来完成交易，因为玛格丽塔合她的眼缘。

现在她准备好了，要让卡洛看看这套房子。卡洛一直说五十五万的价格承担不起，她告诉他还有还价空间，只要商量一个好的策略。俩人本来讨论得热火朝天，却被那场误会搁置了所有期待。可是她从未停止幻想。她幻想那明亮的客厅，那不再逼仄的书房，终于能够同时邀请不止一对朋友来家里做客，终于可以在阳台上品尝美酒，在浴缸里泡澡。来到康科迪亚大道 8 号的大门前，她满心激动。迈步走进前厅，跟门卫说了一声，在 A 幢的楼梯上坐了下来。她摸了摸腿，突然想起安德烈亚。她拿出内米洛夫斯基的书，放在膝盖上，弯下腰把额头抵在书上，喃喃地说："亲爱的伊莱娜，你可没有这种耐心。"说完自己笑了起来，感觉好多了。

"那本书只会消耗你。"

她抬起头，看到丈夫走了过来，站起身说："我在等你。"

"我用最快速度赶来了。"他亲了她一下，"走吧。"卡洛一边说一边整理衣领，他的外套领子折到衣服里面去了。

"房主提前交了钥匙。"

"如果我喜欢这套房子怎么办？"

"我现在不想思考这件事。"她示意他跟上。

"那我们继续租房吧。"

“那你回去上班吧。”

“好了我开玩笑呢。”他牵起她的手，两人穿过前厅走到内院，“楼梯入口在哪儿？”

就在他们正前方，一栋小楼嵌在庭院中央。她笨拙地摸出钥匙，挣开他的手，走上前拉开铁制的大门。他们站在楼梯口，一股灰泥的气味扑鼻而来。一前一后踏上台阶，每爬完一段都要休息一下。她紧紧抓着扶手：“没有电梯太痛苦了。”到了五楼她的腿开始隐隐作痛。

“我先进去把百叶窗拉起来。”

“我帮你。”

“你在这儿等着。”

她进了门，不一会儿就出来了。“可以进来了。”

卡洛跟了进来。一米九的大高个儿走得小心翼翼，几乎凭直觉审视整个房子。他先是转了一圈，和一件件家具擦身而过但没有碰任何一件，接着用手检查，某个房间里的一个镜框，破了个口子的床头靠背。他在一顶磨砂灯罩前驻足研究，又继续游荡，脚步暴露出他着魔一般的专注或是偶尔的走神。他们来到客厅，看到一张桌子和八把柳条编制的椅子，一张沙发，上面盖着一块布，布面上有三只抽象风格的大象。他看着她说：“事情麻烦了。”

“先看完再说。”

“我们有麻烦了。”

“你说什么？”

“我们有‘大’麻烦了。”他靠着玻璃窗，而她凝视着光照中的丈夫。她为他轻而易举地占有了她的本能而痴迷。就像内米洛夫斯基某天早上在丈夫米歇尔耳边说："我梦见开满蓝色、浅紫色花的田野，没有战争。"于是米歇尔几乎是强行带她去了巴黎的乡间。

玛格丽塔走到他身后，他依然站在窗前。她终于战胜犹豫，上前一步抱住他。从初识的那顿晚餐起，她就想占有这副肉体，它的伟岸和羞涩让她忘记了"矜持"这个词。一周之后他们上了床——那天午后他们一起吃了冰淇淋，是她邀请他上楼的——她亲眼见证了身体里的一道屏障破防，这感觉有点奇怪：听着自己的呻吟，无师自通地控制全身肌肉，在陌生的肉体面前释放自己。男人肿胀的阳具，含着它的嘴，张开的双腿，等待欢愉的震颤。她明白，就是**他**了，因为她是如此沉醉。他们很快确定了关系。从那天下午开始，他们一直能够保持这种激情，在陌生的地方、不恰当的时机，尽情挑逗彼此的情欲。此时此刻，在康科迪亚大道这套过于昂贵的公寓中，在灿烂的阳光下，她希望这一切重演。粗暴仍然能够化解误会吧：胳膊撑在桌子上被他干，等待着被那理疗师撩起的欲望被**丈夫**推至高潮。她想这样，想被占有，她真想……但说不定他已经占有索菲娅·卡萨代伊了。即使现在，她的双手按在他的肋骨上，这仍是让她感到屈辱的背叛。他没有叫她跪下去，因为那个年轻的女孩可能已经这样做过了。她松开怀抱，后退几步对他说，这里不会成为他们的新家。

他转身说："我们上哪儿去找这么好的采光？"

"我们上哪儿去找五十五万？"

“你说过还有还价余地。”

“最多还掉五万。”

“现在是二〇〇九年，所有人都在闹经济危机。”

“不够。”

“这房子没有电梯。”

“不够。”

“我们有对策的，不是吗?”

她拨了拨耳朵后面的发丝，“对策很恶毒。”

“恶毒可以很有意思。”

“我不是你的学生。”

他的妻子总能看透他。“恶毒可以很有意思”还真有可能成为他某一堂课的戏剧性开场白。每次被她戳穿，他都竭力寻找逃跑路线，微微抽动眼皮，换个话题转移她的注意力，发一句牢骚，或是换一个场地。于是他穿过客厅走进厨房，冰箱里有一瓶没开封的水，他想喝一口，但他关上冰箱，又朝卧房走去，走到第一间卧室门口，想起自己来这里的目的。他探出头冲着走廊问道，“房主急着用钱，是吗?”

玛格丽塔示意他小声点：“是她的情人，都快火烧眉毛了。”

“所以我们有办法。”

“你爸妈的钱可不是办法。”

“别打岔：你恶毒的对策就是办法。”

她向他解释过，他们唯一的机会就是慢慢耗着房主：隐瞒客户看房的真实反馈，夸大出售难度。当房主不得不重新评估开价，他们入场谈判的时机就到了。整个过程预计需要三到六个月。这样做的风险是房主可能会找其他房产中介，那样他们只能改变策略。她讲解这个计划的时候是在晚上入睡前——在他们的婚姻中，入睡前的时刻常会孕育出振奋人心的计划。

“我不想这样做，卡洛。”

我不想自己开房产中介公司。我不想做我父亲的看护人。我不想结婚。“我不想”这三个字的意思恰恰是“我想”。这些年来他慢慢明白了，“不想”对他妻子来说，意味着害怕显得无耻。直到那场误会。从那以后她真的是“不想”了。就像几个小时之前，他发出了邀请，她却不愿意去教室，只是低着头留在校园里——他真是松了口气。或者像几个星期之前，她不再询问他是否还带学生去校外上课，带几个人，哪几个人；或者她不再制造她那些小情趣，比如涂睫毛膏、周日早上跳裸舞。这些都是处于试探阶段的反抗，就连晚上睡觉时，她也不再愉悦地霸占双人床的中间位置，而是尽量往边缘躺。有天晚上，就在床垫渐渐向外侧倾斜、他即将入睡之时，妻子跟他说起这套采光极好的房子。一套新公寓的产证真的是他们光明的希望吗？他尽量不去想这个问题的答案，就像他尽量不去面对日复一日充斥他脑海的觉悟：你是一个人质，你被一本你永远写不出来的小说绑架了。你是一个每周只上六小时课的大学老师，而你真正的工作是编写旅游指南，每个月领一笔家庭补助还试图隐瞒。你是男性刻板印象的化身。

他一直都能瞒住这些基本事实，但此刻开始感觉要瞒不住了。

当他继续在康科迪亚大道的公寓客厅里巡视并用眼角余光瞄妻子的时候，他能感觉到这一点。“这房子正适合我们，玛格丽塔。”

“你真这么想？”

他点点头，请她到盖着大象罩布的沙发上跟他一起坐下，然后让她躺下把头枕在他腿上。她看起来更娇小了，他抚摸着她的脸，她任由他摸，眼睛望着天花板，一只脚垂在地上。如今妻子的身体就是妻子的身体：刚才她从背后抱住他，最后却逃开了。类似的情节时常上演，他不知道这次是不是也源自那场误会。他继续让她枕着，不知为何想明白了，那天上午玛格丽塔并没有跟踪索菲娅·卡萨代伊。

她抓住他的手：“答应我，别告诉你父母。”

“答应我，告诉你母亲。”

“你可以自己找她。”她深深吸了口气，“难道你不是每周四都偷偷去找她告解吗？”

卡洛看着她，心头一痛。上次有这种感觉是一月某个星期二晚上，他走进客厅，玛格丽塔正在看电影《回到未来》，他说：“大学里出了点事。”

“什么事？”

“跟一个学生的事。”他觉得没有必要说学生的性别。

“为什么要跟我说这个？”

他沉默片刻：“因为我没什么好隐瞒的。”

“隐瞒什么？”

他把他那个版本的事情说了一遍。

她抱着胳膊："听起来像哪本小说的剧情。"

"哪本小说。"

"南非的那本，得诺贝尔奖的[①]。"

"你在指责我。"

"或者另外一本。"她看着他，"第一句是什么来着？我生命之光，我欲念之火。[②]"

他在沙发上坐下来："我以为，凭你的智慧你可以理解。"

"我也以为你可以。"

他看着妻子，她扭头继续看电视，屏幕上放着那部科幻片：深夜的停车场，马丁正准备用钚元素发动时间机器开始第一次时空旅行，目的地是1955年。玛格丽塔突然说："但我相信你。"然后进屋睡觉去了，留下他坐在沙发中央。

现在，他又坐在沙发上，生自己的气：每周四去丈母娘家的事遭到妻子一顿嘲笑，他觉得他又一次无法伪装。隐藏秘密、在亲密关系中稍作保留，这些本领他在青春期就学会了，为了躲避父母，怎么到她身上就失灵了？

他说他要回去工作了，还有半本泰国旅游指南等着他编完，但是在那之前，他想知道她是不是真心喜欢这套房子。

"噢，"玛格丽塔紧张起来，"当然。"

"你想要吗？"

---

① 指南非作家库切的小说《耻》，主人公是一个大学教授，因与女学生的婚外情失去教职。

② 纳博科夫小说《洛丽塔》的开头。

“没有电梯而且太贵。”

“你想要吗？”

“可能吧，如果……”

“你想要这套房子吗？”

“应该想吧。”

“你想要这套房子吗？”

她笑了。“我想，上帝啊，是的我想。”

他们靠近彼此，紧紧相拥。卡洛稍微退开打量她。她幸福的脸庞如此美丽。玛格丽塔帮他理了理衬衫领子，叫他回去上班。不过他们又多待了几分钟。然后他站起来，和她吻别。走出公寓时他明白，他在逃跑。他逃离了会用债务将他埋葬的房子，逃离了用肉体欢爱作为补偿的企图，逃离了身为成年人的正式认证。

他抓着扶手一路小跑下了那九十六级台阶，穿过院子，回到康科迪亚大道才停下来。他背靠着街边一栋楼房的外墙，想起儿时的玩伴达尼埃莱·布基，他们是小学、初中、高中同学，现在他在布里安扎[①]自家的洗衣店里工作，已经有了三个小孩，以前的足球鞋也扔到一边了。他住在一栋排屋里，在卡比亚特[②]，一座只有七千人口的小城，最近一次通电话时，他说自己非常幸福。幸福。孩子们很好，妻子很好，拥有一家洗衣店，无需为生计发愁。达尼埃莱的第一个孩子出生之后，他们慢慢断了联系——所

① 伦巴第大区科莫省的一个重要工业区，位于米兰和科莫湖之间。

② 科莫省的一个市镇，面积 3.2 平方公里，距离米兰市约 20 公里。

谓断了：从每周一次电话到每个月一次，再到现在，他们只有需要排解烦闷的时候才会想听听对方的声音。

达尼埃莱学生时代留着络腮胡的形象牢牢地占据了卡洛的脑海。他迈开脚步，决定不去上班了，他什么都不想做，只想清空思绪，想给索菲娅发一条短信。他拿出手机，看到妹妹来过电话，无视了，点开通讯录直接拉到字母 S。

给索菲娅发短信，打电话，他们可以随便聊聊，可是聊点什么呢，他可以问她那天早上为什么课上到一半突然收拾东西离开教室，他可以说说对她第二篇作文的看法，他厚着脸皮拖了这么久：那几张纸上写的是她和母亲的最后一次旅行，菲亚特朋多车，五月的一天，去往圣阿尔坎杰洛①的路上，奥尔内拉·瓦诺尼②的歌，车子突然冲出马路前的瞬间。他可以告诉她实话：这篇文章感人至深。读完全文，他的目光在标题上停留许久，《事情的真相》，他把稿纸推到一边，拿出自己的笔记本，那上面至今没有写下一部完整的作品。又懊恼地合上笔记本。现在他可以打电话告诉她，自己有多喜欢那篇作文，不会要她解释为何撒谎说被玛格丽塔跟踪。

但是他没有打给索菲娅。他朝米兰大教堂走去，手机捏在手里，快要走到圣巴比拉教堂的时候，他拨通了妹妹的电话。他说玛格丽塔的妈妈可能不来参加生日聚会了。

---

① 全称是圣阿尔坎杰洛-迪罗马涅，意大利里米尼省的一个市镇。
② 奥尔内拉·瓦诺尼（1934— ），意大利家喻户晓的流行女歌手。

“妈妈特别在意这个，你知道的，”妹妹并不让步，“总之生日礼物我想买个施华洛世奇的杂耍小海豹摆件。”“就海豹好了，西莫[①]。我会再争取她。其他一切都还好吧？”

西蒙娜回答说她还能维持，马马杜最近面试了几个工作，接着她说起纸尿裤，多么惊人的发明啊，越来越轻薄，简直是来自未来的内裤。“可以接住十升尿液也一滴不漏，你信不信？”

他妹妹总能让他平静下来，她又说到儿子尼科如何在各种家具上爬来爬去然后一次次摔下来幸好有纸尿裤的缓冲。“咚的一声，家里成天都是咚的一声，如果你有一个这么胖又到处横冲直撞的宝宝，你瞬间就能理解我了，不过你最近过得怎么样？还有玛格呢？”他和妹妹可以隔着电话聊天可以散步可以安静地待在一起，他说了看房的事，她说爸爸会非常乐意资助他们。

“别扯上爸爸的钱。”

“我没有扯上爸爸的钱，我只是提到了老爸，就像提到妈妈提到我们一样，都三十五岁了你还没有接受自己出生在中产阶级家庭这个事实吗？”

“你呢西蒙娜，你接受度高得过头了吧。”

“所以我才能把尼科拉扯大，即使没有丈夫养我，有什么不好的，你们今晚来我家吃晚饭吧，聊聊你们未来的新家？”

“谢谢你的好意，但是我有一堆作文要改。”此时他正走过圣巴比拉教堂，他问她会不会怀念小时候。

---

① 西蒙娜的昵称。

“为什么突然这么问，我们又不老。”

“你就说会不会?”

她说：“偶尔吧，我怀念每天放学走回家的那段路，我和瓦莱里娅·帕里拐到牛奶店买哈瑞宝软糖、甘草糖还有鳄鱼形状的软糖，到了正餐时间我从来不饿。妈妈总是气得要死，我猜你怀念那时候。”

他说那段时光他也很怀念。他说的是心里话，他只求拼凑起不同的碎片。妹妹和玛格丽塔，尼科和尼科的父亲，他的父母，瓦莱里娅·帕里，达尼埃莱·布基，索菲娅，组成一幅无限大的马赛克拼图。他挂了电话，眼前是米兰大教堂的后窗，巨大的圆形彩色玻璃窗在某些夜晚看上去像是博内利①笔下的漫画。他绕过大教堂笔直穿过广场，突然脚步慢了下来。他可以在经过米兰大学时，到索菲娅打工的咖啡馆坐一会儿，挑一张窗边的桌子，等她下班，或者等她工间休息一段时间。

他靠在米兰大教堂门口的台阶上，远处的阿仁伽里奥宫②上搭满了脚手架，两个小伙子在操控电动滑轮组。在那间厕所里，他是怎么做到把手放到她身上的？总之他做了。误会发生的那天早上，他醒来时脑子里一片模糊，快速冲了个澡，匆匆穿好衣服，和玛格丽塔一起站着喝了一杯咖啡，出门，先去了一趟编辑部，跟平面设计师确定当天的工作，接着赶去学校。他能得到这个教

---

① 詹路易吉·博内利（1908—2001）被誉为意大利漫画之父，是《特克斯》系列漫画的作者之一。

② 阿仁伽里奥宫位于米兰大教堂广场的南侧，是两个对称的建筑物。

职是因为大学一位董事认识他的父亲：“我们很需要您儿子这样热爱阅读的年轻人，教叙事技巧课，每周上六小时。”父亲跟他提起这个机会，他立刻就接受了，避免了一通关于是否要当关系户的长篇大论。

误会发生的那天上午，他和往常一样至少提早半个小时到教室，他记得自己坐在讲台前等学生们，没做什么特别的事。他想叫玛格丽塔过来一起吃午饭，但没有叫，好像早上醒来时那种不可名状的焦躁仍然纠缠着他。学生们陆续到达，他和詹卢卡聊了几句，这孩子来自莱切，爱好俄罗斯文学和米老鼠动画片，那天是他的生日，他们准备去“塑料”夜总会过生日。他去不去？

“我这个年纪去‘塑料’不合适了，可你作文写完了吗？”

索菲娅跟另外几个人是最后进教室的，她穿着浅色牛仔裤和一双短靴。她在第三排座位坐下来，打开电脑，不小心把笔盒碰掉了，咣的一声，她尴尬地抖了一下。他在校外的作文修改课见过她两次，一次是团体课，另一次是单独授课，讨论她的第一篇作文。那次他讲解她哪里写得不真实时，闻到她头发上洗发水的清香，那是他没闻过的香味，他有点窘。他把一只手放在她背上，正中间的位置，仿佛是为了安慰她，一点一点往上移，直到后颈。

“抱歉。”过了一会儿他收回手，说道。

“为什么？”她回答。

后来他在学校的厕所里想着这句“为什么”自慰。接下来的日夜里，他等着这几个字对他的婚姻产生什么影响。每当玛格丽塔呈现出那种他称为“暗地里”的状态时，“为什么”就变成他心里一种自然而然的回声，他对这一点越来越敏感。在那种状态中，玛格丽塔失魂落魄，看不见自我，需要被人拉出来，就像他要从文学妄想中抽身出来——他知道，拉出来就是眼下的关键步骤。自从听到这句“为什么”以后，某种变化发生了，他听之任之：他看着自己感受过索菲娅·卡萨代伊后背和后颈温度的右手，看着摸过她的手指根部，他感受到一种升高的体温，想在接触的那几秒间吸收热量，再转化成记忆，工作紧张时就回味：“为什么？”看着听他讲课的索菲娅——“为什么？”不得不调动迟钝的性欲时——“为什么？”——就这样狂乱地撩拨着他的感官。为什么？为什么？为什么？

当他想明白这些念头不会给婚姻带来什么实质影响时，他突然就没那么害怕了。他把手放在索菲娅背上不叫骚扰，而是发生在平行世界的事，就像那句让通奸行为改头换面的金句：“不说明任何问题。”或者更确切的：“说明不了多少问题。”

“不说明任何问题吗，彭泰科斯泰老师？”他问自己。他承认，待在她身边对他来说是个考验，这位二十二岁的年轻女学生，温柔，文静，沉着。

是年轻姑娘的伪装让他失控。第一个信号出现在厕所事件的好几个星期之前。他发现上课时他看着讲台下面，会仔细打量每一位学生，唯独不看她。这种不符合他教学仪式的变化提醒了他：不说明任何问题吗，彭泰科斯泰老师？他跑出去买不同品牌的洗发水，只是为了弄明白，讨论她的第一篇关于舞蹈的作文那天，她头发上到底是什么香味，买了三次他找到了，不是潘婷不是卡尼尔，是海飞丝，这不说明任何问题吗？再次闻到香味的那一刻，他站在淋浴头下，一动不动，任泡沫滴下。这还不说明任何问题吗，彭泰科斯泰老师？

接下来，发生误会的那天上午，他布置了一场小测验，限时四十分钟。他在讲台前站了一会儿，看着全班的人都在紧张应付这场突击测验，意识到自己多么想成为他们中的一员，去写一个开头，然后带出一句话，一段话，一页纸，再一页纸，一个章节，再一个章节，一个结尾，一本书。但是，他什么都没有写：每次他问自己怎么会这样，为何他在文学世界上下求索却从未认真写个故事，从未列个大纲来证明自己的实力，哪怕只是一个短篇小说……可是什么也没有。他努力写过两三稿，又放弃了，他听着自己讲课的声音仿佛在蚕食他的自尊：他说服自己，这个声音——讲课的声音——就是他的小说。但他知道，是矛盾把他与这群学生绑定在一起的。也许正是因为他即兴布置的某个作文练习，他们就拥有了一个等待完结的故事，他们掏空了他的灵感。他站在讲台前的次数越多，他们对他构成的威胁就越大：出版了某部作品，大获成功，也许在某个重要文学奖的获奖演说中提到他："没有卡洛·彭泰科斯泰老师就没有这一切，谢谢您，老师！"

每当他的个人事务和工作起冲突时，他的偏头痛就会发作，仿佛脑子里有声音嗡嗡作响，比如发生误会的那天上午，布置完测验后，他走出教室来到走廊里，在咖啡机旁的椅子上坐下，双手揉按太阳穴缓解疼痛。十分钟后，看到索菲娅走出教室，他站了起来，目光粘在她身上。她走到楼梯口，神情专注地看向前厅。他朝她走去，知道自己可能会再次伸手抚上她的背。走到她身边，他果然这样做了，轻轻按着，重新连接上他从未遗忘的那种温暖。“怎么了？”

她没有动：“我不是写作的料。”

“一场测验就得出这个结论？”

“我一直知道。”

“索菲娅……”他收回手。

“我只是需要接受这一点。”

从这一瞬开始，对于接下来发生的事，他的记忆转换到了一个奇异的视角，仿佛从空中俯瞰：一个稳步走下台阶的女学生，一个在楼梯顶端看着她的男教师，搓着刚才触碰过她的手，决定跟上她，看她拐进厕所，他头痛加剧，头颈根部的脉搏剧烈跳动，躁动到想要干呕。那个走进厕所的男人好像不是他，却又是他，而他的女学生站在洗手台前看着他。

“索菲娅，我理解你。”他说。

她打开水龙头洗脸，指关节抵着眼睛，水珠滴下来，他从抽纸机里扯了几张纸巾给她。等她擦干，他把双手放在她的肩膀上。他稍微用力，感受她的衬衫在他指尖起了褶皱。他的手沿着她的背向下，问她是否不舒服。她微微一动，表示没事。他在镜子里看到了。于是他的手继续向下，搂住她的细腰，大拇指和食指紧紧扣住。他先是轻轻贴着她，然后贴得更近，但惊讶地发现她露出一种他此前从未想象过的愉悦表情。这一刻以后发生的事情，他就记不清了。走进女厕所——主导的是她还是他？——笨拙的拥抱——真的那么笨拙吗？——难以抑制的急促呼吸，她说着“不行”但身体跟他贴得更紧，还有他们的嘴唇，再一次贴紧了，他们的嘴唇，然后她就瘫软在地了。

她就这么突然倒在他的脚下。“索菲娅。”他弯腰扶起她，她的头向后仰。“索菲娅……”他晃了晃她，让她靠在墙上，轻拍她的脸颊，“索菲娅，醒醒。”

她身体一颤，立刻苏醒过来。他拉着她站起来。此时他们仍靠着墙紧紧相拥，身体还是燥热的，努力让呼吸平缓，让这一刻更久一点。等他扶着她走出厕所，他们才意识到门是半掩着的，他警惕地看了看周围，回到洗手台前，帮她洗了把脸。他突然很恼火，因为他没有做成。他没有脱下她的衣服，褪下她的内裤，脱掉自己的裤子，坐在马桶座上，让她在他身上坐下来，感受进入的瞬间，说不定还会捂住她的嘴，捂住呻吟声。他受伤了。这股怒气只能闷在心里，同某一种类似提心吊胆的情绪混杂在一起。索菲娅完全恢复了，她冲镜子挤出一个微笑。“我不知道发生了什么。”她说。“什么也没发生。”他低声说，他看着她，她点点头，解开辫子，重新扎起来，背挺得笔直像是要努力镇定下来。她轻声说：“我回教室去了。”

其余细节他仍在努力回想，就连此刻坐在大教堂门前的广场上看那两个小伙子用滑轮组爬上阿仁伽里奥宫时，他还在想。他猛地惊醒。他不单是害怕被玛格丽塔发现，他还为自己没做成而羞耻。没能操一个女学生，没有能力应付后续的麻烦事，没有办法在校长、父亲、妻子、妹妹，在任何一个人面前假装什么事都没有发生，为自己根本没做到的事自我辩护。而且他永远做不到。

如果她没有晕倒，他可能会编造一套说辞来阻止自己，只是为了能说一句：“我没有不忠。”

他怎么知道？他就是知道。就像阿仁伽里奥宫的那两个小伙子知道他们必须转动钢丝绳以免攀爬途中绳子打结；他们知道要把装水泥浆的桶挂在挂钩上，要稳稳地扶好了才能发动机器，不这样做的话，水泥桶就会在空中打转。他仔细观察他们；大概二十岁，看起来像五十岁，皮肤被太阳晒得黝黑，头上绑着头巾，在后脑勺打了一个漂亮的蝴蝶结。他们操作着滑轮组，望着天空的方向，脸上既疲惫又兴奋，就像两个拿着玩具铲车和卡车玩耍的小孩。晚上睡觉之前他会再次想起他们的，想起他们的头巾和黝黑的皮肤，他喜欢在睡前回想一些让人放松的片段。比如达尼埃莱·布基和他的洗衣店，他优雅地按照面料的洗涤要求分拣衣物；他的妹妹，她一手抱着孩子一边煮饭；他编辑部的一位同事，因为用埃塞伦加超市积分换到一套餐具而开心不已。索菲娅·卡萨代伊，她紧张时搓手掌的样子，她待在座位上又不安分的样子。每一次在睡前追寻她的身影，他也会想起玛格丽塔：看着她躺在床上缩成一团，深色的剪影和平稳的呼吸，他并不想换人。他想要索菲娅，也要他的妻子，因为这永远无法实现的远景而备受煎熬。然而矛盾得到了平息，因为“在每个男人和每个女人的心里，都存在着一种类似伊甸园的地方，那里没有死亡，没有战争，野兽和牝鹿在一起相安无事地嬉戏。只要找到这天堂”。① 这是岳母

① 译文引自《法兰西组曲》(袁筱一译，人民文学出版社 2009 年版)。

给他的内米洛夫斯基的小说里的一段话，一张布艺书签夹在这一页，野兽和牝鹿在一起，只要他找到这天堂。

他从大教堂门口的台阶上站起来，仰起头，金色圣母像是那么渺小①。他的心头浮现出一丝罪恶感：外部世界——各种事实、社会现实、时代变迁——似乎都被更个人、更私密的时间尺度所取代——迷恋、亲密、内心的算计——仿佛在我们的生态系统之外，一切都消失了。他迈步朝米兰大学走去，他要和她最后谈一次。

他双手插兜，一路低着头，脚步飞快。到了咖啡馆，他贴在玻璃窗前，望见收银台前的青年，索菲娅模糊的背影夹杂在排队的顾客中。他握着手机踌躇了一会儿，他应该给母亲打个电话说说生日聚会，再打给同事提醒他排版的事。然而他把手机收了起来，在窗外站着，直到她发现他。

他站在原地等她，脚下是圣彼得小石块②铺成的路面，他的鞋跟在一块凸起的石砖上碾着像是要把它磨平，她走到面前了他也没有停下来。“我不能留哈利勒一个人在店里。”

“只要一分钟，”他盯着她脸上的雀斑，“我想跟你谈谈。”

“谈什么？”

“就谈谈。”

她仿佛没有听见，扭着手里的笔。

---

① 金色圣母像位于米兰大教堂主塔尖上，高达 108 米。

② 圣彼得小石块，一种用于铺路面的斑岩立方块，因第一次使用时用于铺装梵蒂冈圣彼得广场的路面而得名。

他凑近一步说，“我读了你的作文。”

“您为什么到这里来？为什么你们都要到这里来？”

“都？”

“那篇作文怎么样我无所谓了，老师。但是谢谢您的阅读。”

“别跟我说敬语了好吗？”

“我要回去工作了。”

“索菲娅，”他向前迈了一步，“你写的每一行字我都相信。”

“相信？”

“那场事故，你的母亲，你的感受。我是说，”他吸了口气继续说，“你写的都是真的。”

“我只是写了我记得的事。”

“但是在文学里，记住的就是事实。”

一位六十多岁老妇人在包里翻找着什么，她的钱包掉在地上。索菲娅看着她捡起钱包走进咖啡馆。“您妻子从来没有跟踪过我，老师。”

两个人相对无言，米兰大学的嘈杂声响围绕着他们。

“那你之前为何说她跟踪你？”

“我不知道。”

他清了清嗓子：“要是今天上午我在学校把你说的话告诉我的妻子了呢？”

“那也不过是同样的故事再次上演。”

“同样的故事？”

“我得走了，老师。”

他按住她的胳膊，“同样的故事？”

“同样的故事，是的。”

“那天在厕所什么也没有发生。”

“您这么认为？”

“这是事实。”

“记住的就是事实，对吗？”

“你记得什么，说出来。”

她看着他。“您知道吗，发生车祸的那一天，我和母亲正要去她当年举行婚礼的教堂。那是用石砖搭建而成的一座教区教堂①，位于圣阿尔坎杰洛-迪罗马涅。光秃秃的没有什么装饰，只有一个木制十字架，在光线照耀下有绝美的反光，仿佛镀了一层银。母亲曾经对我说，每次觉得不开心她都会想到那间教堂。我问她，‘所以今天你不开心吗？’她开着车没有回答。那时候，她不跟我父亲说话已经有一段时间了，父亲睡在楼下，母亲和我住在楼上，那是我外婆留下的一套复式老公寓，我们叫它‘女士公寓’。有一天晚上，我看到妈妈房间里的灯还开着，就去看她，发现她在读我父亲很久以前写给她的一句话，写在菲隆咖啡馆的纸巾上，那是他们二十多岁时上班前经常见面的咖啡馆。她让我读，上面用罗马涅方言写着：‘我要告诉你，你很美！’您知道最震撼我的是什么吗？是那个感叹号。在我的父亲和感叹号之间，横亘着世界上最遥远的距离。于是我明白了他们曾经很幸福。而那天下午，

---

① 指阿尔坎杰洛的圣弥额尔总领天使教区教堂。

在开往婚礼教堂的路上，我见证了母亲回忆幸福的最后一次努力。我们记住的就是真实的，而我的母亲正在遗忘一切。她很疲惫，开车时在座位上哼起一首瓦诺尼的歌，后来我才知道那首歌叫《口红和巧克力》。这是关于母亲我想记住的最后一件事。我的妈妈用沙哑的嗓音唱出的瓦诺尼。后来发生的一切我都不记得了。我不记得某个瞬间觉得自己以后可能也会变成她那样，不记得那个方向盘，不记得伸出手要拉回她的注意力让她专心开车。我不记得她是不是主动放弃了对那辆朋多的控制，或者她有没有往某一边转动手腕只为终结所有的不开心。这不是我的故事。就像有个老师把手放在我的屁股上一样不是我的故事。”

他还在用鞋底折磨那块凸起的小石砖，几个学生走出米兰大学，朝他们所在的方向走来。他突然想坐下来，就坐在人行道边的一道矮墙上，低头盯着脚上英伦风皮鞋的鞋尖。

“现在我必须回去了，老师。”

他还是低着头，看着她的脚步离开，咖啡馆的门重新关上。

那天下午安德烈亚一直待在书报亭陪父亲，母亲提前坐地铁回家了。傍晚时分他问父亲拿了车钥匙，车停在书报亭边上，他发动汽车，父亲敲敲车窗说：“慢点开。”

“你要告诉妈妈你会再预约一次检查。”

“我说过这件事结束了。”

“你自己跟她说。”他挥手告别，“晚上我会把车开回来的。”

出发时，他的指尖还按在他父亲的肩膀结节上，那里已经被他按摩按得软了。他搓了搓手指，汽车匀速前进，二十五分钟跑完了把他和那条狗隔开的八公里路。他开得轻车熟路，想象着一路向南跨过米兰市界或者开到皮亚琴察、帕尔马或是托斯卡纳，然后继续向南，他从来没有去过佛罗伦萨以南的地方。

他一刻也没有耽搁就到了。有些地方雾特别浓，几乎看不见农庄。他把车停在路边，从铁丝门的门缝里挤了进去，走到农庄门前叩了三下。一个女孩给他开了门，她在打电话，示意他安静，自己找地方坐。他待在厨房，电视里放着广告，空气里有香烟和指甲油的味道，他穿过走廊走到通往后院的落地窗前。窗门开了一条小缝，他推开窗，听到一连串狗叫。那条狗站直了两条后腿，绷紧了扣在脖子上的锁链，梗着脖子往前冲。

“嘿，塞萨尔，乖，安静。”

但它继续闹腾。

“我说了，安静。”

“它从早到晚都神经紧张。”女孩走了过来，站在门口抽烟，指甲上新涂了鲜艳的红色。

“是因为这雾。”

“你得让它知道是你来了。”

“没有必要。”安德烈亚蹲下来张开手臂，狗不叫了，凑到他身边。他摸了摸它。

“我觉得它感染了。”女孩说着回屋去了。

安德烈亚看了看这条斗牛犬被咬伤的脚掌，伤口处的血没有凝固还能反光。他发现它的左腰上有一处肿块，担心起来。他的手蹭了蹭肿块，整个手掌覆上去，微微用力按住。“乖，塞萨尔，嘿。”塞萨尔很听话没有动，他检查了它的肌肉和骨骼。他知道动物比人更加懂得隐忍疼痛，所以每当它们沉默，他都暗暗警惕。他更加仔细地检查了它的脚掌，一边对它讲述这一天，闲暇的下午，逃避检查让儿子带着逛公园的父亲，就像它一样。“你想去公园吗，塞萨尔？想去吗，嗯？明天带你去。现在你得乖乖的，让我好好检查。”他顺着它的脊背一直摸到尾巴，它的尾巴活像个断了一截的逗号①，他摸摸它的肚子，塞萨尔往前一蹿。安德烈亚又把它喊回来，继续检查。他抬起它受伤的那只脚掌，再放回地上，发现这只脚掌没有办法受力。也许治不好了，也许他们会放了它。他更加认真地检查了一遍，抬起头看到雾气吞没他们。

“别怕，到这里来。”

那条狗原地转了一圈，女孩和另外几个人走进院子。

“怎么样？”他们一进来就问道。

安德烈亚头也不抬地答道：“它还没准备好，而且它不能再比赛了。”

“什么叫没准备好？”

“肌腱发炎。”

“不能再比赛了又是什么意思？”

“它的腿治不好了。”

---

① 由于斗狗时，狗与狗撕咬经常咬到耳朵、尾巴和腿，很多狗主人会在狗还小的时候把它们的尾巴截掉，把耳朵修小。

“听到医生说什么了吗？”

“闭嘴，朱里奥。”女孩转过身对她哥哥说道。那人三十岁，胡须刮得干净，头发一丝不乱，穿一件格纹衬衫，衬着他的溜肩格外明显。

安德烈亚抚摸塞萨尔的动作没有停止。“之前你们说今晚会带一条新的过来。”

“带了，在车上。是条狼犬？但不太行。”

他们说的“不行”，意思是看着不像烈性犬。现在他也能看出来了：站不直的腿，哀求的目光，一受伤就哀嚎，扭头扑向在场边指挥的主人的怀抱。它们的兽性因为长期的驯化而打了折扣。

“我们试试。”女孩的哥哥回到屋里拿了一根木棍出来，他举起木棍靠近狗的背部。狗一口咬住棍子，从他手里抢了过来，锁链勒住了它的脖子但它丝毫不松口。“嘿，嘿，放松，放松。”

“没问题的，它准备好了。”围观的人群说道。

安德烈亚站起来望着女孩。去年五月的一个夜晚，他发现了这个地下斗狗窝点，她得到哥哥的允许带他过来，这是他第一次到基亚拉瓦莱①。一条斗牛犬对另一条斗牛犬，激斗正酣，其中一方狗主喊了停，因为他的狗被咬中脚掌，伤势不轻。于是人们把两只斗狗拉开，狗主输了钱，买他赢的人也输了钱。场地上留下了三道血痕。安德烈亚看得手脚发软。撕裂的皮肉，随意的支配……回家之后躺在床上，他失眠了。

---

① 米兰的一个区。

“它不能上场。给它用药物浸润会好得更快一些。”安德烈亚冲女孩说。

“等它比完这局再说。”围观的人们说。

他在木兰音乐节[①]的百优解 + 乐队[②]电音之夜第一次认识女孩的时候，她已经在养塞萨尔了。塞萨尔是她哥哥带回家的，小时候一直很温顺，一夜之间性情大变，没法再养在家里，带去公园也不行。塞萨尔只攻击过她一次，因为她冲着它比画手势[③]，它咆哮着扑向她，被锁链拦了下来。它经常攻击她的哥哥。它被扔到老农场，他们几个轮流去喂它，安德烈亚一有空就去照顾它。他摸清了塞萨尔发狂的规律，它无法忍受在头顶挥舞的棍子，或是眼前快速晃动的手。只要跟它说说话，它又会平静下来。女孩说就算这样她还是很爱塞萨尔，她说她也这样爱着安德烈亚。他们之间就是**这样**复杂。

安德烈亚走到塞萨尔身边，它死死咬着那根棍子，他抓住棍子的一头。“听话，松口，”他把棍子抽出来，“它需要休息。”

“最后再让它试一次，”她说，“最后一次，安德烈。”

“这是什么鬼话，最后一次？”她的哥哥问。

“最后一次，”她重复道，“如果它不行了，你还要怨它让你输钱。”

“行吧，”她哥哥说，示意解开锁链，“它会战斗的。”

---

① 木兰音乐节，在米兰郊外小镇因扎戈的木兰公园举办。

② 百优解 + 乐队（Prozac+）是意大利一支流行朋克乐队。

③ 意大利人在说话时通常喜欢用各种手势表达情绪。

安德烈亚把棍子扔到地上，站在一边看那位哥哥给塞萨尔戴胸背带，戴了好几次都没戴上。女孩蹲下来安抚塞萨尔。

“安德烈亚，”过了一会儿她说，“你来吧。”

他却退后几步。

“挪挪你的屁股，”哥哥说，“劳驾了。”

安德烈亚转身进屋，在厨房的沙发上坐下来。破旧的靠垫，陈腐的气味，变形的椅面，在这张沙发上他曾对女孩说，一点点身体接触就足够了，更多的他给不了她，给不了任何人。他仰起头，脖子陷进沙发靠背。

她走进厨房，看到他望着天花板：“塞萨尔在外面发狂了，你能来一下吗？”

他摇摇头，她直挺挺地站着。她身材纤长，长发披肩。“我哥是个混蛋，但他喜欢你。”

“他又打它了，它身上有个肿块，以前没有。”

“那是旧伤。”

“他又打它了。”他看着她，然后闭上双眼。他累了。

女孩坐下来，手轻抚他的腿，捏了一下，她笑着说，“我们存够钱就去旅游吧，在海边待三天。你和我。”

“为什么？”

“因为我们喜欢海。”

“为什么我们还要继续？”安德烈亚从沙发上站起来，再次穿过走廊来到后院。那群人聚在角落里抽烟。他朝塞萨尔走去，它脖子上的锁链叮当响。“塞萨尔，过来。”

狗叫了一声，没有动，又叫了一声，安德烈亚走到它身边，它猛地把头扭到一边。

“听话，是我。”

“它在生气。”哥哥说。

“过来，塞萨尔，是我。”安德烈亚跪下来，伸出一只手，等它凑过来，让它嗅自己的手，揉揉它的脖子，一点一点往上挪最后揉它的脑袋，“嘿，我的朋友。”

他一边说一边移动他的手，塞萨尔一口咬住他。落地窗前女孩发出一声惊叫，其他人带着棍子跑了过来。

“安德烈，安德烈。”

“没事，”安德烈亚低头看去，他被咬到了虎口，食指和拇指中间像是开了个口子不停淌血，“你们不要管它，没事。”

围上来的几个人把安德烈亚拽到院子一边，她从屋里拿来几块碎布和一瓶双氧水，“别动，让我看看。”她为他清洗了伤口，用一块碎布堵住。

“我的工作。”他说。

“别说话。”

“我的工作，还怎么做呢。”他动了动拇指，又动了动食指，一阵疼痛传来，可以忍受，“我还怎么工作呢。”

“我们带你去急诊。”

但他按住伤口上的布，快步走回屋，他的上衣和裤子都沾了血和土，他走进卫生间，打开水龙头，用冷水冲洗伤口，他看清楚了，犬牙在他手上戳了两个洞，手筋没问题，指骨没问题，大拇指上的拇收肌有问题。他试着活动手指，一根接一根然后五根手指一起，血流不止，滴在地上汇聚成一摊黑色。

“我们去看急诊吧，”她说，“别这么固执。”

“听她的吧，”哥哥站在卫生间门口说道，“这条杂种狗，今天晚上它还唱主角了。”

“你打它了。”安德烈亚冲他走去，“它的腰上肿了一块。”

“瞧你还保护起动物来了，可你是第一个——”

“你打了它。”

“第一个享受被它咬的待遇的。不是吗？”

安德烈亚推开他们，走到冰箱前打开冷冻室的门，找到一块给塞萨尔准备的牛排，裹上布条敷在伤口上。他在餐桌旁的椅子上坐下来，对女孩说：“让他们出去。”

“他们会带你去圣多纳托①。”

“让他们出去，拜托了，”他把手腕举过头顶，血稍稍止住了，“都出去。”

她让其他人离开。他们默不作声，哥哥说去斗狗场试试关在后备厢的那条狼犬。于是他们从他面前走过，鱼贯而出，他头也不抬，只听到有人说了一句，上帝都讨厌你。

他的手开始发紫，伤口不再大量出血，她拿来一块新的布，守着他一言不发。他站了起来。

---

① 圣多纳托是米兰大都会区的一个城市。米兰分为三级：米兰大都会区、米兰省、米兰市。

“你去哪儿?”

他没有回答。

“你要去哪儿?”

他要去解决他心里不断叫嚣的恶魔。

后院是一块浅灰色的正方形场地，雾气依然浓重，塞萨尔蹲在凉棚下，一会儿蹿过来一会儿蹿过去，脖子上的锁链像一条蛇反射着路灯的光。

安德烈亚脱下沾染了血迹的运动衫，露出肌肉线条分明的肩、背和腹部。他的皮肤很白。他弯下腰，把受伤的手藏到大腿后面，静静地等着。塞萨尔过来了。它龇着牙，牙关之间喷出粗重的呼吸。它叫了一声。

“过来，朋友。”

女孩退后一步，拿起棍子戒备着。

“过来，塞萨尔，我的朋友。”

斗犬拖着伤腿转来转去，在地上踩出一个大大的圆。它在圆心停了下来，慢慢靠近，靠近到离他一步远的地方。安德烈亚开始发抖。他伸出没有受伤的那只手，塞萨尔凑上来闻了闻，他对塞萨尔说它只是咬了一个小口子，而且它该咬的人是朱里奥，他们应该联手对付朱里奥，对不对，塞萨尔？对不对？这几天我们找个时间，一起给朱里奥好好上一课，你说怎么样？他揉揉它的脖子，顺着脊背一直揉到尾巴。感觉心里好受多了，他停了下来。塞萨尔看着他，喷出的呼吸擦过他的喉咙，它乖乖坐着好像在等待投喂。安德烈亚说：“我们回头见。”他慢慢站起来，往后退，雾气隔开他们。

“你疯了。”女孩对他说。他们一起走进屋子。

“我要把车开回我父亲那儿。”

“我陪你去，”她顿了一下说，“今天住你家。”

伤口还在流血，疼痛一阵一阵的：“让我一个人待着。”

“随你吧。”她在餐桌旁坐下来，两只手垂着，眼睛盯着桌上的塑料桌布。

“克里斯蒂娜。”

“我们给它打过狂犬疫苗。”她对着桌布说道。

“克里斯蒂娜。”他穿上染血的运动衫，朝她走去。她站起来退到一边：“至少保持手机开机。”

安德烈亚亲了亲她的脸颊，沉默地等待了一会儿，可是他也不知道自己在等什么。他离开了。

这个夜晚他很想她。回到波尔波拉路上两居室的家里，安德烈亚又拿来一个枕头，把受伤的手搁在上面。他躺在床上，转身把枕头抱在怀里，紧紧攥着枕套，假装她就在身边，才慢慢平静下来。克里斯蒂娜让他不再为无法成为某种人而痛苦，有那么一段时间，他可以一直陪在她身边：陪她逃离父母的离婚，陪她逛二手服装店，到海边游泳，去伦敦——他们去了温布利球场——无忧无虑地聊天。在农庄的沙发上，她脱下了他的衣服而他没有阻止；他们确定在一起了，克里斯蒂娜问他未来的梦想，他回答说，想开一家属于自己的理疗诊所。那一刻他明白了，他们在一起得到的是安宁。她看着他的眼睛又问了一遍。他不说话了，他没有再回答。

“你是同性恋还是怎么回事?”有人曾经无缘无故地这样问过他。他已经学会了在理疗的时候,在治疗胸肌、四头肌、宽厚的背部和强壮的肩膀的时候压抑自己。“你是同性恋。”克里斯蒂娜能让他暂时忘记现实。所以那天他不让她来过夜,有她在他就不会思考塞萨尔咬的伤口对他的工作有多大影响。熬到清晨他迫不及待地拆掉布条,检查伤口:肌肉组织肿了起来,伤口还是很新鲜,一动就流血。他处理了一下,用绷带包扎好。刮完胡子又包扎一层,喝了一瓶酸奶,就着一口瓶装橙汁吞下一片止痛药。他在发抖,脑袋有点晕,骨头很痛。他慢吞吞地换好衣服,把工作服上衣和裤子叠好塞进背包。走下四层楼走出公寓大门,寒气扑面而来,他坐上地铁,心想不知道父亲有没有拿到放在信箱里的车钥匙,他看了看手机,父亲没有打过来,他安心了些。他给克里斯蒂娜发了条短信:“我好多了,现在去上班。”

他一边走一边思考怎么向理疗所交代。不论如何,那些使用机器的治疗他还是可以完成的,或者调整全套理疗的顺序,先去器材室找点事情做。走进卡普奇尼路 6 号,前台的姑娘们发出一片惊呼,他说在家做家务发生了一点意外。他穿过大厅走向更衣室,听到有人叫他,他转过头,看到等候区沙发上坐着玛格丽塔。

她站起来说:“准时赴约,看到了吧?”

他没有说话,举起缠着绷带的手。

“我的上帝,发生了什么?”

“切东西伤着了。”

“看医生了吗？”

他点点头，眼睛周围显得发青。

“你不应该来上班。”

“我不应该……”安德烈亚低下了头，对玛格丽塔来说，这个动作暴露了他。终于又见到他了。在她眼里他只是个大男孩吗？从来不。他是一个男人，比他的真实年龄更加成熟的男人，有时又流露出几分脆弱。这天早晨醒来的时候，她突然不愿再犹疑，她要自负一次，这是她的权利，因为前一个晚上她几乎整夜都在苦思冥想，怎样才能拿下那套她和丈夫无力承担的房子。她早早地上床躺好了，但是一直醒着，等到丈夫也躺上床，她问他是否幸福。灯已经关上，眼睛适应了黑暗，她能看到卡洛的轮廓，他仰起头靠在床头，他说：“我觉得是。”

“我觉得”是正确的。她喜欢他回答的这个“我觉得”，因为如果问她，她也会回答“我觉得”。两个人一起不确定，躺在同一张床上，这张床载着他们航行，保持既定航向——婚姻，一套为将来做准备的豪华房产，体面的职业——在时间的浪潮中，总有水会漫过床板——到底有多少肉体，嗯？卡洛？有多少机会。有多少女学生和男理疗师不了了之，有多少本书被梦想又被放弃，到底有多少。他们不再说话，就这样睡去，睡着之前她想到了父亲。他是不可能这样回答的。

安德烈亚走出更衣室，她的目光立刻追了上去，他们互相点点头，他到前台和姑娘们低声聊了几句，朝医生办公室走去，她第一次来的时候也去过。一刻钟过去了他还没出来，而她比起原定行程已经晚了四十分钟。她和前台说自己到外面等，出门来到中庭，背靠着大楼外墙，开始考虑接下来的安排。布扎蒂之约只能改天了，她得告诉母亲一声。她翻了翻日程本，算了一下给康科迪亚大道的房主打电话的频率。她得跟房主保持联系，定期告诉她最近有多少客户有购房意愿，但这些意愿终将因为房价过高化作泡影。她要步步为营，拖着房主，一次次给她希望再让她失望，却不让她彻底死心，顺便还要巩固两个人朋友般的情谊。她开始在日程本上伪造看房记录，突然看到安德烈亚出来了。他走到她面前跟她道歉，说会为她另外安排一位理疗师。

“那你呢？”

他举起手，原本整齐的绷带现在胡乱地缠在他手上，脸上也有变化，之前眼眶发青的脸显得更憔悴了。

“医生跟你说什么了？”

他勉强挤出一丝微笑，这时一个前台姑娘喊他：“安德烈亚，医生在找你。”她按键打开自动门。

“跟他说我知道了。”

医生也出来了，他和玛格丽塔打了个招呼，蹭到了安德烈亚，但他又很巧妙地躲开了。

“你必须做个检查，我没有开玩笑。”

“我知道。”

“叫格拉齐或者卡佩利陪你去。”

“我自己去。”

“也行，当然可以。”

医生和前台姑娘一起回去了，安德烈亚转过身对玛格丽塔说：“预约的事去问下前台。会给你换一间理疗室。”

“别担心，”她伸手贴在他的额头上，“你发烧了。”

他像是失去平衡，晃了一下躲开了。“抱歉。”他朝大门走去。

玛格丽塔隔开一段距离跟着他，走到威尼斯大道上，等他穿过古城墙①，在帕莱斯特罗路那座花园②的围栏前，她加快步伐，从侧面赶上了他。

“你再不走慢一点我就得躺在那张理疗床上让你再治个十年了。”她气喘吁吁地说。

他回头说：“我要回家。”走到地铁站出入口，他靠在墙上，身上被汗水湿透了，还在不停颤抖。

“等一下，”玛格丽塔从包里翻出一条手帕给他，“你住在哪儿？”

“洛雷托区。”

“我母亲也是。哪条路？”

“波尔波拉路。”

“我给你叫辆出租车。”

“你想做什么？”

玛格丽塔拨开挡在眼睛前面的刘海，“我想送你回家，我发誓

---

① 十六世纪西班牙时代建造的古城墙，又名西班牙城墙，城墙内侧为米兰第一行政区。米兰市划分为九个行政区，第一行政区位于米兰市的历史中心。

② 指米兰皇家别墅外的花园。米兰皇家别墅又名贝尔焦约索别墅或波拿巴贝尔焦约索别墅，建于 1790 年至 1796 年之间，最初为贝尔焦约索伯爵（1728—1801）的居所，现为米兰现代艺术博物馆。

送到我就走。”她指指路边的出租车候客站。

“我去坐地铁。”

“反正顺路，我要去公司，在斯蓬蒂尼路上。”

“我家在斯蓬蒂尼路下一站。”

“这不是问题。”

他们走到候客站，坐上一辆出租车。车开到布宜诺斯艾利斯大街上，他一直盯着窗外，缠着绷带的手搁在腹部，脑袋随着车子的震动一晃一晃。途中他说自己可能感染了，理疗所的医生给他开了抗生素的处方。

“那他为什么还要你去看急诊？”

“偏执狂。”他太阳穴枕着车窗，皮肤上的汗珠被阳光照得亮晶晶的，他似乎昏睡过去了，出租车驶入波尔波拉路，她只能叫醒他问他门牌号码。

“130号。”他说。

出租车靠边停好，玛格丽塔付了钱，下了车，绕到另一边打开车门，扶着他下车站好。这一点她遗传了她母亲：帮助他人做一些对他们有益的事，同时也满足自己的需要。卡洛称之为操纵，她觉得是双赢，或者她也不想弄明白到底是什么。她让安德烈亚在大门口的台阶上坐下来，问他拿了医生开的处方，看到街对面有一家药店，过去买了一盒阿莫西林。买完药回来，发现他还保持着她走开时的姿势，她问他拿了钥匙。他们进了大门，整栋楼满是灰尘的味道，坐电梯到四楼，他拿回她手上的钥匙串，打开门锁，她看着他闪身进了走廊边上的房间。

“你的药。”玛格丽塔得到主人的允许进了房间，发现他已倒在床上。

“你得吃药。”她四处打量了一下，在厨房里塞满盘子的水池里找出一个杯子，洗了一下，打开直饮水龙头倒满一杯，拿去给他。她打开药瓶，递给他一片抗生素，看着他把药吞下去又躺倒在床。“告诉我需要给谁打电话。”可是安德烈亚呼吸慢了下来，已经睡着了。到这一刻她才意识到自己是在哪里。

墙上挂钟的滴答声，他粗重的呼吸声，她屁股底下硬邦邦的床垫一角。她看着他强壮又病弱的身体，身边摆着的几个枕头，其中一个还有血迹，想帮他把鞋子脱掉，帮他拉一下被子盖住肩膀。房间的墙面显得空空荡荡，只有一面墙上挂着一幅日本俳句的复制品，旁边的三个书架上堆着书，几本大部头的解剖学专业书和一堆漫威漫画，最外面一本的封面上画着霹雳火①。一把椅子上堆满了衣服，衣柜的门敞着，露出里面孤零零两个衣架。她听到自己的心怦怦乱跳像是马蹄踏过，她知道这样的心慌意乱也可以叫做青春。

她站起来帮他脱掉鞋，掖好被子，他动了一下，又恢复原样。她找到自己的包，拿出手机放进口袋，走出房间，穿过走廊来到厨房。厨房里有一张双人沙发和一个餐边柜，柜子上面有一台袖珍电视，冰箱顶上放着一只长毛绒玩具狗，那是一条德国牧羊犬，毛发柔亮，脖子上有一条红丝带项圈，上面挂着一张标签，写着：

---

① 漫威漫画旗下的超级英雄。

“给那个沉默而让人想倾诉的人，C.。”她揉了揉玩具狗的背，很软。她把玩具狗端端正正地摆回冰箱顶上，让它守护这个家。她走到水池边，把堆积的茶杯玻璃杯餐盘都洗了，整整齐齐码在餐柜里。洗完用挂在窗户把手上的擦布擦干手，打开手机通讯录，找到“多梅尼科·彭泰科斯泰”——向身为医生的公公咨询病情是她通常联系他的理由——但她放弃了，继续翻通讯录，找到母亲，还是放弃了。她呆呆地站着：站在窗前，隐隐能望见对面的两套公寓，其中一个阳台上插着一个彩色风车。她双手握在一起，压在嘴唇上，告诉自己她可以。她踮着脚回到房间，走到床铺空着的那一侧，轻轻地坐在床上。躺了下来。

她瞪着天花板，然后转过头来看着他。看他的肌肉和沉浸在睡梦中的面庞。所以就是这个。换一个男人躺在她身边。不一样的重量，倾斜的床垫，更加浓烈的体味，有限的享受时间。她能做到吗？她把脑袋凑过去。就这样听他睡着的声音，让自己的呼吸频率和他的一致。然后她从床上爬了起来，她会做到的，她走出房间。她把自己锁在浴室里，这里有长浴缸、奶油色的瓷砖，还有围住浴缸的塑料浴帘。她靠着墙给母亲打电话。

电话铃响起的时候，安娜正在阳台上拍打波斯地毯。

“我的宝贝别跟我说那个布扎蒂之约你要放鸽子了，”她把地毯除尘器放在椅子上，“什么叫出了点问题？你知道为了这个预约我花了多少钱吗？这可是关系到你的将来啊老天爷。”她突然停顿了一下。“什么问题？不不不，你现在就告诉我，没有人能打个电话给妈妈扔下一句出了点问题然后就甩手不管了。”她又停顿了一会儿。“好吧好吧那你有消息了告诉我，布扎蒂和公司的事我来搞定，但是你得给我保证你自己没事，你能保证吗？”

安娜一只手举着电话，另一只手把窗帘捏得皱皱巴巴。她跟女儿道了别，电话还是贴在耳边，过了一会儿，她把电话放在桌上。“想什么呢。”她低声抱怨了一句。

她到阳台上把地毯扯回来，摊在沙发旁边，跑进浴室，重新描了眉，往脸颊上补了粉，调整了一下耳垂上的珍珠耳环。她长得很像杰西卡·弗勒切[①]，这是某天晚上和弗兰科一起看《女作家与谋杀案》的时候，他告诉她的，她听了很得意。她选了一件男式衬衫和一条宽松的裤子穿上，拿了一件玛格丽塔的旧背心塞到包里。从家里到地铁站的这段路她用来思考自己该做些什么。她要去运河区[②]，大概需要二十分钟：她可能会迟到一刻钟左右，弗兰科你女儿真是扔了个烂摊子给我。她和丈夫向来准时。一个跟瑞士人一样守时的铁路职工和一个至少提前一天交货的女裁缝。他们俩三十六岁那年生了女儿，这是他们结合之后唯一的迟到。

她走出家门，脚步飞快，走进被画满涂鸦的房子和中国人开的洗衣店包围的巴斯德地铁站，站在电动扶梯上，她拿出一本书，一进车厢就翻开书读了起来，那是一本短篇小说集，广播里推荐的。作者名叫安德烈·杜勃斯[③]，为了救一对兄妹失去了双腿：兄

---

① 杰西卡·弗勒切，美国电视剧《女作家与谋杀案》中的女主角，由英国女星安吉拉·兰斯伯里扮演。

② 始建于公元十二世纪末的米兰运河系统包含五条运河，其中，大运河所在的老街区叫做运河区，曾经是港口区，如今大运河两岸开满了餐馆、酒吧、画廊、古董店，是米兰的艺术和夜生活中心。

③ 安德烈·杜勃斯（1936—1999），美国短篇小说家，出生于美国南方路易斯安那州的法国人后裔家族。

妹俩的车出了事故停在高速路中央，安德烈·杜勃斯下车去帮忙的时候被另一辆疾驰而来的车撞飞。他的妻子离开了他，他见不到自己的孩子，医药费也是几位作家组织慈善活动为他募集的。她去科尔索书店买下了这本书。安德烈·杜勃斯：一个美国人，顶着一个法国名字，坐着轮椅，写一些没有戏剧性转折的短篇小说。不过谁说一定要有戏剧性转折呢？她跟女儿讨论过这个话题，可她的女儿很快就厌倦了。什么时候该拿出自己仅有的那点耐心，做母亲的心里永远明白。

她走出空荡荡的热那亚门地铁站。过了维杰瓦诺路路口，她加快脚步，强迫自己不去看那家卖锻银戒指的小店，她要去的那栋楼楼底有一片停车场，那里曾经是一座船坞。许多年前，跟她在同一家时装屋工作的女同事给了她这个地址，她把写着“兰迪”名字和电话的纸条用别针夹在备忘录上，一直没用到过，直到弗兰科去世，葬礼结束两个月之后，她预约了一次，等了至少三个星期。终于轮到她了，她被问到是否想知道丈夫在那个世界过得如何。她回答说不想知道这些。管他呢，她想知道自己的未来。每一次站在这里按下门铃——已经十多次了——她都兴奋不已。

她坚持要女儿来是因为上一次占卜的时候，这位兰迪特意提到了她女儿：兰迪说她有一些预感。为了说服女儿，她念叨了几个月，在女儿眼里成了一个上当受骗的冤大头，于是她抛出了迪诺·布扎蒂的故事：当年兰迪还是一位年轻的占卜师，布扎蒂经常去找她。

“那布扎蒂找她占卜的是什么事呢？”玛格丽塔问。

"我不知道啊，我的女儿，我觉得应该是感情生活。想想看，兰迪为他预言，将来他会娶一个名叫阿尔梅里纳①的女人。"

"她说中了吗？"

"当然了，女士。"但这些都是她编出来的，在她看来无伤大雅的谎言能创造美好人生，她经常这么做，哪怕对象是自己的丈夫。

她乘电梯来到六楼，门虚掩着，这一次，负责接待的女孩在门口拦住了她。"我女儿临时出了点状况，我们直到最后一刻才知道。很抱歉。"她紧紧攥着手里的包，"我是代我女儿来的，不好意思迟到了。"

女孩请她到客厅坐下，墙上贴着花卉墙纸，挂着三幅米兰风景墨水画——画的是米兰的庭院以及孔卡德尔纳维利奥区②——还有一幅镶了画框的《小姐与流浪汉》③拼图。角落里摆着一台二十世纪四十年代的收音机，石楠木旋钮，金色镶边，让人不禁想起唱歌的那个滕科④。她站在那里等着，正想再给玛格丽塔打个电话的时候叫到她了。她跟着之前那个女孩穿过走廊来到一间小厨房：那位女士正坐在桌子一角抽烟，面前摆着一杯酸橙汁，旁边是一个烟灰缸和一盘一分钱⑤硬币。一块纱巾把她的脖子裹得

---

① 阿尔梅里纳·安东尼亚齐，迪诺·布扎蒂的妻子。两人结婚时阿尔梅里纳 25 岁，布扎蒂 60 岁。

② 米兰第一区的其中一个分区，区名意为"运河的水闸"，区内保存着古运河水闸的遗址。

③《小姐与流浪汉》，美国迪士尼公司 1955 年出品的动画电影。

④ 路易吉·滕科（1938—1967），意大利创作歌手，28 岁自杀身亡。

⑤ 意大利、圣马利诺和梵蒂冈的前货币单位，一百个一分钱等于一里拉。

严严实实。

“我女儿被工作耽搁了。感谢您还愿意接待我。”

冰箱嗡嗡地响，门上贴满了冰箱贴。

“所以我们要先闲聊几句吗？”

“我们聊我女儿吧，麻烦您了。”她从包里拿出玛格丽塔的背心交给兰迪。

那位女士把背心轻轻放在桌子上，用手肘压住，拿起一套布里斯科拉牌①开始洗牌。“您知道吗，您还没有告诉我名字。”她手指夹着烟继续洗牌，洗完牌把烟搁在烟灰缸上。

“她叫玛格丽塔。”

“您的名字，不是您宝贝女儿的。”

“我叫安娜。”

“正着念倒着念都对②。”她眯着眼睛说，“是个方便的名字。”

“是的。”她挤出一个尴尬的表情。

“你的手怎么了？”

“哦没事。”她搓了搓手，把手放在腿上。

那位女士盯着她看了一会儿，把牌递给她。安娜用左手切了牌，凑上去看，女士开始抽牌，底下十二张摆成金字塔形，最顶上还有一张。这一次，最上面的牌是拿着硬币的步兵。

---

① 布里斯科拉牌是一种意大利传统纸牌游戏，两到六人，四十张牌，分为四组牌，硬币、剑、酒杯、木棍，牌面数字从一到七，每一组还有三张人面牌，分别为步兵、骑士、国王。

② 安娜名字原文是 Anna。

"您要测钱财吗?"

她示意安娜先不要说话。

安娜猛地咬到了舌头,她听着冰箱的嗡嗡声,想起一年前兰迪女士抽出了一张宝剑四,说她看到了悲伤。"您能给我讲解一下吗?"安娜有些哽咽地问道。女士解释说安娜的人生走得按部就班,但她没有实现自己的价值,因为有些事绊住了她的脚步。安娜不禁泪流满面。她知道"有些事"就是照顾全家人,困于高脚凳和厨房一角,裁剪布料仿佛要给心里的冲动剪出形状,忍受男人的抱怨。这就是"有些事",而"另外一些事"坚决要求她冲出莱盖路,直奔激进党①米兰分部报名入党,再也不让弗兰科以任何方式压榨她。她多么想拥有一间自己的小店,玻璃橱窗上挂着她的名字,而不是窝在家里做裁缝。她想去圣彼得堡,在这个革命和禁忌之恋的摇篮哪怕只是走一走;还有米兰,她想在布雷拉区的酒吧喝葡萄酒放声歌唱。这是白日梦吗?也许吧。究竟是什么呢?

兰迪女士清了清嗓子:"玛格丽塔挺好的,不过我看到变化即将来临。"她的手一张一张地掠过摆在桌上的十三张牌:"地点的变化。也许是办公室。"

"他们准备换住房。看中一套不错的。"

"是的。"她拾起烟深深吸了一口,"这套房子不错。"

---

① 意大利激进党,1955 年由意大利自由党分裂而来,惯以各种激进方式投入争取人权的斗争。米兰分部位于米兰大教堂附近。

“她的身体怎么样？”

“你是指你当外祖母的事吗？”

“这我不关心。”

“有女儿的妈妈都关心这个。”

“我只要她幸福。”

“她幸福的。”

“那就够了，”她长长舒了一口气，“我女儿的腿呢？您记得吗，我跟您说过她腿受伤了。”

“只是麻烦了点而已，”兰迪女士拿起圣杯王牌，放在桌子正中央，另外十二张重新洗牌，摆在王牌周围。

“最后一件关于玛格丽塔的事，安娜：如果她养了什么宠物，通通处理掉。猫啊，狗啊，鹦鹉啊。”

“她不养宠物。”

“真的？”

“据我所知没有。怎么了？”

“这么说吧，会有意外。”

“上帝啊。什么意外？”

“告诉她别养就行了，保管诸事顺遂。”

安娜点点头，“那我的女婿呢？”

女士摁灭了香烟，又仔细看牌，指着宝剑王牌说，“他挺好的。我对他倒没什么担心的。”

“那您担心什么？”

“他们需要组建一个完整的家庭，他俩需要这样，您看到了吗？”她拿起权杖二，用纸牌一角挑起一张宝剑侍从。

安娜靠在椅背上：“这是他们的事。”

兰迪女士盯着她，手指掠过纸牌仿佛掠过钢琴琴键：“您做祷告吗，安娜？”

“我不做祷告，不。”

“偶尔做一次没什么坏处。”

“我尽量做。”她从提包里翻出钱包，拿出一张五十欧元和一枚一分钱硬币，把一分钱放进盘子里。“为我的迟到再次致歉。”她站起来准备离开，又站住了。“兰迪女士，”她又深吸一口气，“布扎蒂的故事是真的吗？迪诺·布扎蒂以前真的常来吗？”

女士点点头。

“他是什么样的？”

她又抓起那支烟，“一位美男子①，喜欢圣杯国王。”

“圣杯国王？”

“象征着灵感。”

安娜没有转身，后退着出了小厨房，让女孩送她到门口，离开之前最后瞥了一眼那台旧收音机。等电梯的时候，她脑海里忽然出现电影《偷自行车的人》里主人公绝望之下去找看相妇人的那一幕：挤到一堆女人前面插队的他，向上帝求助的看相妇人，这个男人求不到明确答案的绝望。安娜从包里拿出手机打给女儿。

电梯到了一楼，电话接通了，她对着电话说：“你妈妈想告诉

---

① 原文为伦巴第地区的方言。

你一件事，她是个大笨蛋。喂？喂，宝贝？听得到吗？你在哪儿呢？”她走出电梯。“你怎么在‘行善兄弟’？那家医院①？”她站在门厅中央僵住了，“你还好吗？”她走到街上：“我现在过去，不不不我现在过去，虽然是你朋友的事，告诉我在哪个科，没什么没什么，等下跟你说，我是个大笨蛋，就这样，我过来了。”

挂了电话，她想起五月二十四日广场的那棵橡树②下有一个出租车候客站，便朝那里走去，心快要蹦到嗓子眼了。圣杯国王、灵感的象征。玛格丽塔和卡洛需要一个完整的家庭。家里不能养动物。布扎蒂是一个美男子。必须祷告。女儿在行善兄弟医院。纷乱的念头一齐扑来。她以前只会坐在裁缝桌前冥思苦想也不得其解，如今对付这些杂念，她只需要一个肤浅的慰藉：想一想科瓦甜品店③橱窗里的那些迷你小糕点。闪着光泽的糖霜，扎实的杏仁糕，在她眼中如珠宝一般的果冻：在家里他们只有纪念日的时候才吃这些，弗兰科会把水果挞抢下来，玛格丽塔喜欢奶油泡芙。剩给她的永远是外交官方糕。为了让自己喜欢上外交官方糕，她多么努力啊。差不多每周一次，只要她到市中心办事就顺便拐到蒙特拿破仑大街，躲进科瓦甜品店，坐在一群穿皮草的女士中间，点一杯咖啡，一小块双层胭脂红酒蛋糕。店里的长桌散发着香甜的味道，她坐在角落里，咬一口蛋糕，喝一口咖啡，拿一张

---

① 行善兄弟医院是创立于1572年的天主教圣约翰医院兄弟会在意大利办的医院，意大利语为Fatebenefratelli，即“行善吧，兄弟”，在其他国家叫“仁慈兄弟”。

② 5月24日为意大利人民悼念一战阵亡将士的纪念日。米兰5月24日广场上的这棵橡树于1924年5月24日移栽于此。

③ 科瓦甜品店（Cova）创始于1817年，总部位于米兰，在全球开有多家分店。

纸钞付钱，把找零都收起来扔回包里。

她后悔给玛格丽塔打电话了。虽然已经知道生病的不是她女儿，她还是急匆匆的：她又把“有些事”放在自己要做的事情之前优先安排了。坐在开往行善兄弟医院的出租车上，她列了一遍她今天要做的事。跟往常一样列三桩。按照让她愉悦的程度，第三位，和卡洛聊天。第二位，推掉亲家母的生日聚会。头等大事：扔掉丈夫留下的那些没用的破玩意儿。把这些东西找出来可不是一件容易事。葬礼结束后的第二天，她打开家里大大小小的柜子，把所有东西都翻了出来，玛格丽塔和卡洛想劝她停一停，劝不动，只能任她一直整到深夜。她去睡觉的时候家里乱得不成样子，三个小时后她醒来，看到防褥疮床垫上她的身旁空荡荡的，于是穿上衣服，把翻出来的东西都搬进地下室。厚毛衣线衫大衣鞋子，帕尼尼贴纸，所有东西，除了《特克斯》漫画、唱片、烟斗和手表。她来回搬了九趟，把大部分东西堆在工作台上。她挪开他的工具包，发现一个裹着床单的水果板条箱。她解开床单，看到几本旧漫画，多数是《大盗德伯力克》和《米奇队长》①，其中一本《米奇队长》的书页之间夹着二十一张明信片，都是寄到她丈夫单位的。从不同的地方寄出：米兰马瑞提那②，维亚雷焦③，阿尔卑斯，还有马德里，还有布达佩斯，每一张上面都写着一句话，没

---

① 《大盗德伯力克》《米奇队长》都是二十世纪五十年代开始风靡意大利的系列漫画。

② 米兰马瑞提那，意大利北部艾米利亚-罗马涅大区拉韦纳省海滨小镇切尔维亚的一个社区，位于里米尼北部，意大利语本意是“滨海米兰”。

③ 维亚雷焦，意大利中部托斯卡纳大区的一个港口城市。

有一句重复的，每一句她都背了下来，但只有一句她反复地念："山上散发着松木清香的小屋，你该多么喜欢呀，你的克拉拉。"邮戳日期"一九七六年八月八日"。从博尔米奥[①]寄来的，那一年玛格丽塔两岁。每一张明信片都署了同一个姓名，最后一张的日期是"一九八六年七月七日"。读完明信片，她在地下室又整整待了四十分钟，就这样坐在地上。然后她把东西放回去，回到楼上，把五米之下的地下室还有一个水果板条箱要扔掉这件事抛在脑后。她拖了一天，又一天，渐渐习惯了和那几片装有二十一个秘密的木板和平共处。她想过要把这件事弄清楚，问她丈夫的老同事，或是打电话给一九七九年七月六日那张明信片上画着的米兰马瑞提那总督酒店。

可弄清楚又有什么用呢。她也努力在自己的记忆中搜寻：可是除了都灵那次进修班，弗兰科从不在外留宿。那电话呢？电话账单没什么异常，话费从不超支，除了玛格丽塔初中的时候他常常一只手盖住听筒对着电话傻笑一打就是半个小时。还有什么？弗兰科这个男人连亲密举动都一向适可而止，送礼物从不买贵的。周日他会去体育馆，有时候骑自行车闲逛。每周最多只有两个小时在外面，是为了他的克拉拉吗？对于他的死，她还没怎么哭过。所有人都相信她不是没有眼泪，绝望的泪水只是一时迟到——眼泪当然有——但是没有人能想到这些明信片的发现阻止了泪水的

① 博尔米奥，意大利伦巴第大区松德里奥省的一个镇，位于阿尔卑斯山麓，是著名的旅游胜地，具有温泉和滑雪设施，从中世纪起，就是瑞士到威尼斯商路中的重要关口。

到来。她变得很敏感，想找到更多证据，她翻箱倒柜，把房子打扫干净，努力回想参加葬礼的每一个人：可没有一个女人是她不认识的。她嫁了一个好男人，“好”这个形容词足以让她得到安慰。她一遍一遍对自己说。这个克拉拉只是一种逃避方式，假如她真的存在。就像她女婿的那个女学生应该也是，甚至她女儿，任何人，都有，她只是从来没有机会。多年来，婚姻，生育，精心缝制服装，用心烹饪佳肴，压制着对政治的热情但依然时刻关注它，所有这些解药加在一起足以消解她的遗憾了，真的。

她走进行善兄弟医院的大门，询问急诊观察室怎么走。

“安娜。”有人叫她，她转身，是卡洛。他站在咖啡自动售卖机旁，手里拿着手机：“你怎么来了？”

“你呢？”

“我想知道发生了什么事。”他走上前抱了她一下。

她喜欢女婿在拥抱她的时候会弓起背保持距离。

“玛格丽塔在哪里？”

“跟我来。”他挽着她的胳膊朝电梯走去，“是她的理疗师。被狗咬了，感染了，其他的事我也不明白。是玛格送他来的。”

安娜一手捂住嘴巴：“被狗咬。你们接触宠物了！”

“什么意思？”

“不要接触宠物。”她走出电梯，跟着女婿走进急诊观察室，左手边第二间病房。病房里有六张床，玛格丽塔坐在最靠窗的那张床边，床上躺着一个青年，盖着被子正在睡觉，手上缠着绷带。

“你真的来了啊。”玛格丽塔笑着说。

她耸耸肩。

“爽约了我很抱歉，妈妈。”

安娜拍了拍女儿的胳膊。她退到窗边，默默地观察着病房里拿着手机发信息的女婿，望着那个陌生青年的女儿。她问女儿发生了什么，玛格丽塔说等一会儿出去了再说，他的未婚妻马上就到。

“他的父母呢？”

“他不想惊动他们。”

安娜走到病床边，那个青年微微睁开眼，孩童一般的双眼却透着绝望，他的目光落在安娜身上，落在卡洛身上，他重新合上眼。

卡洛也在看他，因为尴尬又挪开了目光。他拿起手机继续打字“如果你愿意”，就按了发送。他站起来说：“我得走了，我父亲说有什么事及时告诉他。”

吻别玛格丽塔和岳母，他飞奔下楼：对索菲娅的渴望正在变成一种不安，家庭让他无法充分地生活，就好像他被撕裂成两半，这一半与另一半互相攻击。他想知道自己能走多远。他痴迷什么？她的屁股。还有呢？声音，想听她激情中呻吟的声音。还有呢？避孕药，他在她的手提包里看到过铝塑包装的药片：想进入她身体的念头搅得他心神不宁。还有呢？想拥有一个全新的身体，健壮的身体。如果这次他干成就知道了。他不再惧怕被别人发现，仿佛如今这样做是他的权利。他可以容许自己变成妻子和情人之间的连接器，两头都可以维持。

情人，多么不恰当的字眼。背叛，多么不合理的字眼。他背叛什么了？为什么和另一个女孩上床，得到短暂的欢愉一刻，或者说给对方欢愉的一刻，就非得代表失去什么呢？完事以后起身穿衣，没有那些浪漫、温存的套路，继续保持这么多年他与妻子生活所养成的、他决不会质疑的习惯。尊重契约，培养关系，奉献：这种词汇在文学中等同于天真幼稚，在现实中却缚住了他的手脚。他怀疑是罪恶感，甚至还有对自己的罪恶感，让他在出轨的边缘徘徊。有多少次他想象自己和另一个女人共度三四个小时，阴茎的克氏小体大受刺激，为这新鲜的体验兴奋不已，直到他回家都还有些青肿，他却要打开熟悉的门，亲吻玛格丽塔，给自己几分钟重新适应婚姻生活。

“重新适应”，这是让他陷入怀疑的概念。那些需要重新适应的人已经在别处破坏了平衡。破坏，平衡：这种想法是从小接受的严苛教育留给他的后遗症，彭泰科斯泰家的家教，天主教学校的校规，连圣诞夜拆礼物的时候，都有一位身着修女服的嬷嬷亲手点燃蜡烛。他惯于拿家庭当借口，即使他的亲妹妹跟他说过，背叛对她而言就是一个重新发现自我的机会。

“意思是你迷失过？”

“意思是我要好好享受。”

但随后她一遇到个还算顺眼的男人就和他生了一个孩子，开开心心靠着彭泰科斯泰家的家产过日子。他也想有这样的享受。

于是，那天上午，在这个被狗咬伤的青年的病床前，他给索菲娅发了三条短信。发了一条，她不回复，他继续发。一开始他说想跟她聊聊那篇作文，不能半途而废。第二条短信，他邀请她一起喝啤酒聊天。第三条，他加上“如果你愿意”让她选择，还说他正在医院照看一个素不相识的青年。对方越沉默，他越难以自持。索菲娅·卡萨代伊的屁股从牛仔裤中解放出来，白嫩丰满，和她娇小的身躯不成比例，平坦的腹部直到耻骨，那里理所当然地小巧可爱，理所当然地为他绽放。真的，玛格丽塔说得没错，他和她爱看的那些小说里的男性角色完全一样，脑子里在想什么一眼就能看透。走出行善兄弟医院，他看了眼手表，他得在十分钟之内赶回办公室。口袋里的手机震了一下，他抽出手机，看到了回信：“我要放弃硕士学位了。感谢您所做的一切，老师。我在回里米尼的路上。”

发出这条短信之后，索菲娅把脑袋靠在白箭列车[①]的车窗上。米兰、硕士学位、写作，还有她的人生道路可能在北方受阻的念头：一条短信封印了一切。她对自己说，你已经体验过一次冒险了，她越来越确定：她是一个没什么天赋的女孩，只能在小说中如实记录发生了什么。她还是一座“尚待建完的教堂”，这是哈利勒在咖啡馆跟她告别时的说法。当时她把自己冲动的决定告诉了他，他让她冷静下来再好好想想，她坦白说，她想父亲了。哈利勒不说话了，他开始摆弄咖啡机，让喷嘴空喷蒸汽，再把喷嘴擦干净。然后他走过来，紧紧地拥抱她。

快到下班时间，她脱掉围裙，打电话给经理，说明实情，说

---

① 白箭高速列车，与红箭高速列车和银箭高速列车同属箭系列快车，由意大利国营铁路公司负责运营，运行时速达 200 公里，行走于传统海岸线路，连接意大利境内各个地区。

她要回里米尼了。她走回家，米兰城也知道这是最后一次陪伴她。米索里地铁站旁的建筑物，教堂尖顶之间的滴水嘴兽，铁轨上开往米兰大教堂的铁皮电车，脚步匆匆的人，随意躲进的一条小路都可以让她徜徉其间，一切。等她回到在伊索拉区[①]的住房，开始整理行李，她突然意识到自己将会多么怀念这里的一切。她把一堆衣服和笔记本电脑塞进行李箱，想把这几个月里囤的书也塞进去，但最后还是没放，房租到期之前她会再来一趟。她坐在床上。这个空荡荡的房间：她即将离开，但她确信自己这样做是为了不屈服。开始爱上这座大城市，一天天地淡忘亚得里亚海和父亲趿拉着拖鞋在餐厅里晃来晃去的样子。面对一位充满魅力的老师，她溃不成军，任老套的剧情在自己身上上演。还有那些麻烦：先是他的妻子找到咖啡馆来，然后他也来了。她怎么会让自己陷入这样的境地?

不过还好，她还有那篇文章。她能用最准确的词汇记录下那天下午她和妈妈在那辆菲亚特朋多里发生的事：这就是她来到米兰的回报。她不停地这样告诉自己，在米兰的最后一个晚上她辗转反侧，她把写着《事情的真相》的那七页纸折起放进笔记本，她拖着行李箱来到地铁站，她买了十点三十五分发车的白箭列车车票，她坐在靠窗的座位上回复老师发来的最后一条短信。她又一次点开他们那次见面时的录音。录那段录音时，彭泰科斯泰正在抚摸她的脖子，而她低下头让他摸脖颈。他握住她发际线处、

① 米兰北部的一个城区。

颈部的肌肉倾斜的地方。她本来愿意让他拥有那五十一分三十七秒，那是曾经发生过什么的证明。

列车开过博洛尼亚①，穿梭在艾米利亚田间，窗外是整洁的农舍和农家庭院，她不再想这些。开到法恩扎镇时她收到一条新消息："是开玩笑吗？"紧接着又一条："我给你打电话，请你务必要接。"手机开始震动，被她放到一边。她听到震动还在继续。她把手机塞进背包的口袋里，开始打盹，半睡半醒之间，她感觉骨头隐隐作痛，摸了摸自己的胳膊和腿，都在发烫，也没有力气。她坐直了，看向窗外，发现已经到了罗马涅。过了伊莫拉镇，田野变了一种气息，变得更加甜美，作物种得参差不齐，各自拥有不同的生长周期，几乎是随意混种，仿佛这里的人在播种的时候喜欢挤成一团，或者他们想等到收获的时候再认真起来。白箭列车跨过里米尼的防波堤码头，她屏住呼吸，回家总是不容易。

她找人帮忙搬了行李。跨出车厢，她知道，她从米兰逃出来了。然而她的如释重负暴露了她在米兰过得有多么窘迫，结果又刺痛了她自己。她穿过地下通道，走出车站，看了眼手机，发现彭泰科斯泰打了三个电话，发来四条短信，其中一条写着："空了回我电话，给我一分钟就够了。谢谢。"她走到公交车站等1路车，那辆车会把她送到伊纳卡萨区②。那是建于二十世纪五六十年

---

① 博洛尼亚，艾米利亚-罗马涅大区的首府。

② 伊纳卡萨区即战后住宅区（Ina-Casa），是二战结束后意大利政府发起的全国性大规模低造价公住房建设运动的成果之一，历时14年。INA（Istituto Nazionale delle Assicurazioni）是意大利的社保机构。

代的一个住宅区，现代化的建筑当年只卖白菜价，周边有一所兰布鲁斯基尼[①]学校和一所市镇托儿所，祖孙三代齐聚在小广场上的乳品店、咖啡馆还有临时搭起来的牌桌上。如今祖辈们逝去了，取而代之的是大批外省人，然而这片社区并没有失去它的温暖。每次索菲娅离开家门又归来，心里总是藏着恐惧，害怕这里会变了模样，但它一直没变。公交车沿着城墙往前开，驶入城郊，离目的地越来越近，她的心开始焦躁不安。

五金店开着。自从店里请了经理人，她就不愿意路过五金店了。她没有下车，继续她的旅程，坐到泽塔咖啡馆门口的公交站，重新踏上学校的鹅卵石路，来到她从小住到大的地方，小广场，公寓楼，她忽然发现她的阳台上有几盆花。她退后一步，看清楚了，是黄色的花。她拿出钥匙，走到大门口，拖着行李走上台阶，打开家门，冲进厨房，打开落地窗，看到三个花盆里种了一些紫罗兰。

“索菲娅。”

“这是谁种的？”她没有移开目光。

“我。我在对面买了点植物。”

她转过头看到父亲。她的老爸穿着短袖汗衫和长及膝盖的中裤，趿拉着拖鞋，手里的香烟垂直地夹在指尖，不让烟灰掉落。“不都是我去接你的吗？”

---

① 拉法埃洛·兰布鲁斯基尼（1788—1873），意大利学者、政治家、教育家。意大利各地有许多以他名字命名的学校。

“给你一个惊喜。”

父亲眼窝发肿，看起来很疲倦，刚剪的头发花白暗淡。他在水池里弹了弹烟灰，帮她把行李拎到房间。“发生什么事了吗？”

索菲娅很久没在阳台上见到花了，上一次是母亲还在的时候种的郁金香。她坐下来，预言家修士日历[①]停留在三月，她翻到四月。她打量了一下家里。吊柜不再歪歪斜斜，瓷砖上的灰泥渍不见了，暖气片重新刷了个颜色。阳台落地窗上方的柜子换了个新的。冰箱边上摆了一只瓷器小猪，里面插着一把木头勺子。

她站起来，回到阳台上。每个花盆里有七株紫罗兰，有几株种得太密了。她把手放在泥土上，手感湿润，有树林的味道，她低头看去，角落里有一个水桶，里面装着母亲常用的那些工具：迷你耙子、镘刀、剪刀和手套。

“这些都是我从地下室里搜刮出来的。”父亲笑着说道。

她点点头。

“在米兰发生什么事了吗？”

索菲娅盯着桶里的园艺工具。“没什么事。”她平静地说，转身向父亲走去，正想从他身边走过，又犹豫了一下，伸出一只手放到他的肩膀上，站在那里，像个小孩笨拙地抓着她的父亲。而不懂拥抱的父亲，只能用他的方式回应。他拍拍女儿的肩胛和脖颈。

---

① 预言家修士日历由神父马里安杰洛·达切尔奎托（1915—2002）创编，“预言家修士”是他的昵称。这种日历在意大利很流行。

“行了，我带你去那个地方。”他低声说道。听到女儿哭泣，他继续揉着她的脖颈：“我带你去那个地方。”

“我不想去她那儿。”

“我带你去看黄色灯塔，”他退开一些好看着女儿，“那里适合我抽烟。我去换件衣服，这一身太丑了。”

直到只剩她一人，她用运动衫袖子擦眼泪的时候，才意识到自己回来了。她想起家里还有三个人的时候，父亲为五金店里售卖的商品提供安装维修服务，母亲站在柜台后面，在一本黄色的笔记本上登记新的订单和丈夫需要完成的工作。“阿孙塔女士的镜子，两天之内完成安装；切斯基的钻孔机和灰泥，用来调整画的位置。”他总是在外面跑，小店生意很好，即使后来在马雷基耶塞路上开了一家货品种类齐全得多的欧倍德建材超市。父亲经营五金店的时候是多么快乐啊。而母亲，在那样的生活里，就像一个隐形人。

索菲娅走进房间，打开行李箱，从衣服堆里翻出了对半折好的几张纸，上面写着那篇作文，标题“事情的真相”一笔一画写在纸张顶部左侧。她在洗手间找到父亲，他换了一身米色衬衫和牛仔裤，正在梳头发，梳子擦过几缕翘起来的发丝。看到她，他说：“走吧。”

她把那几张纸递给他。

“什么东西？”

“给你的。”

安德烈亚签了字办好出院手续，打电话叫克里斯蒂娜送他回家。他的手一抽一抽地疼，高烧退了，医生说再过一个晚上就可以恢复了。他的伤口感染了，没有伤到骨头，就是肌腱有点问题。但这点他早已知道。离开医院前他填了一张表格，编造了一点事实：一条野狗在森皮奥内公园[①]附近袭击了他，毛色浅色，他既没有挑衅行为，被咬以前也没有跟它接触。

他等着克里斯蒂娜把车开过来，天色昏黄，他好像听到燕子的声音，她来了，他上车，扣上安全带，继续认真地观察窗外的天空。他突然说："谢谢。"他看着她。

"你可以第一时间打给我的。"

"情况不严重。"

"我的意思是，围在你身边的都是一些不相干的人。"

他不再说什么，最近几次面对她，他总是有所保留，话到嘴边又放弃，两个人相处越来越疲惫。这一次他本来想坦白：这些不相干的人我很喜欢。在医院的病床醒来发现身边围着玛格丽塔的家人，他的心里得到了慰藉。玛格丽塔和她精力充沛的母亲，这两位女性坐在他的床边，自然而然地把多管闲事变成了陪护病人。就连她的丈夫……有那么一瞬间他在他身上看到了一丝线索——他的姿态、他倦怠的俊美或是其他什么，让他配得上他的妻子。

---

① 米兰市中心最大的绿地公园，占地面积约 38.6 公顷，建于 1888 年，公园位于斯福尔扎古堡后方。

车开到罗马门，从拱门一边绕过，花坛里种了风信子，她正要拐进克雷马路，他开口说：“我们先去看看塞萨尔。”

“什么？”

“我想去看看狗。”

克里斯蒂娜把车子靠边停下：“这没意义。”

“我想看看它。”

“它对人的反应很糟糕。”

“我想看看它。”

“天都黑了。”

安德烈亚沉默了，他降下车窗让新鲜空气涌进来。出院的时候他就深深吸了一口，感觉自己好多了。“我知道天黑了，可我还是想看它。”

她打开双闪，看着方向盘。“他们把它带走了。”她转过头看着他，“他们说它可以比赛了，等到今天是因为今天有拉美人，他们有钱。”

安德烈亚把受伤的手揣在怀里，就像一只他已经学会保护的包裹。他示意她继续开车。

“安德烈。”

“出发。”

“但是别做蠢事。”

路上他没有再看她，直到圣多纳托。那伙人的一辆车停在路边，他们已经开着另外两辆车走了。安德烈亚推开铁丝门走了进去，让克里斯蒂娜打开农庄的门，他直奔院子，拴塞萨尔的锁链被扔在地上。他检查了一下狗趴过的沙地，没有发现血迹。

“他没有打它。”她说。

“你怎么知道。”

“我一直在这里。”

安德烈亚没有找到那根棍子，钉满钉子的球棒也不见了。

他们重新上了车，十分钟后开到天桥，五百米外是一个工地，到处都是挖出来的坑和只剩半截的水泥桥墩。他们把车停在路边，下车步行。他把衣服扣子扣严实了，双腿还足够有力，还能稳步前进。走到人群外围，他放慢脚步。两个厄瓜多尔人冲他点点头，他也点头示意，找个位置藏好，透过人群的缝隙看着场地。斗狗场空着，狗主人都在场地的两个对角为自己的狗做上场前的准备。发电机已经打开，连接的灯都亮着。地上插了钢板划定场地范围，钢板外侧用砖头加固。他又往前挤了挤，场地上两个人正在往前一场战斗留下的痕迹上撒土，场地一边有一片污秽的痕迹。

那两个厄瓜多尔人中的一人在看他。

有几个新面孔，意大利人在角落里扎堆下注。人们盯着那两条已经兴奋起来的狗，一条是罗威纳犬，狗主人把锁链绕在狗的背上，弄出哐啷啷的响动。罗威纳犬猛地往前一蹿，被锁链拽着脖子扯了回来，它扬起两条前腿站了起来，另一条狗也站了起来，是美国恶霸犬。两位狗主人牵着狗进入场地，安德烈亚看得更清楚了。罗威纳犬毛发脏兮兮的，一侧腰上有两道伤疤，仿佛白色的条纹。美国恶霸犬被专门处理过，毛发是不常见的灰色，耳朵齐根剪掉，眼睛里湿乎乎的有许多液体，这是感染的表现。

“我哥不接电话。”克里斯蒂娜从他身后摇了摇他肩膀，安德烈亚只管盯着场上，他没有办法分心。下注的钱都封在一个罐子里，扔在场外草丛中的一个坑里，以防警察突袭。一个厄瓜多尔人重申比赛规则：提前退赛，狗主人须按照赔率承担三分之一的赔付金，赢家拿三分之一再加三百元，如果狗死了所有赌资归狗主人。

两条狗被放了出来，罗威纳犬闷声不响，身子压得很低，而美国恶霸犬只占了一会儿上风就被压倒在地，喉咙里发出低沉的咕噜声。它们身下的场地上露出了陈旧的血迹，像一条延伸出无数支流的黑色小河。安德烈亚看着地上的血迹，从人群中挤出来，朝那个厄瓜多尔人走去。那人站在斗狗场的背面，一直在看他。他一靠近，厄瓜多尔人歪了歪脖子，示意他看更远处，天桥的出口。

安德烈亚朝那个方向走去，克里斯蒂娜带着美国恶霸犬惨叫的回声追上了他。其实他早已做好塞萨尔可能会死的心理准备，早在四个月之前，他们付了三分之一的赌金从一场比赛中救下它，当时它差点被一条卡斯罗犬咬断喉咙。他想过放了它，但没有做，因为他喜欢看它在斗狗场上威风凛凛的样子。有一场比赛塞萨尔咬中一条比特犬的脖子，生生扯下一条肉，把对手压在地上翻不了身，而比赛才刚刚开始十五秒钟。

安德烈亚抱着缠绑带的胳膊往前走，他没有加快脚步，刚刚痊愈的高烧让他浑身轻飘飘的，连自己的心跳都感觉不到。

“他跟你说在哪儿了吗？”她寸步不离地跟着他。

他打开手机的手电筒，继续走向厄瓜多尔人指给他的方向。

“他跟你说在哪儿了吗？”

他们在一个小型垃圾填埋场找到它，过了排水沟再走几米就到了。它躺在一块凹陷处，身上敷衍地盖着塑料袋和泥土。安德烈亚跪了下来，用没有受伤的手开始挖，她哭着帮他一起挖。他们把它从垃圾堆里解放出来，拖到几米之外。他为它洗了脸，轻轻抚摸它，发现它的胸口、背上，还有一块大腿肌肉上都有咬伤。塞萨尔的眼睛睁着，舌头伸出来挂在一边。安德烈亚把它的舌头放回去，摸了摸它只剩半截的尾巴。

他叫克里斯蒂娜去把车开来。只剩下他和狗了，他蹲在它身边，它的身体还是温热的。她回来了，他用胳膊托起它，吃力地放进后备厢。血弄脏了他的绷带、裤子和毛衣。

“我想把它埋在球场。”他说。

她点点头，擦干眼泪，他们上车开到农庄。接下来的事他想亲手完成。他下车跺了跺脚站稳，抱起塞萨尔，朝被当成足球场的空地走去，一路踉踉跄跄，最后不得不停下来。克里斯蒂娜带着铲子追上来，帮他扶着塞萨尔的脑袋，两人走到一块草地，周围只有一棵核桃树和一条干涸的灌溉渠。夜色朦胧，月光投下一道道阴影。两人挖了一个多小时才挖到足够的深度，因为他没受伤的手不是惯用手，挖起来很别扭。他把塞萨尔放下来，他们一起帮它调整姿势，让它的脑袋朝着农场的方向。她摸摸它，他也摸摸它，他的手指按了按它受伤的地方。他们把它埋起来，动作格外小心，再用铲子背面把土压平，然后他立刻转身回农庄。她追上来，进到院子里，安德烈亚已经摘下锁链放在狗窝里，扔掉了装狗粮和水的盆，用脚抹去了凉棚下塞萨尔趴在地上留下的痕迹。他任由她抱着自己，说："送我回家。"

"留下来吧。"

"我不想看到他们。"

"那我去你家。"

到了他家，他们一起洗了个澡，洗完她才帮他解下绷带。伤口又裂了两个口子，抗菌药都结成一块。安德烈亚把药清理掉，让她不要在他伤口露在外面的时候看着他。于是她走出浴室，不过出来之前先把一小时前就该换上的药递给他。

只剩自己了，他赶紧把胳膊伸到灯光下，握拳，伸开，来回几次，伤口还在冒血。他对着伤口吹了几口气，上好药，用绷带松松地包扎好，走到房间，看到她躺在黑暗里。他在她身边躺下。

"我哥没回我。明天让我对付他。"

安德烈亚让克里斯蒂娜的声音飘散着，让塞萨尔也飘远了，他知道到了明天早上，又会是新的一天。现在他需要一个画面让自己平静下来，他惊讶地发现，他想到了玛格丽塔。她在医院床边陪护的画面。他想着她得到安慰，而玛格丽塔也在想他。

她一躺上床，就在脑海里搜寻安德烈亚的身影。医院的被单下露出的他强壮的臂膀。还有他睡着的样子，仿佛害怕给人添麻烦。她离开行善兄弟医院赶到公司后的第一件事，就是在备忘录上记下离开之前问他要来的电话号码，她一遍遍描着数字 3 和 8，心里想着康科迪亚大道那笔买卖的戏该要开演了。但她没有打电话给房主，而是坐在办公桌前发起了呆。父亲要是知道会怎么说呢？他会用那个词，夏芬博格[①]，一种连接列车车厢的轻型车钩——轻型，在他看来就是没有旧款可靠。她就是夏芬博格小姐，每次看到她在安德烈亚·吉亚尼[②]的海报前想入非非，或是学习的时候磨磨蹭蹭浪费时间，他都会这样称呼她。父亲让她意识到，她是在“轻率”地拖一节车厢。她抛开一切让她分心的东西（“分心”这个词来自母亲）回到正轨，踏踏实实把车厢接牢。付天然气账单，到潘姆超市购物，为自己的家庭买一套房子。于是她拨通康科迪亚大道房主的电话。她很会说话，永远显得那么自然。她希望在同事身上也看到这一点，主动热络，哪怕是训练出来的也无所谓。她说已经开始带客户看房了，日程本上有十一个预约，

---

① 夏芬博格车钩，一种产自德国的火车车厢连接器，以设计者卡尔·夏芬博格（Scharfenberg）命名。

② 安德烈亚·吉亚尼（1970—　），意大利著名排球运动员，现为排球教练。

只有两个知道不能还价之后退出了。

“这是什么意思，玛格丽塔？”

“因为没有电梯，九十六级台阶是个不小的负担。”她喜欢这个表达，“负担”，礼貌又明确。然后她加了一句：“不过您放心交给我吧。”

她感觉如何？她觉得自己牢牢地扣住了下一节车厢，或者说，扣住了她的家庭计划。那个下午在塞维利亚①，她接受了卡洛的求婚：他说出那个问句后，她坐在圣十字区的一个庭院矮墙上，欣赏着他为她戴上的银戒指，问他这一切是不是真的。那一刻她就像**所有**女人一样，而且这种情况她不介意和别人一样。然而他们告知双方家人后，发生了一些事：彭泰科斯泰家的人开始对婚礼提这样那样的意见，她心里对他们家产生了一丝不满。她觉得在一间小教堂办婚礼就行了，请十来个人，礼服就穿一年前买的Twinset②，可以去科莫湖上吃野鸡，或者找一家乡间小餐馆。有一天她回家吃晚饭，把这些事都说给妈妈听，妈妈说她也想为婚礼出份力，哪怕只是做一件披肩或者一个领结。

玛格丽塔一把推开餐盘，盘子里的烩饭洒到了桌上。“你也这样，真是够了！”她大哭起来，母亲拖着椅子坐到她身前。她轻声说：“我结婚的时候起了疹子，一个月之后好了，但对我来说，这永远无法痊愈。”

---

① 塞维利亚，西班牙南部城市，西班牙安达卢西亚自治区和塞维利亚省的首府。市中心有著名的街区和旅游景点圣十字区，有许多粉刷成白色的房屋、府邸和庭院。

② Twinset，意大利女装品牌，创立于1990年。

她把安德烈亚赶出脑海，沉浸在夜色中的卧室里：高高的天花板，墙上挂着的纽约风景画，隔壁夜猫子的动静，从百叶窗渗进来的月光。她伸出一只手滑入被子下，抚摸丈夫的腰。如果他还没睡一定有反应。他抓住她的手。嗅到占有她的可能性，卡洛会变得强而有力。而一决定占有他，她也会变得急不可耐。每一次她含住他——每次插入前的例行步骤——她都有绝对的信心，他会胀大到让她无法呼吸，而她想感受他在自己的喉咙之间跳动。她吸吮着，直到他开始颤抖，她停下来不让他到达终点，于是他扑到她身上。

丈夫埋头在她的双腿之间，她就开始放飞想象。她选了这个词，想象，具体表现是幻想强壮的男人们围着她压着她，他们聚在一起或是围成一个圈，保护她、侵占她。她也会想象过去的某些人：他们曾经如何触碰她、亲吻她，如何学会在她身体里动作，这些留在记忆中的痕迹她调用起来毫不费力。把安德烈亚送到医院的那天深夜她在她丈夫身上：让一切归位。她看着他在她身下呻吟，而这之前她在想另一个人：这揭开了他们之间的共谋。他命令她说出自己的幻想对象。在高潮来临前的瞬间，卡洛总是会问他原本不想问的问题，而她会说出她原本不会说的答案。

她放慢动作，他坚持。玛格丽塔重新动起来，他掐住她的臀。

接着她说："那个理疗师。"

说出这几个字的同时，玛格丽塔努力地在黑暗中辨别丈夫的轮廓，他粗重的喘息，粗鲁地抓着她的手，做爱中的起伏，还有对她说出秘密的恼怒。她又动起来。"那个理疗师。"她又说了一遍。她骑在他身上，动得很用力，两人都达到了高潮，她还在他身上，直到他们一起恢复了平静。

对于这些问答他们总是避而不谈，好像那是被性欲塞进嘴巴的胡言乱语，根本不是真实的想法。想到她对他还有那样的控制力，她就无比兴奋。这是赌博，带来某种形式的同谋，也让他们觉得这样的关系独一无二，只不过那场误会之后，一切都提不起劲了。

从他身上下来，她并不后悔说出安德烈亚的名字。她看着他，发现丈夫也在观察自己。“怎么了？”她一边走进浴室一边问。回来的时候他仍然保持着那个姿势。

“你知道你的青春结束在哪一刻吗？”卡洛用被单把自己裹起来，“我问的是确切的瞬间。”

“上帝啊，你怎么会在做完以后想这种深奥问题？”她也钻进被单，蹭着他的腿，“高中毕业的时候？”

“不不不，我是说**确切**的瞬间。”

她眯起眼睛，她的回答应该是：得知父亲要死了的时候。但是她说：“应该是我公司开业的那天。”

“也就是三年半之前。”

“那时候办公室里只有几张办公桌，你搬来两个大箱子，我一点一点把东西搬出来。我选好了座位，把那只脖子可以弯来弯去的塑料乌龟摆在桌上。你还记得吗？”

“那时候你很害怕。”

“有一点。”

他靠在枕头上：“我呢，是五年前九月的最后一天，我骑着自行车去上班，从明乔游泳馆骑到通往罗马门的里帕蒙蒂天桥上，那个瞬间。”

他们不再说话，过了一会儿他听到她睡着了。他还醒着，他记起来有那么一个瞬间，骑着车蹬着脚踏板，他感受到了奇妙的魔力。里帕蒙蒂天桥他骑得气喘吁吁，他还没有一份稳定的工作——他相信编辑工作只是暂时的——他还保存着对文字的骄傲，还没有放弃写作，他正以未婚夫的身份和玛格丽塔同居，还没有靠着父亲的关系成为大学教员。还没有。那个时候他还有可能成为任何人。他踩在脚踏板上站了起来，仿佛几米开外就是终点，快乐填满了胸腔。他经历了一段下坡路，但他坚信那只是一时的，有高潮也有告别，在不远的将来，他会作为一个成熟男人跨入新的人生。他总是枕着同样的忧郁入眠，或者他应该称之为满足。

他醒来眼前浮现出的第一幅画面就是玛格丽塔和那位理疗师。她躺在理疗床上，双腿微张，青年为她按摩整个大腿内侧。压抑着快感的她，把持不住的青年——怎么可能把持得住？——轻轻蹭过不被允许蹭到的地方，悄无声息地勃起，也许接下来就在更衣室里释放。他蹑手蹑脚溜出卧室，到浴室迅速冲了个澡，来到小厨房为玛格丽塔做了一杯摩卡咖啡。他把咖啡放到一边，咬了一口烤好的全麦面包，冷静地嚼着，看着餐桌角落上几张已经支付过等着被塞进活页夹的账单，一副老花眼镜，一瓶抗过敏药，一盆多肉植物，他妻子的正在充电的手机。他妻子的手机。他让自己想想别的事，记下可能要去超市买的东西，把排好版的摩洛哥旅游指南的校样放回背包，走出家门：如果在她的手机里发现他给索菲娅发过的那种短信，他该做何反应？他绕着索拉里公园，缓步走在蒙得维的亚路上，身边围了一群窝了一个晚上此刻精神抖擞的狗，狗的身后跟着睡眼惺忪的主人们，他仔细观察这群动物快乐的模样，它们身上没有戴狗绳，也就是说它们十分忠诚。

如果玛格丽塔真有别的男人，他会做何反应？他离开公园，避开这个问题，渐渐确信他对索菲娅的关切正变换出新的形式。她回里米尼已经三天了，教室里再也没有她的身影，这样的失败如今他已经能够承受，只要不把玛格丽塔当成避风港就好。他曾经放纵欲望越过婚姻的边界，如果重新画下这个圈，他和妻子的生活只会变成一种将就。玛格丽塔是他的幸福所在，他很清楚这一点。但是现在，他同样清楚地感觉到，在他的脑海里，一片自由的空间正在异想天开地、不可动摇地、不容置疑地扩张成形：每一次想到索菲娅，这片灰色地带都会释放出新的能量。现在是索菲娅，未来谁知道是什么人。另一处的幸福所在。他也问过自己，导火索是不是他对婚姻产生了厌倦，结论是他想结束这种与补偿式感情有关的剧情。他的妻子带给他快乐，无与伦比的快乐，索菲娅也带给他快乐，无与伦比的快乐。

到了大运河，他拿出手机，输入“至少告诉我你还回不回米兰”。他双手插兜，沿着圣戈塔尔多大道走到拉格兰杰路路口，编辑部就在转角的象牙色小楼里。他冲秘书办公室的曼努埃拉点点头，对方笑着拨了拨棕色的齐肩鬈发。他和她问过好，径直朝走廊尽头走去。卡洛在这里工作六年了，从最初签下临时合同开始，一直坐在同一把扶手椅上：每月一千四百欧元净收入，不用坐班。这是他从文学专业毕业后的第二份工作，第一份是在一家广告公司。他辞掉了第一个，因为他无法胜任，而且那份工作妨碍他写作。一切都在妨碍他写作。于是父亲**行动**了："我来想办法。"父亲让他到自家的诊所管理人事。他拒绝了，他们俩整整一个夏天没有说一句话。现在如果有人问多梅尼科·彭泰科斯泰他儿子做什么工作，他会回答："他教文学。"有时候卡洛会想起那天晚上父亲问他的问题："你真的能写出一本小说吗？"

卡洛从放在办公桌下的纸箱里拿出一瓶水，喝了一口，等待电脑开机。他一直和平面设计师米凯莱·拉图阿达共用一间办公室，米凯莱四十岁，话不多，住在贝加莫①附近，每天早晨六点钟赶到火车站，比发车时间至少提前一个小时到，否则找不到停车位，交警们开起罚单可不手软。停好车，他会放下座椅，定好闹钟，再睡一会儿。有那么几个月，卡洛一直想写一部小说，关于这位同事、他放倒的座椅、他在埃塞伦加超市的积分、他的午餐便当，以及自己对他的喜爱。米凯莱·拉图阿达曾教导他，有一把舒适的扶手椅，办公桌下常备有矿泉水，有老婆，或者再加个孩子，就可以知足了。

他把键盘挪得离自己更近一些，偷偷观察米凯莱：他正在做日本专题，架好眼镜，鼠标点得嗒嗒响，时不时因为精神高度集中做出些奇怪的表情。他们今天的主要任务是富士山，确定好给

① 贝加莫市位于米兰北部，距离米兰不到 50 公里。

北海道温泉留双页篇幅，转而研究起了大阪烧。他的手机震了一下。米凯莱听到了，背过身去。卡洛掏出手机，上面写着："我明天回来，搬剩下的东西，请问我的课时足够申请硕士学位证书吗？谢谢。S。"

他起身离开办公桌走到窗边，圣戈塔尔多大道上电车变换轨道发出了隆隆的响声。他握紧手机，重新读了一遍短信，等着松了一口气的感觉蔓延到肩胛骨。他抬起头，看到米凯莱正在看他。他回到座位上给索菲娅回短信。他向她保证学位没问题，又约她见面。然后他把手机搁在桌上，开始写大阪烧的两页文字。

"我时间很紧，老师，不好意思。"

他要把介绍大阪烧的文字补充完整，最后一个文字框他想留给淀川边的设计型酒店。

"只是喝杯咖啡，你说呢？"

"要么明天吧，如果我寄完那些书还有时间，但我不能保证。"

他开始写奈良、鹿群和夜游赏灯。

"就这么定吧，索菲娅。确定了跟我说？"

"明天联系吧老师，日安。"

他喜欢她用"日安"结束短信。卡洛对米凯莱说他已经完工了，准备出去吃个饭，很快回来，他知道自己不会很快回来。今天不是周四，他不想惊扰岳母，但他还是坐上开往威尼斯门的电车，换乘地铁坐到巴斯德站，走进斯卡林吉蛋糕店，买了一块外交官方糕和一块俗称"爸爸"的那不勒斯朗姆酒蛋糕，每个星期四他都这样做。来到莱盖路，他看了一眼百叶窗有没有卷起来，然后按响门铃。他比平常等得更久，正准备放弃时听到了安娜的声音。

“是我。”

“你是？”

“卡洛。”

他的岳母站在楼梯转角处等他，两只手握在一起：“出什么事了吗？”

“刚好在附近。”他抱了她一下，总是只和她贴一下脸颊[①]。他闻到一股玫瑰的香味，突然意识到她没有化妆，衣服也皱巴巴的。

“你吓了我一跳。”

“我可没被野狗咬到。”他把蛋糕递过去。

“你吃了吗？”

他摇摇头，跟着她进门。电视关着，沙发上盖着一张毯子。“你在睡觉。”

她已经在冰箱前拿着一个盘子忙活起来了：“一个总是备着金枪鱼汁炖牛肉的丈母娘。”

“我母亲的冰箱里也永远有金枪鱼汁炖牛肉。”

“说到这个——”

“你不用来。”

“你母亲会伤心的，”她笑了笑，“但我不知道送她什么。”

“我们准备了施华洛世奇海豹摆件，已经算上你了。”他坐在她的高脚凳上，而她在准备食物。她端上来一盘金枪鱼汁炖牛肉

---

① 意大利的贴面礼一般贴两次或三次。

和一杯红葡萄酒。

他吃了一口："如果我是你我就不去。"

"诺曼底登陆之前他们也是这么对盟军说的。"她笑着在外交官方糕上挖了一个角。

然后他们都不说话了，他品尝着牛肉，目光停留在餐盘上。细嚼慢咽地吃完，喝了一口红酒。他说起康科迪亚大道。

"我很担心那房子没有电梯。"

"我们还年轻。"

"玛格丽塔的腿。"

"只是一次发炎，会好的。"

卡洛端起盘子准备去水池，她抢过盘子开始洗，顺便洗了一个茶杯和一副刀叉。"你知道吗？我还在读那个叫杜勃斯的人写的小说。看他写的就让我想到不爱说话的女儿跑来找自己的母亲，女婿也跑来找丈母娘，丈母娘只能默默洗盘子，因为她既要站在女儿这边又要站在女婿那边。"

"你应该站在女儿那边。"

"这话听起来像一个神父说的。"

"我现在处境很复杂，安娜。"

"没有必要告诉我。"

他站起来走到落地窗边，栏杆上挂着地毯，边上是一个放鸟食的小托盘。雾气落在莱盖路上。

"你想跟我说什么，说吧。"

"我想说我变成了一个白痴。"

“所有男人都会这样，在某些时候。”安娜坐在高脚凳上专心吃蛋糕，“多么希望我也是男人啊。”

他看向她。

她小口小口吃着蛋糕，一边抚平衣服上的褶皱，“玛格丽塔从小就不相信圣诞老人，你知道吗？有一次她找到她爸爸，那时候她大概五六岁，问他，能不能在平安夜之前就提前收礼物。”

“她自己想出来了。”

“她也想到了你必须走那条路。”

“那是一个错误。”

“错误这个词有很多隐含意思。”她忽然想听唱片。她走到书柜边，随意选了一张，从盒子里取出来，打开留声机，试了三次想把唱针放在唱片上，最后还是让卡洛帮她。

“是莫杜尼奥①。”她说。

星期四他们时常会放几张唱片来听，今天虽然不是星期四，他们之前还聊了些烦心事，但还是可以随心所欲。莫杜尼奥或是艾瑞莎·富兰克林②或是变色龙乐队③，留声机开着，他们在一旁消磨时间，她的女婿时而在书柜前徘徊，时而伏在大圆桌上工作，而她读书，在厨房里忙活，或者熨烫衣服。她经常安坐在高脚凳上，眯着眼睛，假装沙发上的人影不是卡洛而是一个丈夫。他会是什么样的？更矮一点？还是格外高大？一个富有的男人或是一

① 多梅尼科·莫杜尼奥（1928—1994），意大利歌手、演员。

② 艾瑞莎·富兰克林（1942—2018），美国流行音乐歌手。

③ 变色龙乐队，1963年成立于米兰的流行乐队。

位艺术家？说不定是个法国人，或者皮亚琴察人——他们吃马肉，强壮又温柔。她偶尔会幻想刚刚遇见的男人，她喜欢想象自己穿着晨袍和陌生男人坐在客厅里的样子。这些绮念让她害怕，于是她心里一直想着弗兰科。黄昏时候这份想念尤为鲜明。床空荡荡的，她窝在他经常小憩的沙发椅上，寻找他残留的印痕。墙的那边是索尔达蒂一家，一对父母和两个常常拌嘴但相亲相爱的儿子，她会贴着浴室的墙壁听那边的动静。大儿子法比奥刚刚拿到驾照，全家人为他举杯庆祝，酒杯里装的是温热的普洛赛克起泡酒——父亲忘了提前把酒放进冰箱。有一次她正在洗澡，听到隔壁妻子的哭声，好像是为了什么天大的事情，那种抽搐一般的绝望哭泣。她从浴缸里起身，心里乱糟糟的，她也那样哭过。谁没有过呢？婚姻也可以让人厌恶。

她偷偷看了一眼女婿，他正在手机上打字，唱片机里莫杜尼奥正在唱《你好吗》。卡洛不是那种会主导一段关系的孩子。七十年时间让她学会了分辨两种男人，一种看似形迹可疑但做不出来，另一种看似毫无破绽但做得出来。他是第一种，举止过于谦卑恭顺，激动了还会脸红。她担心这一点会把玛格丽塔还有他自己搞得一团糟。就像有一年圣诞节，在饭桌上，上甜点的时候多梅尼科·彭泰科斯泰对儿子进行了一番审问，顺便训了他几句，他在父亲面前低眉顺眼，语气虚弱，她看着刺眼。他的父亲问他未来的计划，打算怎样把圆画方。①

---

① 卡洛的父亲在嘲讽他写小说不切实际。

卡洛问："什么把圆画方？"

于是彭泰科斯泰转而问她："你怎么看，安娜？你的女婿做什么样的工作才能体现个人价值？"

她回答说："做他已经在做的事。"

"你指的是？"

"成为一个可靠的男人。"其实她想说"无趣的家伙"，但忍着没说。她始终用不好形容词。

"你要拿本书看吗？"看到他放下手机她立刻说。

"现在没心思看书。"

她走到书柜前，从第三层挑了一本没拆封的《特克斯》。"这本书能让你头脑清醒。"

"弗兰科会生气的。"

"弗兰科都入土为安了。神枪手们总是能给出好的建议。"

他们朝门口走去，女婿身上的这一点她也很欣赏：他不会耗在别人家里，等到没话说了变成一件摆设才走。她目送他下楼，漫画书夹在他的胳膊底下。那本《特克斯》是她和丈夫在贝加莫的一个流动街头书摊买到的。逛露天市场对他们来说算是一场郊游，淘到这本书的弗兰科惊呆了，他爱不释手，问过摊主价格就转头跟她讨论要不要花六万里拉买一期价值十三万的漫画杂志。他眼珠子滴溜溜地转，两只手紧紧攥着那本漫画，一副小孩子模样，让她很不习惯。

安娜把沙发上的毯子拿起来折好，把高脚凳摆整齐，清理掉午饭留下的碎屑和残渣，关掉莫杜尼奥正唱着《小脸蛋》的留声机，到客厅拿出针线包，展开。她凝视着一根根缝衣针，大大小小的线轴，上面缠着的各式珍贵的缝纫线，深蓝和朱红色的缎面，三把裁缝剪刀，布样，这些都是她的“手术”工具，虽然现在她几乎不做裁缝了，手关节也痛得厉害，她还是能感觉到，自己的创意和速度都没有丢失：她知道怎么用驯鹿皮、平针织布、丝绸——丝绸从来不叠放，她能在牛仔布、欧根纱、锦缎上大胆镶嵌图案——对于她纤细的手指来说，锦缎是最难处理的面料。她的一切设计都是为了满足女士们的虚荣心。客户们到莱盖路来，还为了跟她聊上两句，问问她该不该在蒙特拿破仑大街买某件东西，说说孩子的事，说自己受过的惩罚和犯过的错误。她们就是她的小说。

她抽出一根针孔比较大的缝衣针，选了一卷线轴，拉出一截蓝色的线用牙齿咬断——这动作她从没在人前做过——打开煤气灶上方的罩灯。眯上一只眼睛，瞄准针孔，一击即中，每当这时她总是微微翘起一边嘴角。她走到卧室里床边的衣柜前，拿出没用过的一块缎子和一片刺绣蕾丝，坐在床垫边缘，把缎子和蕾丝的四条边对齐，目光移到床头柜上方挂着的一张照片上。她仰着头开始缝线，手指一下一下摁住布料，眼睛看着那两张面庞，当时他们刚结婚不久：弗兰科瞪着相机一脸不知所措，她挽着他的胳膊扮着滑稽的鬼脸。她把手里的布料翻到正面，目不转睛地看着照片里两个二十来岁的年轻人在他们钟爱的科莫湖边。她低下头，最后收尾：两块布料合二为一，她依然是一个技艺高超的裁缝。她慢慢站起来，吸了口气，来到走廊尽头被当做杂物台的书桌前。上面有三个小盒子，她拿起最后一个，翻了翻，找到一串挂在磨砂钥匙圈上的钥匙。

她打开家门，走到一楼，继续下楼来到地下室。他们家的地下室在右手边倒数第二间，光线微弱，她试了两次才把钥匙戳进锁眼。一股潮湿的霉味钻进她的鼻子，她伸出一只手盖在脸上，走到放果酱罐的搁板边。打开搁板下面的电灯开关，她站在那里，房间里乱七八糟，她有一年半没下来过了。房间深处的柜子几乎看不清，她记得里面放着好几只玻璃瓶，分别装着不同颜色的纽扣，还有几个文件夹，装着旧的家电使用说明书。她往前走，一边走一边对自己想做的事越发肯定：她找到水果板条箱，掀开裹在上面的床单，把箱子拖到房间中央正对灯光，弯下腰，拿起那堆漫画最顶上的一本，《米奇队长》第217集，翻了翻，那张明信片就藏在扉页后面，1976年，寄自博尔米奥，“山上散发着松木清香的小屋，你该多么喜欢呀，你的克拉拉。”

明信片摆在眼前，重新读一遍，她知道自己可以继续。她找出第二张、第三张，全部二十一张，心里再一次升起熊熊怒火，因为他根本没想过处理掉这些明信片。她把明信片叠在一起，贴在腹部，转身原路返回，关掉电灯，走出地下室，走上台阶，走进家门。她把明信片搁在书桌上，很奇怪，她竟然觉得兴奋：所以，这就是自由的感觉？

索菲娅注视着父亲，他弓着背伏在餐桌上，正在读她写的作文，烟灰缸里香烟吐出的烟雾飘摇上升。雾气南下攻占了里米尼。他读完把那七页纸重新折好，拿回卧室。留在桌上的香烟升起的烟痕似乎要和窗外的雾气融为一体。

父亲走出房间说："我们去海边吧。"

他们走到大街上，伊纳卡萨区被白茫茫的大雾吞没了。索菲娅跟在父亲身边，他们走向那辆雷诺风景，五金店交给经理人之前最后一次搬迁的时候用的就是这辆车。她母亲去世之后他们很快搬走了。

车子开得很慢，来到老城区，古城墙下周六早晨有集市，沿着城墙继续行驶，开过提比略大桥①边，穿过火车站的地下通道，沿着一条夹在别墅和隐蔽花园之间的小路，驶入沿海公路，在9号公共海滩前停好车。

他们下了车，踏上里米尼最边缘的一条水泥道，两艘渔船停靠在码头，一个男人正在清洗船头。父亲的脚步很轻，她仿佛独自行走，和父亲保持着一步的距离。走上防波堤码头的时候，他们听到亚得里亚海拍打礁石的声音，在黄色灯塔的塔基上坐下来。父亲刮了刮她的下巴，然后看向大海。

她也看着大海。她问他那篇文章写得怎么样。

他穿了一件牛仔服，围着一条棉质围巾，扣上两颗纽扣。"那天在车里你妈妈真的唱了瓦诺尼？"

她点点头。

他轻轻地笑了。

---

① 提比略大桥，由罗马开国皇帝奥古斯都下令建造，由其继任者提比略在公元20年建成并因此得名。世界上保存最完好的古罗马桥梁之一。

“为什么笑？”

“八七年的时候瓦诺尼在加富尔广场办了一场演唱会。我们和你舅舅一起去了，你妈妈非要我们翻围栏溜进去。”

“你翻了吗？”

“你知道咱们五金店的工作服是她看了那场演唱会之后定的吗？”

索菲娅摇摇头。

“一开始你妈妈想要黑色的。但是那天晚上舞台上的瓦诺尼穿了一件深蓝色的雨衣，看起来特别像一件工作服。”

她看着父亲。

他解开围巾：“你妈妈也幸福过，索菲娅。”

“那有了我以后呢？”

“特别是有了你以后。”

她想坐得离他更近一些，好挽住他的胳膊，她曾经挽着他，如今却不记得怎么做了。她听着他的呼吸，缓慢低沉的呼吸，须后水的味道渗透了雾气，她嗅着这味道就像在五金店的时候一样。至少有七八年时间都是这样，她闻着父亲身上的味道，听到他爬上台阶对她说：“我老了以后这间店铺交给你吧？”

安德烈亚对父亲说：“但是爸你永远不会老。”然后他继续在希曼[1]贴纸上涂涂画画，一边啃着午休时吃剩的福卡恰面包。每

① 希曼是1983年出品发行的美国动画片《太空超人希曼》的主人公。这部动画片在1980年代风靡全球。

当坐在书报亭里，他都会想起父亲年轻时的模样。现在也是。

他默默观察父亲，他正在整理他们身后橱窗里的双月刊杂志，手法又稳又准，保证每一本画报的标题都露在外面一眼就能看到。母亲在门外闲聊。

安德烈亚把缠着绷带的手揣在怀里，用另一只手招呼顾客。他黎明时分就从家里出来了。

“你去哪儿？”克里斯蒂娜躺在床上问他，他让她不要担心。

“我哥我来搞定。”她说。

他沉默以对。

“安德烈亚，答应我不去找他。”

他点点头，走进浴室，把指甲上的泥土搓掉，差点搓破皮。他吃了抗生素，小心翼翼地换好绷带，把染了血的脏衣服塞进塑料袋，扔进公寓楼外的公共垃圾箱，然后迈开步子，对塞萨尔的想念没有一刻停止。

他帮父母看店到午饭时间，然后他们轮流去摇滚餐吧吃饭，他和母亲一起去，他让母亲坐在长椅上，自己坐对面，他怕她感觉到什么，她什么都能感觉到。他的母亲两颊红扑扑的仿佛山地居民，虽然她是维杰瓦诺①人，她担忧丈夫的心脏，“你父亲多固执啊，你跟他一样。”她问他在医院为什么不打电话给他们。

他说有克里斯蒂娜在。

“我只需要知道你过得好就可以了。你过得好吗？”她把帕尼

---

① 维杰瓦诺是距离米兰 35 公里的一个小镇。

尼放回盘子里问道。

他也放下三明治，他多想给她买一件晚礼服，看她打扮得漂漂亮亮，再告诉她这些都是她应该得到的。他站起来绕过桌子坐在她身边。

“我很好。”他给了她一个拥抱。

他原本想问她借车，吃完就走，但是他又回到书报亭，把漫画挪到汽车杂志边上，把装二手书的盒子放整齐，受伤的手一阵一阵地钝痛，他接待了几个顾客，帮父亲清点今天的报纸销量。他问父亲能不能用下车。父亲说前一天刚刚加过油，问他缠着绷带怎么换挡，他说没问题，去抽屉里拿了钥匙。

一路开到科尔韦托区[①]，换挡非常吃力，遇到红灯他就握紧拳头、摊开、再握紧，好让自己适应疼痛的感觉，就这样开上绕城高速。下了匝道来到圣多纳托，他减慢车速，看到足球场没有人。往前开，到了农庄，也没有他们的车。他打电话给克里斯蒂娜，说自己正准备看医生检查伤口，虽然伤口已经没那么疼了，看完回父母家吃晚饭。

“你跟你爸妈怎么说的？”

“厨房里的意外。”

“他们信了吗？”

“我不知道，也许没有。”

“我哥哥一直不回我。”

---

① 米兰第四行政区的一个分区，位于米兰东南市郊。

“我要看医生了。”

“我傍晚再找他。”

他们互相道别，他下车快步朝农庄走去，铁丝网有一处松动了，他翻了进去，走到内院，满是尘土的正方形场地上，还放着他们用来埋葬塞萨尔的那两把铲子，还有几个水桶。他往狗窝里看了一眼，发现里面盘着一条铁链，由两根链条组成，被弹簧钩连在一起，他解开钩子拿起更短的那根，拽出来缠在自己更强壮的那只手上，走出农庄，回到车上，发动汽车，掉了个头，在弯道前停好。他打开收音机在车里等着，他不知道克里斯蒂娜的哥哥会不会来。那家伙一般待在他父亲家，老人家上了年纪，由他们轮流照看。他等到黄昏，广播里开始放新闻，接着是一首卡尔博尼[①]的歌，自从去阿萨戈体育馆看了一场演唱会他就迷上了卡尔博尼。他又读了一遍玛格丽塔的短信，他们来回发了好几条，她突然打电话来，没头没脑地邀请他周六或周日一起喝咖啡，他关上收音机，把座椅靠背放低了一点。

又等了一会儿，他快要睡着的时候，远远地望见了那辆福特嘉年华，他的手一阵阵抽痛，手机上还有两通来自克里斯蒂娜的未接来电。他等那辆嘉年华停好，看着车里的男人走出驾驶室，走进农庄。他下了车，铁链垂在身旁。

他踹了三下门，门一开就压在了对方身上。他知道怎么干，也已经干了。事实上，他的身体崇尚征服。结实的肌肉，灵敏的

---

① 卢卡・卡尔博尼（1962—　），意大利创作型歌手。

关节，精准的反应，这些都是他残忍的助力。安德烈亚猛地一推，那人倒在厨房门口。他等对方爬起来，听到他说“妈的”。于是他挥动铁链，那人被抽中腰部，再次倒地。安德烈亚立刻挥起铁链猛抽他的腿。看到他口吐白沫，翻了个身，努力用胳膊撑起身体，却瘫倒在地。铁链干脆利落地打在胫骨上。安德烈亚一直盯着这个跟他同龄的青年，看他艰难地挪动，看他把尖叫堵在嗓子眼，看他仰着头伸手去摸自己的膝盖，想检查断了几根骨头。他靠着桌子重新抽打起来。

他手上的绷带完好无损，没有受伤的那只手倒是因为紧握铁链火辣辣地疼。那个人抓着自己断了的胫骨惨叫。安德烈亚认识克里斯蒂娜的哥哥在她之前：也是在木兰音乐节。随后几天两人搞了点可卡因准备小赚一笔，一起喝啤酒在网上搜索综合格斗比赛，一起分摊下注的费用，一起习惯看斗犬受伤。

“你把我的腿打断了。”那个人终于坐了起来，背靠着墙喘了口气。

安德烈亚把铁链放在地上，注视着沙发椅，扶手上有一堆烟头和一个空的烟灰缸，坐垫上有一副纸牌和揉成一团的饼干包装纸。

“你把我的腿打断了。”灯光投下阴影，他的眼眶似乎更加深陷。他爬到面包柜前，抓住搁板把自己拉起来，然后胳膊撑在搁板上站了起来，身体的重量都放在一条腿上。“那条狗是我杀的，也是你杀的。”

安德烈亚不去看他。

他靠在面包柜上，像一只站不稳的火烈鸟。他猛地吸了一口气，又滑了下去。“它是我杀死的，也是你杀死的。”

安德烈亚从他身边走过，出了门。克里斯蒂娜坐在最下面的台阶上，望着马路，头发斜斜地扎在一边。她抬起头但没有看他，而是看向敞开的门。他什么也没说，径直走到铁丝门边。他感到很累，快走到公路时，又回头看她，她正进屋去找哥哥。他感到一阵害怕，就像每次不得不向什么东西告别时一样。

玛格丽塔一边走进公司一边琢磨着，如果她和安德烈亚继续下去，会给她的丈夫造成什么损失。她很确定，他们的婚姻一定会受伤。用内米洛夫斯基的话来说，是“沉醉”。她打开门，关掉防盗报警器，走进厕所。她看着镜子里的自己一字一顿地说：“你勾引了一个二十六岁的青年。”

她觉得自己不一样了，更坚决了，她明白了自己真正的恐惧是卡洛在她心里的分量一点一点降低。所以高潮来临前她说出安德烈亚的名字，希望这份坦白能够打通他们内心的分隔舱。毕竟，一个新鲜的肉体能让他们的婚姻失去什么呢？也许她试一下发觉不过如此。也许他们的感情为此奇迹般焕发新生。她极度厌恶那些披着心理学外衣的荒谬论断，比如把背叛归咎于不幸福。她如果背叛也是因为安德烈亚宽阔的肩膀。因为他的翘臀。因为他的年轻。因为他的羞涩，而她可以带领他发现深藏的自己。最重要的是：因为这个男孩对她的渴望。她仿佛看到有人以一种最原始的方式渴望着她，就像她订婚、步入教堂、贷款买房之前感受过的那样。她感到挫败不是因为她不承认这份骚动，她一直承认，是因为她无法接受妥协，也就是说，她可以摸这个理疗师但她的丈夫不能摸别的女人。原来她是一个如此专制的女人，不愿意退让哪怕半步。她尽量软化自己对厕所那件误会的不满，但是距离真的把这件事抛到脑后还差得很远。安德烈亚是一个补偿吗？安德烈亚是一个愿望。

她给他发了短信，他回复得很规矩，只有一条短信，他说周一在理疗店见，句尾用了省略号。卡洛说过，省略号是示弱：作家们犹豫的时候就会写省略号。然后她读了《坏女孩的恶作剧》①，发现省略号也可以有别的含义。巴尔加斯·略萨笔下的人物把省略号当成革命的序言。三个点②用于一段默契情深。三个点用于一场政治暴动。三个点用于暧昧撩人。于是她拨通了安德烈亚的电话。他们聊了他手上的伤和她的腿，她邀请他周六或周日一起喝杯咖啡。他回复说好的……

她翻开日程本，撕下一页纸，写下这一天的待办事项。第一项：康科迪亚大道。第二项：安排三场勘房（特别注意莫尔加尼路那套三居室）。第三项：想想怎么解决第二天婆婆生日聚会的事。她翻了一下前一晚写下的康科迪亚大道的记录：一个善意的谎言，成功了皆大欢喜。她拿给卡洛看，欣慰地发现自己还能如

---

① 《坏女孩的恶作剧》是诺贝尔文学奖得主、秘鲁作家马里奥·巴尔加斯·略萨 2007 年出版的长篇小说。

② 意大利语中的省略号是三个点，通常表示比句号更长的停顿。省略号在其他语言中的用法不尽相同。

此大胆，而他也能毫不啰嗦地支持。她在通讯录里找到房主的名字，坐了半边椅子，电话铃响到第三声被接起来，她热情地问候对方，却在房主的声音中察觉到一丝冷淡。她立刻转变策略，不再编造一个个注定不会成交的看房客户，而是谎称有了好消息：有一对夫妇对房子很感兴趣。

“噢多好的消息啊，玛格丽塔，我之前还有不好的预感呢。”

“怎么您信不过我们吗？”

“我当然相信你们，”她停顿了一下，“只是越快了结越好。那对夫妇是什么人？”

玛格丽塔回答说是一对没有孩子的夫妇，男的是律师女的是小学教师——谁知道她怎么会想到说这个，“小学”教师——他们跟别人一样，也对房子没有电梯、屋顶是个露台有点担忧——他们担心隔热会不会有问题，但是公寓的采光让他们着迷。看到一半那个老师说“就是它了，这就是我的家”。玛格丽特说完这句台词正担心演得太夸张，只听到房主满意地吁了口气。

“但我没有给她任何保证，尤其是价格方面。”

“低于五十三万免谈。”

“我争取，您也好好考虑一下。”

“我已经考虑好了。”

道别之前玛格丽塔冒险提了一下马略卡岛：“岛上也会莫名起雾吗？”“没有雾，只有从东向西狂扫海岸的风。”

挂掉电话，她一只手扶住额头，决定再处理掉一件麻烦事。翻出婆婆的电话号码，嘟嘟声响起，她又往前挪坐到椅子边缘。

“玛格。”听筒里传来对方的声音。

第一次见面开始她一直称呼她玛格，谁能想到一位穿羊绒衫、有四分之一英国血统的女士会这样称呼人。她的婆婆可以和她聊布列塔尼牡蛎和建筑翻修，聊她有多同情超市里负责回收手推车的女士们偏偏碰上某辆车有一个轮子不能转动：热情得令她生疑。玛格丽塔从未向她完全敞开心扉。

“我们做好聚会的准备了，您感觉怎么样，洛蕾塔？”

“我知道你母亲的事了。”

玛格丽塔不说话了。

“我刚刚和卡洛通了电话，他告诉我的。但我不太明白，什么叫她‘不知道’自己来不来？”

玛格丽塔把放在办公桌下的那条腿伸直，它一阵一阵地发痒：“她最近不太好。”

“哪方面？”

“有点感冒，还有我觉得有点抑郁。”

“大家聚一聚对她有好处。”

“我会再劝劝她。”

“我打给她。”

“还是我来吧，洛蕾塔。母亲还是听女儿的。”

她婆婆笑着说：“你看我的西蒙娜多听我的话，比如跟那个家伙的事。”

“马马杜是个好小伙。”

“说说你过得怎么样，亲爱的。我听说康科迪亚房子的事了。”

玛格丽塔说抱歉她得挂电话了，公司里来了人。她保证第二天准时参加聚会——虽然她知道自己不会准时——她还让婆婆放心下午会再打电话给她——虽然她知道自己不会打。得知卡洛一直在向他的母亲传递她不应该知道的信息，她对这两个“不会”就更加确定了。丈夫在母亲面前的不知克制，也是他在学校厕所里的不知克制，也是让她爱上他的不知克制：卡洛的人生经历过起伏和变向，这是一个内心冲突强烈的男人，而她信任冲突。父亲去世后，她在母亲身上也看到了冲突：她把胜家缝纫机束之高阁，走下厨房的高脚凳，发动了一连串温柔的叛乱，她学会说不，学会叹气，学会把脚架在客厅的茶几上。玛格丽塔也应该试试，在三十五岁的这一年：这是对晚年生活不错的投资。

玛格丽塔的同事们都到了公司，就在小会议室里开了个会，然后加布里埃莱出去见两个约好的客户，伊莎贝拉躲到一边回几个电话，玛格丽塔低着头回到电脑边。她开始给自己负责的两处房产写情况描述，同时打开 Facebook 看一眼——她很少上 Facebook，她的主页没有一张照片——她和卡洛都认为没必要太关注网上的东西。她点进索菲娅·卡萨代伊的主页。最新一条是一个星期前发布的风景照，一片米兰的屋顶，有二十七个赞。她把网页全部关掉，站起来在办公室里走了几步，那条腿舒服了一些。她重新坐下来，修改了几条在线广告，研究了一下去莫尔加尼路那套房子现场勘察要注意的一些细节。那是一套宽敞的三居室，面积九十平方米，如果真的跟照片上一样，估计能卖到三十六万，差不多能给公司带来一万二毛利。二〇〇九年如果一切按照计划进行，她每个月能到手两千一百欧元。卡洛每个月拿回家一千四百欧元，彭泰科斯泰家会偷偷给他零用钱，但她拒绝列进家庭收入。要买康科迪亚的那套房子，他们得交出存下来的三万二，再背上每个月八九百欧元的贷款。

她坐在办公桌旁吃了一份帕尼尼。下午一两点钟她提前做好了勘房准备，把外套夹在胳膊下，她想呼吸四月的空气，想把家里的财务状况扔到一边，就跟伊莎贝拉打了招呼，出门来到斯蓬蒂尼路上。走进莫尔加尼公园，绕过地掷球场和场上的玩家①。她停下来看他们玩，心情好了起来，靠着一棵金合欢树的树干，让阳光照在脖子上。

“感觉怎么样，玛格丽塔？”她问自己。每当她可能改变方向，就像控制行驶方向的父亲为列车变换轨道，她总是会这样问自己。父亲会告诫她：你要为自己选择正确的轨道。而对她来说，正确的轨道永远都是其他人正在行驶的那条。

场上的球员扔出球，她继续走，穿过公园，看到莫尔加尼路公寓的房主在九号门等她。初次见面她就能和房主建立一个卖房同盟，她会让房主尽情抱怨，允许对方全面主导，只在需要强调自己是靠谱的内行时才插话。然而一旦谈及房产挂牌的要价，她会立刻打消房主的一切幻想，提出真实的估价和可以议价的空间，最后加上她的口头禅：“您放心交给我吧。”重点是说这句话的语气和声音：要冷静、真诚，绝对不能太激动。她用半个小时完成勘房，这间公寓值三十六万。房主是一位安静的老人家，七十多岁。他坦诚地说等拿到钱他要搬去利古里亚②，还要资助孙子上大学。他们约好到公司正式商谈，然后就道别了。她会让他实现心愿的，她有理由相信这些事能成。拿到一笔好买卖，她这一整天都放晴了，接下来没有其他预约，她打电话确认了办公室有人，沿着公园走起来，好像有一股电流从心脏冲到脑袋。换作任何其

① 地掷球是一项“双方运动员在规定的场地上用手投掷球进行对抗”的体育运动，流行于欧洲及亚洲一些国家。

② 利古里亚大区，意大利西北部的大区，首府热那亚。

他时刻，她会称之为愚蠢。

她把外套穿上，走到巴科内广场，路过一家游泳馆，以前还没有经常去健身房的时候她会在这里游泳。她踏上布宜诺斯艾利斯大街，街边的橱窗让她想起少女时代和闺蜜们一起度过的周六午后。她们后来都怎么样了呢，大家难得碰面，仿佛都被订婚和结婚吞噬了。走进阿根廷广场边的咖啡馆，点了一杯咖啡，买了口香糖，继续走向洛雷托广场那栋顶端有红色霓虹灯钟的大楼，拐进波尔波拉路，这个瞬间她突然意识到，她要去见他。

去见他，去见他，带着唇齿间阿拉比卡咖啡豆和薄荷的气息。她想要放慢脚步，不是因为腿疼，不是因为害怕。她观察着快递员们冲进大楼派送当天最后的包裹，建筑物门厅里的灯正在开启，餐馆老板们在门口站好，米兰人潮涌动：所有人在追随日常而她正要逆行。她惊讶于自己内心的平静，还有胃里泛上来的一丝急切。

到了他家楼下，看了看之前她去买抗生素的时候他坐的位置，她蹲了下来。他出来的时候她正准备进门，这样应该是最自然的了，但是接下来的十分钟，二十分钟，他都没有出现。她应该沮丧灰心，应该给他打电话，但她没有，她还是蹲着，两腿并拢，后脑勺靠着门，双手交握，一只手转着另一只手上的订婚戒指和结婚戒指，然后她站了起来，查看门铃上的名牌，有一些写着数字，唯一有可能是他的是一个缩写 AM，写在一张小纸片上贴在玻璃后面。

她踮起脚按响门铃，脸颊贴在门铃面板上，没有人应答。她放下脚跟，这时一个声音说话了，她又凑近面板问：“是安德烈亚吗？”

“哪位？”

“玛格丽塔。”

“玛格丽塔。”他重复道。

“腿伤的那个，医院的那个，约了周末喝咖啡但是没打招呼现在就来的那个——”她不紧不慢地说，“就那个玛格丽塔。”

通话系统嗡嗡叫着，安德烈亚可以听到波尔波拉路上的人来车往。他按了开门的按钮，回到卧室，套上运动衫和牛仔裤，把下午穿的几件衣服收起来，扔进洗衣机。他感觉脑袋很沉，检查了一下手上的绷带，发现有一点扩散的血迹。另一只手的手腕上有铁链留下的痕迹。农庄已经模糊淡去，克里斯蒂娜和她的哥哥已成影子。他打开门，在楼梯口等着：玛格丽塔出现在楼下的台阶上，她气喘吁吁，胳膊下面夹着叠好的外套。

“你好。”她对他说。

他示意她进门，自己走进厨房，拿起水槽里的杯子冲洗干净，开始做咖啡。他感觉到她在身后，他把摩卡壶装满水放在火上，她搬了把椅子过来。他转身：她坐在椅子上，包扔在地上，外套搁在一边腿上，刘海遮住了一只眼睛。她在看他的绷带，他的脸，他觉得他们俩都有点不知所措。

然后她站了起来，靠近他，手抚过他印着铁链痕迹的手腕，抚过他的嘴唇；他抬起手臂把她拉到身前，有那么一瞬间他觉得玛格丽塔就是他的女友。

卡洛钻进被子里的时候，妻子呼吸悠长，已经睡着了。他发现晚饭时她一言不发，不过他也是——第二天要应对彭泰科斯泰家的聚会，他们仿佛被这件事按下了开关，提前储备明天需要的精力。

他等待双眼适应黑暗，玛格丽塔蜷缩成小小一团剪影，他本来想告诉她早上他跟母亲讲了康科迪亚的房子，还有那天下午他去看了安娜：现在他却想隐瞒了。还有弗兰科的《特克斯》，夹在床头柜上的两本相册之间。他翻了个身要去拿那本漫画，手机就在它旁边，他想象着手机屏幕亮起来，索菲娅终于回信了："明天这个时间这个地方见。"这样他就能为第二天既定路线上的这个小小变数好好准备：花很长时间洗一个澡，仔细挑选衣服，编一个能让他在外面待一两个小时的借口，然后睡个好觉。

八点左右，他醒来，立刻检查手机，没有任何短信。他懒洋洋地躺在床上。他想给索菲娅发消息，又放弃了，走到厨房打电话给妹妹提醒她记得带礼物，准时到。

"我会准时的，但是马马杜不来。"

"他必须来。"

"他说可能午饭之后露个面，过来待一会儿就走。"

"让他接电话。"

"随他去吧。"

"西蒙娜。"

"安娜也不想来，对吗？"

“但她会来。”

“随他去吧，算了卡洛。”

当洛蕾塔·彭泰科斯泰得知她女儿受孕了，对方是一个非洲人——她用了“受孕”和“非洲人”这两个词——她跑去找自己的宝贝女儿，想让她恢复理智，没能成功，于是她就不和女儿说话了，之后抱到了小孙子她才跟女儿和好，“生了个拿铁咖啡，看见没？”但最后她还是接受了现实，因为她发现丈夫对这个反叛小女儿的不满正郁积成长期的怨责。

卡洛挂掉电话，等玛格丽塔起床再做出发前的准备。她醒来后，他们相互打量了一眼，她在浴室里哼一首切萨雷·克雷莫尼尼[①]的歌，妻子的低吟浅唱总是让他心情愉快。然后他们开车去花店，一路听着广播。

“感觉怎么样？”他们买了一束百合花，等待的时候他问她。

“不错，”她对他微笑，“你呢？”

他点点头，接过百合花。他们回到车上，放下了车窗，开到大学城[②]，米兰的天空是一片钴蓝色，广播里放的只有广告。他调低音量，对玛格丽塔说，马马杜不来了。

“我打电话跟西莫说说？”

“就这样吧。”

到了彭泰科斯泰家，玛格丽塔拿着百合下了车，他把车开到

---

① 切萨雷·克雷莫尼尼（1980— ），意大利创作型歌手、演员。

② 大学城，原指米兰理工大学和米兰大学旧址所在的区域，现指一整片街区，属于米兰市第三行政区。

阿斯普罗蒙特广场，在这座矩形广场较短的那条边上找到了停车位。他停好车，关掉引擎和收音机，在手机上打字："所以我们能见面吗？"一边向父母家走去，一边按下发送键。到了门口，他看到岳母正在下出租车。安娜和他们打了个招呼，一只手抓着手提包按在怀里，另一只手护着烫好的头发。

"这些出租车司机都是开赛车的，不过这一次我特意说了我胆小。"她亲了一下女儿，走到卡洛面前："我想还是为你妈妈添件贺礼。"她从包里翻出一个包裹，打开包在外面的皱纹纸：是一条配了复古扣环的钩织手链。

"你太客气了。"

"应该的，"她点点头，"我就是看不惯那些认为女人到了七十岁就不该戴首饰的人。"玛格丽塔已经按了门铃，正用一只脚挡着大门。他们乘上电梯，安娜帮女儿整了整身上的薄外套，也整了整自己的。"我准备好了。"她喃喃自语。

卡洛的母亲出来迎接他们，客厅里他妹妹和她的儿子尼科已经在了，卡洛坐在沙发上，突然感到口袋里手机震了一下。他没有看，而是躺到几何图案的地毯上，抓住小外甥的脚踝，假装要咬他，他把小外甥拽到身上问他，这是谁家的小家伙啊，是舅舅家的还是他妈妈家的，是谁家的呀？

宝宝哭了起来，卡洛把小外甥抱起来，亲了亲他后脑勺上的卷毛，站起来带着外甥在房子里乱晃，享受着手机里可能有一条答复的快乐。他在红色玻璃餐桌前停了下来，桌上放着虾冻和牛软骨沙拉。

“你知道现在我和你我们要去哪儿吗，尼科？我们要去舅舅小时候住的房间。”宝宝还在哭，他们走到卧室区，走进倒数第二间卧房，就是这里，他让宝宝看夹在两个衣柜之间的书桌。“你知道这里发生过什么吗？你舅舅为了让你那个想让儿子当律师的外公满意，在这里拼了命地努力。”他抱着宝宝像摇篮一样晃来晃去，在自己小时候睡的床上坐下来，把宝宝放到膝盖上继续晃。尼科弓起背，他把宝宝放到地上，牵着他的手，扶着他在空白的墙壁之间走来走去。从小他就没有挂过一张海报，只有一张行星图，它还在那儿，他盯着那张图，空出一只手拿出手机。她约他三个小时之后在咖啡馆见。

他看着外甥，让他乖乖的不要闹。他的妹妹确定怀孕之后，人人都告诫她：“你知道该怎么做。”但她没有那样做，他们说：“你会吃苦头的。”他也对她说过：“你会吃苦头的。”和他父亲说的一模一样。主任医生多梅尼科・彭泰科斯泰，这个身材高大的男人，声音温和，眼神温柔，说出的命令却不容拒绝。不过他也曾经是一个充满爱心的父亲：为了给儿子模拟东方快车的场景，他就熬夜组装火车模型；儿子要考驾照，他就把他的那辆蓝旗亚三角洲①给儿子一次次练习，还有几次带儿子到梅阿查球场②看国际米兰队比赛，然后度过一个个烤帕尼尼之夜。他给克拉

① 蓝旗亚，意大利菲亚特集团旗下高端汽车品牌。

② 朱塞佩・梅阿查球场，意甲球队 AC 米兰和国际米兰的主场。

克西①、奥凯蒂②和达莱马③投过票，他收藏烟斗但是自己不抽。至于自己的外孙，风暴平息以后，他说："他会是个勇敢的小家伙的。"

尼科指着书桌最顶上的抽屉想要打开它。卡洛帮他拉开抽屉，找到几支水彩笔和一个订书机。"我们回去吧，尼科？你说呢？我觉得你应该饿了。"

"他今天已经吃过三顿了。"

卡洛转身看到妹妹站在门口。

她走过来："你们俩应该自己生一个。"

尼科发现妈妈来了，伸直了胳膊。她亲了亲儿子，但还是把他扔给自己的哥哥。"我知道，我知道，你们还要忙工作，书，房子，事业。"

"没到时候。"

"怕了，嗯？"

"一直在怕。"

"你老婆从来不怕。"他妹妹走到墙上的搁板边，那上面放着一套蓝精灵玩偶，她戳了一下戴眼镜的蓝精灵聪聪，让它倒在搁板上，"她在客厅以一敌二呢。"

---

① 贝蒂诺·克拉克西（1934—2000），意大利政治家，1976年起出任意大利社会党（原意大利劳工党）总书记，1983年至1987年担任意大利总理。1994年被判入狱。

② 阿基列·奥凯蒂（1936— ），意大利政治家，1988年至1994年担任意大利共产党总书记，期间1991年意大利共产党改名为意大利左翼民主党。

③ 马西莫·达莱马（1949— ），意大利政治家，曾任意大利总理（1998—2000）、意大利左翼民主党主席（1994—1998）等。

“什么？”

“康科迪亚大道。”

“真是两个傻瓜。”

“他们早就想说了。”

他把鼻子凑到外甥身上：“我要回去了。”

“还是不要跟爸爸顶嘴吧，求你了。”

“我自己已经一堆破事了，西莫。”

“还没了结？”她把蓝精灵聪聪摆好，拿起一旁的埃菲尔铁塔水晶球摇了摇，里面的雪花四散飘落，“别让她离开你，卡洛。”

他看着她说：“你说得容易。”

“就是容易。”她把拢在右肩的头发拨到左边肩膀，樱桃小嘴让她少了一分优雅，“除非。”

“除非什么？”

“除非你爱上那个人了。”

“没有。”

“再说一遍。”

“没有。”

她抱起自己儿子，“别伤害她。”

“你在给我讲大道理啊。”

他们四目相对，都有点想笑。她带着宝宝走了，到门口突然停住脚步，回头望着哥哥。他也看着她，起身走过去，从背后抱住她，就像小时候他俩抱着玩那样。他抱得紧紧的。“再紧一点。”她说，他抱得更加用力。他跟在她身后回到客厅。玛格丽塔坐在彭泰科斯泰边上，安娜正在帮洛蕾塔戴手链。

“你俩跑哪儿去了，觉得这样合适吗?”洛蕾塔欣赏着自己的手腕，“看看人家送我多棒的礼物。”

“很好看。”玛格丽塔看着卡洛说，“你父亲特别好心地提出要资助我们买康科迪亚大道的房子，但是我跟他说——”

洛蕾塔从沙发上站起来：“大家都在餐桌前坐好！我改进了一下对虾沙拉的菜谱，会让你们欲罢不能的。”

“吃饭了。”他妹妹带着孩子来到餐厅。

“我只是说我可以帮你们。卡洛你知道那个印度投资基金吗?”彭泰科斯泰调整了一下鼻梁上眼镜的位置。

“不，我不知道。”

“我给对虾加了一点点辣味。”

“这个基金还是比较稳健的，但我怕美元未来的走势不好。投资房产对我们来说也很有利。”

“当然我还在沙拉里加了牛软骨。”

“我跟你父亲解释了我们想自己努力，哪怕需要大额贷款。”玛格丽塔自顾自地点点头。

彭泰科斯泰走到落地窗边：“百分之九十五的贷款都不叫大额贷款。那叫抵押人生。”

“我也跟你说过，爸爸：我们想要自己努力。”

“愚蠢的自尊。”他父亲注视着窗外的阿斯普罗蒙特广场，“工资不高又不是你们的错。”

“我热爱我的工作，多梅尼科。”玛格丽塔也站了起来，“而且我不觉得我的工资低。”

“你还有上升空间。卡洛没有那么多。”

“我的丈夫热爱教书。”

“好了我都听累了：我是寿星，现在我请你们都到餐桌边坐好。”洛蕾塔牵住安娜的手，安娜礼貌地挣脱了。

彭泰科斯泰走向自己的儿子，“我知道你热爱教书，但是一周六个小时的爱是不够的。那些旅游指南，又能给你带来多少？我想说的是，”他盯着自己的儿子，“你们要面对现实。就这样。”

餐厅里传来尼科低低的哭闹声，西蒙娜喊他们帮忙，洛蕾塔走了过去。

卡洛在沙发上坐下来：“我的现实是什么，继续说爸爸。”

彭泰科斯泰两手一摊，又垂在腰侧：“安娜，你说，我们的孩子们现在是什么状况？”

“自由。”她脱口而出，自己也吓了一跳，“孩子们很自由。”

“给银行当人质的自由。”

“今天这样过明天那样过的自由。”她让他们看她的手指，“他们可以不用当一辈子的裁缝或者医生。”

“他们相当于高风险资产，”彭泰科斯泰摘下眼镜揉了揉眼睛，“我们也会做蠢事，但我们至少能坚持到底，我想说的是这个。”

安娜朝他走近一步：“那我也想说一句，多梅尼科。一位妻子在她生日那天不应该被晾在一边。”

“我们到餐厅去吧，爸爸，走吧。”卡洛坐在沙发上看着他。

彭泰科斯泰也看着他，再一次摘下眼镜，拿在手里，朝餐厅走去。安娜冲亲家扬起了一边嘴角，也跟了进去。卡洛没有动。问题在于父亲的那副眼镜，他摘下又戴上，这往往代表了他说的是对的。摘眼镜、戴回去：提醒他拿法学文凭一样可以从事文学工作。摘眼镜、戴回去：建议他不要告诉任何人他想写小说，这样万一没写出来对自己也是保护。摘眼镜、戴回去：他十几岁时的某个夜晚，欧洲联盟杯首轮国米二比零赢了罗马，坐在电视机前的爸爸说，比起进球得分你更有可能为了不伤到对手把球踢出场外，然而其实你也拥有马特乌斯①的潜力。这个儿子天性容易放弃：他是高风险资产。

玛格丽塔说他们得去吃饭了，她努力露出微笑，他捏了捏她的手，意思是他想一个人再待一会儿。现在，她先走了，他看着窗外阿斯普罗蒙特广场上的菩提树，想起在那些不用上学的下午，和邻里的孩子们嬉戏玩闹，听到母亲在阳台上喊他的名字，他就跑到那棵树下。

他站起来走向餐桌，大家都站着，小口小口地吃：他的母亲为这顿生日大餐安排了两轮，先是自助餐，然后坐下来吃桌餐，她精心排好了座位。留给卡洛的位置在靠外侧的角落，朝着门，身边是玛格丽塔，对面是她自己，几乎完全被花瓶里的百合花挡住。这就是他的母亲，这个女人被规矩礼仪压得死死的，只允许自己进行最低程度的反抗：一只脚在桌子底下紧张地动来动去，

---

① 洛塔尔·马特乌斯（1961—　），德国著名足球运动员、教练，以技术全面、体能充沛、意志坚韧著称。1988 年至 1992 年在国际米兰队效力。

一只手搭在手表上转个不停，冲自己的某个孩子递眼色希望阻止可能出现的失礼行径，用上菜来打断充满火药味的对话。她有掐灭不和谐苗头的天赋。一顿饭吃下来，大部分时间她都在忙着灭火，保证自己顺顺利利过完这个生日，先从确保丈夫保持沉默开始，再让身边的安娜、玛格丽塔、小女儿还有尼科依次吸引大家的注意力。

卡洛只在意口袋里的手机和流逝的时间。他得准时赴约，他准备和妻子说想一个人走一走，以前从父母家离开的时候他也这样做过。上了烩饭，大家干杯祝洛蕾塔·彭泰科斯泰健康长寿，而他想着索菲娅，胸口像被摁住一样。如果他就此放弃她，发短信跟她说临时有事没法见她，从手机通讯录里删掉她的号码，就当她以后永远留在里米尼，让震颤停留在肾上腺，让心跳加速停留在脖子以下？如果他把这些精力转到妻子身上，酣畅淋漓地做一次，就像他们以前那样，再一起出去看个电影，在外面吃晚饭，商定一些小家庭的计划，也许生个孩子，一定要生一个，会怎样？如果他那样做了会怎么样？事实上，他已经渐渐明白他的性冲动常常是转移的：总量是有限的，就那么多，给了一个人意味着另一个人失去，给两个人就意味着两边得到的都不完整。

他帮母亲撤下装烩饭的深盘，摆上炖肉、酱汁和芥末冰激凌，然后去上洗手间。玛格丽塔的目光跟着他，他感觉到了；他挑了那间铺着灰色瓷砖的洗手间，把自己关在里面。他在花岗岩面的洗手台前站了一会，然后解开皮带，褪下裤子。他希望裆下清清爽爽，没有异味，它看起来既平静又要勃起的样子，让它回到棉布内裤和牛仔裤的包裹里，再看看镜子里的自己，明显的黑眼圈，乱糟糟的头发，有点发红的脸颊。二十五分钟之后的某个瞬间，在母亲吹灭蛋糕上的蜡烛之后，在一阵掌声之中，他决定了，他不想抗拒。

分到自己的那块覆盆子奶油蛋糕，他四处搜寻玛格丽塔的身影。她坐得歪歪斜斜的，头上的发夹牢牢抓住刘海，正以她那孩子气而感性的笑容和尼科一起笑，上帝知道他多么爱她。他平静地吃着蛋糕，他的妹妹把尼科往他膝盖上一放，自己跑去客厅，手上拿着礼物回来递给母亲。洛蕾塔费力地拆着包装，双手有点迟疑。他妹妹叹了口气，拿了把剪刀解决问题。大家一起鼓掌喝彩，在嘈杂的祝贺声中他凑到尼科的脖子边吸了口气，轻轻地对他说："舅舅要走了。"

他算了一下时间，估计会迟到一点，他不想知会她，就让命运决定吧，在电梯里他对玛格丽塔说他想散个步。

"一个人。"她帮他说完。

他点点头。

安娜把手伸到包里，但迅速收了回来，把包合上，她转身看向女儿："你陪我走一会儿吧。"

玛格丽塔打开门："如果你爸说的是对的呢？"

"我爸应该去某个党派当秘书长。"

安娜挽起女儿的胳膊。

玛格丽塔拍了拍妈妈的手："你要在外面走多久，卡洛？"

"走到心里不烦了就回来。"

她心事重重地站了一会儿，和安娜一起朝停车位走去。

他走在一片低矮的平房之间，房屋外墙的颜色十分柔和，住在这里的多是一家人或学生，有点像他长大的街区，曾经开了许多手工鞋店和缝纫用品店，宽敞的街道和意想不到的小河湾，晚上所有店铺都关了，变成了那个他不喜欢的阴沉沉的米兰。他想起第一次搬家的时候，他搬进威尼斯门附近一栋新建成的公寓楼，夜晚趁其他人熟睡，他站在自家楼下，听着附近某场聚会传来的模糊话语，喝几杯睡前酒，靠在属于自己的那条街的街角，看着城市不平静的样子就像他自己。

他花了十分钟走到皮奥拉广场的出租车候客站，心头渐渐泛起一股焦虑，其实是一阵伤感，伤感他只能是他已经成为的样子。他让出租车停在圣纳扎罗教堂前，穿过印度烤肉店边上的通道，加快脚步向米兰大学走去，咖啡馆就在路的尽头，玻璃窗一半藏在阴影之中，门口没有人。他走上前，看到了她。她在店里，坐在一张小桌子旁，在翻阅一本杂志。她的头发是琥珀色的，穿了一条紧身牛仔裤，裤腿扎进两只粗跟胶底靴里。他敲了敲玻璃。

索菲娅走了出来，他为自己的迟到道歉，并且感谢她愿意见他。她说她要赶六点钟的火车，出发之前先要回一趟租住的房子把书寄出去，她已经打包好了装在两个大箱子里，还要把钥匙留给房东，幸好她找到了另一个学生继续租房，这样她只需要再交一个月的租金。说这些话的时候她用鞋尖在地上画了一个半圆，时不时抬头看他一眼。她的头发垂在一侧肩膀上——他想像上次在洗手间那样，从后抱住她的腰，闻她的头发。他问能不能让他帮她搬箱子。和她说话的时候他变得局促不安，声调都变得奇怪。

“我自己搬两趟就可以了。”

“听你的。”

他邀请她一起散散步，她同意了。他们走到广场上，他又问她可不可以帮她搬箱子。

她笑了。

他也笑了。“我胳膊很壮。”说着展示给她看。

两个人沉默地走了一小段路，肩并着肩，走过迪亚兹广场的红绿灯，她超过了他，他看着在前面走路的她，心想，只要能拥有她，他愿意做任何事。他从口袋里掏出口香糖给她一支，拦了一辆出租车叫她上车。她站在原地想了想，然后点点头，上了车她报出地址，伊索拉区波拉约奥洛路 2 号，然后重复了一遍，伊索拉区波拉约奥洛路 2 号。她倒在座位上，双腿交叠。路上他们几乎没有说话，他看着窗外，在和华人社区交界的地方他好像看到一辆大众波罗车，上面坐着玛格丽塔和安娜，再仔细一看，发现其实是一辆蓝旗亚 Y 型车，车上都是陌生人。到达目的地他付了车费，她想制止他，他假装要把她推下车，效果特别好，索菲娅笑了出来。下了车，他们站在一栋淡黄色建筑前。

“这是我自己找的第一套房子。”

“弗里达餐馆我以前常来。”他指着楼前的院子，那里用大片深色落地玻璃搭出了一间玻璃房。

“没有电梯。”

“你看还是需要有人帮你搬书的吧。”

楼梯一级一级地往上走，他欣赏着她的臀部，包裹在紧身牛仔裤下的小腿，蹬在楼梯上的靴子，他发现自己动摇了，被她主宰了。他抓着扶手，走到三楼楼梯平台，他们停下来喘了口气。这一次换他走在前面，他朝她伸出手，她握住，两个人牵着手上了楼。然后她松开手，在包里找钥匙，打开门，说了句“请进”。

进门是一条过道，门边立着一个树形衣架，枝丫上没有挂外套，一只边柜，上面是熟铁制的小托盘，还有一个烹饪角。

她穿过过道走进另一个房间，窗户对着一片伊索拉区的屋顶迎进四月的阳光，一个花瓶里养着几朵美丽的报春花。两个大箱子在床脚敞开着，旁边放着一卷胶带和剪刀。

“我们把箱子封上。”他说，然后蹲下来开始扯胶带，什么也不想，专心干活。他隐约看见一本费诺利奥的小说《星期六的报酬》①，还有另外几本上课用的书，他感觉到她正在房间中央观察他。

“有机会你还是再读一读费诺利奥的书。”他把盒子封好，坐到床沿解开外套的纽扣，索菲娅站在原地，盯着他。

“谢谢。”她说。

“到这里来。”他说。

索菲娅还是看着他。

---

① 《星期六的报酬》(La paga del sabato）是意大利作家贝佩·费诺利奥（1922—1963）的小说。

“过来。”

她来了，微微低头，发丝拂在她脸上；他伸手去握她的手，就像上楼时那样。他把她拉到身边；她仍然站着，他坐在床上抱住她，轻抚她的脖颈，手滑过来搂着她的脖子，另一只手放在两块肩胛骨之间，一直放着，她弯下腰缩在他的怀里。

“我们不能这样。”她说。

但他的鼻子埋进她的头发里——清新的香味——他的双手下滑到她的腰，抱住，这纤细、紧致的腰，然后他让她转过身背对自己，就像洗手间里那样，他抱住她的臀。她把上衣往上提了几厘米，他触到了温热光滑的肌肤，听到她急促的呼吸，他一把抓住她的屁股，那紧致的手感，那形状。他紧紧地贴住她，能感觉到她也在向后顶，这时，她低声说：“不行。”然后停住了。

“索菲娅。”

她转身面对他：“我们不能这样。”

他探身吻她，她嘴唇微张，他再一次拥有了她，她的唇和柔软的舌，他亲吻着，她慢慢地退开。

“简直一团糟，卡洛。”

她的脸通红，她把头发从一边肩头拨到另一边，伸出手轻轻地抚摸他滚烫的脸颊。他又想亲她了，但她后退了一步。他还是坐着，四肢在颤抖，双手撑在床上，然后站了起来，此刻他居高临下望着她，而她也望着他。

“一团乱麻。”她说。

“不乱。”

“乱的。”

“我们走吧。”他瞥了一眼窗外伊索拉区的屋顶和花瓶里的报春花，“来吧。”他搬起一个箱子，从她身边走过，她一把抓住他的胳膊，这一抓他会牢牢记住。他挣脱了她的手朝门口走去，艰难地打开门，听到她喊他，他抱着一箱书开始下楼，这些该死的书压着他的胳膊，他到了一楼打开大门，白费力气，又是白费力气。她追了上来，他示意她往前走，他跟在她身后，他们来到佩佩路，从加里波第站传来火车吱吱嘎嘎的声音。她放慢脚步，他走到了前面。他们走进邮箱快递公司，收银台前有一个人，他把箱子扔在角落，接过她搬的箱子堆在一起。

然后他头也不回地出门走到街上，迈步离开，再经佩佩路，拐进地铁站，穿过地下通道走到对面的人行道。他背靠一栋房子的外墙停下来。他就是这样的人：总在只差临门一脚的时候裹足不前；这样的人，喜欢幻想却在关键时刻敷衍了事，迅速躲回温暖的家庭。他拿出手机，找到妻子的号码打过去。他清了清嗓子，电话通了没人接。

安娜对玛格丽塔说是卡洛打来的。

“我打回去。”

她有点后悔让女儿来陪自己，后悔参加这场生日聚会，后悔为了维持安宁的生活又一次做出了牺牲。她紧紧攥住包的提手：“一会儿到了墓园，我想一个人进去。”

玛格丽塔开车驶入中央火车站的地下通道：“那我呢？”

“你先进去。”

“没什么事儿吧，妈妈？”

七十多岁的人了，还用得着解释自己吗？她缩在座位上保持沉默，冒出来的一些思绪给了她安慰。她要去一个死亡之地看一个已死之人，为自己求一份平静。“结束带来新的开始。”这是一位订制了羔羊皮外套的顾客对她说的。有那么一瞬间，她觉得这句箴言更像是说女儿的，她看向玛格丽塔，她一手握着方向盘，另一只手放在膝盖上，脑袋微微后仰靠在椅背上：好像今天是她第一次注意到女儿的样貌。她变美了，不是因为她戴的耳坠，也不是她疲惫的眼眸中映射出的光，是别的什么：她有一种颓废的神态，可以和她小时候躺在床上听着磁带做白日梦的样子相媲美。她本想告诉女儿，你更美了，然而她什么也没说，她很高兴看到宝贝女儿有了一些变化。她碰了碰女儿的耳坠，摸了摸她的头发，接下来的路程她一言不发。到了目的地，她把手机和手包递回给女儿，坐在汽车里等她回来。

安娜放下车窗，现在能够闻到柏树和凋零的花朵的味道，她抬起头，凝视着锻铁大门和胭脂红色的墙面。等到女儿从墓园的小路上回来，她们在门口打了照面，然后安娜踏上鹅卵石小径，路过一排小矮房，沿着草坪走上一条砂子路，来到倒数第三块墓碑前，看着碑上的照片说：“我来了，弗兰金①。”

一阵沉默。她想他，他们都知道。她走上前，伸手从一个钢制的锥形花瓶里抽出一束假玫瑰花，有几片叶子泛黄了，她双手

---

① 应为安娜的丈夫弗兰科的姓。

并用，用力把褪色的叶子扯下来，扔到一边，再把这束花放在地上，瞟了一眼瓶子里面，空间很大。这是她和玛格丽塔一起选的，希望能多装几朵花，她们对这个不算精致但十分实用的选择非常满意。她拎起手提包，拿出明信片，最上面永远是从博尔米奥寄来的那张，然后把它们放在地上，走到附近的小喷泉边拿起一个洒水壶灌水，灌了三分之一左右，回到墓碑前，把水浇在明信片上。

她等它们全湿了，继续浇水，再浇，直到确定完全湿透。她把明信片全部撕碎，捣成纸浆，全部扔进瓶子里，这样反复好几次，她做得很仔细，确保不剩一点残余。她把玫瑰花插回去，花朵和瓶口的距离比之前多出一掌，她抓着那束花重重地戳下去，动作带着愤怒，又重归平静。

“你的克拉拉来了。”

每一次去女儿家她都会数着康科迪亚大道公寓的九十六级楼梯。他们刚搬过去一个月，她就用计算器把公寓的价钱分解到每一级台阶，算出来四千多欧元一步，再加上玛格丽塔和卡洛在德意志银行三十年贷款的利息，数字还要往上涨，走一步将近五千欧元。安娜爬到五楼，绑住了女儿和卡洛和他们所有人的房贷套索也绑在了她的两条腿上，这是她为这个小家庭贡献的力量，要是弗兰科还活着，他会说，建设这个家她也添砖加瓦了。

毕竟当初决定买房时她大力支持，现在也只当是赎罪了：四十六万五千欧元买下的不到一百二十平方米的房子，连一台最破旧的、可以搬行李和婴儿车的升降电梯都没有。但她见过女儿看着客厅那满室的阳光有多幸福，让她反对她做不到。康科迪亚这栋房子，上楼的时候她心情不好，下楼总能松一口气，每下一级楼梯仿佛就为玛格丽塔和卡洛减去一份债务，让他们多一份自由，仿佛时间倒转。到了一楼，她想象他们的爱情故事刚开始的时候，在那套一居室里，多么自在，无拘无束。彭泰科斯泰家资助的那十万欧元用掉了。她力所能及拿出来的三万五也用掉了——她至少还能贡献一部分家具，并忍着手上的疼痛亲手为他们做窗帘。

占卜师跟她说过，二〇一八年对所有人都是一个好年份，尤其是她的小外孙：他生性安静，原本运气也不会太差。她喜欢懂事规矩的小孩，不过觉得洛伦佐的性格有点像她的丈夫，她暗暗希望自己猜错了。走到倒数第二层楼梯，楼上的灯灭了，但她不想回去开灯。她抓着扶手，思考着下午和外孙在一起待了两个小时，她得到了什么：幸福，不是那种附带的幸福，是一目了然的幸福，如果一个人到死都没有体验过这种幸福，就像生在法国大革命的年代却放弃参加攻占巴士底狱。黑暗里她露出一个微笑，下楼梯时脚尖落地却没有踩稳，她确定自己能站稳但是她没有。倒地的那一刻她伸出手掌撑地保护自己，但等她再睁开双眼，她知道自己遭遇了八十年人生中最难受的一次痛苦。

她的后脑勺抵着楼梯前的垫子，看到两条腿架在昏暗的楼梯上，她摔成了头下脚上的姿势。她动了一下，针扎一样地痛。她的左腿和左边胳膊使不上劲，她用还有力气的右手撑着地，让身体向前滑到垫子上。她不会大喊大叫的，世界上没有任何事能让她大喊大叫。她用力一撑，滑动了几厘米，楼梯栏杆的金属底座离她只有一掌的距离，她应该可以抓住底座把自己拉起来一点，甚至让自己坐起来，可是腿疼得受不了，眼泪掉了下来，但她没有发出声音。她用手肘抵在垫子上，把自己推向墙壁，然后按住地面，她能抬起上半身了，往地上用力一推，一边肩膀蹭到墙上了，直起上身，她坐起来了。

她的腿在抽痛，她掀起裙子，发现左腿已经不直了，左臂也是，她把左臂搭在膝盖上，竖起耳朵听周围的动静，一片死寂。这简直像住在乡下。玛格丽塔和卡洛第一次带她来的时候她就这么想，这栋小楼地处米兰市中心，却被一片简陋的大房子所包围。楼里一共四套公寓，从二楼开始每层一套，她琢磨哪户人家可能先发现她，她突然想到手机：她的包还在这层楼梯半截的位置。她想挪个地方，却瘫倒在地上。她呜咽一声说："救命。"

"救救我。"

她很懊恼，她苍老的声音在这栋高档住宅楼的楼梯间里回荡。

"救救我。"

她后脑抵着墙，闭上眼睛，平复了心情，感觉过了很久。突然听到大门口传来开锁的声音，但她有点迟钝，有人打开楼道灯，是住在四楼的律师。他弯下腰来扶她的时候，她努力冲他微笑，觉得很羞耻。她说自己的女儿在家，律师立刻上楼，而她努力坐直身体。她理了一下裙子和毛衣，但疼得咳嗽起来。她听着楼上传来的脚步声、门铃声、说话声，不一会儿玛格丽塔出现在楼梯拐角处，眼中充满了恐惧。

"我没事。就是这条腿。"

玛格丽塔美极了。一头长长的秀发，她小时候就这样，担忧的神情让她看起来更加温柔。生育以后瘦身成功让她变得光彩照人，有了洛伦佐之后她们重新开始一起喝茶，交换八卦，就像一对好闺蜜。

"还有胳膊。"

"我来了，妈妈。"

女儿跑下来抱她，检查她的腿，拿出手机叫救护车。

"我自己能行。"

"您别动，女士。"律师说。

"我背上疼。"

他们扶着她让她平躺下来，她想到了只能躺在床上的弗兰科被抬走的样子，他全程紧咬牙关，视线望向一边。她没有忍住眼泪。

"放心，妈妈，没事的。"

她点点头，抓住女儿温暖有力的手。玛格丽塔也惊讶于母亲竟然有一双如此温暖有力的手。她的妈妈很勇敢，把所有的害怕都藏了起来。她颤抖的手在妈妈的头上抚摸着，直到担架来了，他们把她抬上救护车，她不得不离开妈妈，她要去安顿洛伦佐。

恼人的寒冷依然纠缠着二月末的米兰，她快要冻僵了，抓着扶手匆忙往楼上赶，她再一次为缺席的电梯感到恼怒。隔壁一栋楼的房主们反对加装电梯，因为两栋楼间距太短，但在她看来，这是她欺骗康科迪亚老房主的报应。她的操作是那样地娴熟，时隔九年了，回想起来还是能带给她一丝满足，哪怕现在，当她跑上楼梯，走进她的谎言之门，依然如此。她在角落里找到正在给宾巴①贴纸涂颜色的洛伦佐，对他说外婆受伤了他们得去找医生。小孩儿看着她，把马克笔的笔帽盖上，爬起来站好。她帮儿子戴上帽子和围巾，他在过道口背着兔子形状的小背包等着她。他们匆匆下楼，玛格丽塔掏出手机打给卡洛："亲爱的，妈妈她——"

"我要进去了，结束了我马上打回来。"

"妈妈从楼梯上摔下去了。"

① 意大利动画《小狗宾巴》的主人公，一条红色斑点小狗。

刚开口她就反应过来，这个时候丈夫正要开始面试，便忍住没有多说。她得坚持不让他去医院，不然他可能得不到这份工作。其实她经常小看他。有多少次他表现得坚强可靠甚至能帮她拿主意。医生说洛伦佐的儿童缄默症需要长期观察的时候，他也足够镇定。对她来说，这是一块心病，现在仍然是，尽管儿子的规矩懂事也为她心里注入了一股不为人知的平静。他们坐出租车去医院，她看到儿子把脑袋探到前排两个座位之间，打量着这辆混合动力车的驾驶室，司机给他讲解这个蓝色的灯那个红色的灯是什么意思，而他频频点头仿佛都听懂了，洛伦佐什么都懂：父母的紧张关系，投靠安娜外婆的可能性，和幼儿园同学相处的办法。

他们到了行善兄弟医院，一位护士要他们在家属等候室等着。

“我能跟医生谈一下吗？”

“我们马上会叫你的，先坐一会儿。”

他们在咖啡机边上找了个位置，洛伦佐拿出涂色工具，在膝盖上摆弄。她站在一边盯着急救室的门。她想转移一下注意力，背靠着墙在包里翻了一通，发现一本书都没带——她的包里已经很久没放过书了——她打开日程本，盘算着该怎么推迟这一天的勘房安排。她给上司发了一条短信，然后一直盯着手机屏幕，直到接到回信：同事们会帮她分担工作。她把手机捏在手里。

洛伦佐望着她。

“没事，亲爱的。”

她可能会丢掉几单生意，最晚明天她必须回到办公桌前。她坐下来揉揉儿子的后脑勺，他耳朵后面有几搓小卷毛，闻起来有熟奶油的味道。她站起来踱了两步，打开手机找到彭泰科斯泰家的号码，但她没有打出去。她不想靠公公的关系插队，得到更快的医疗服务却要多欠一份人情。当初决定接受他们家资助买房的人是她，因为是**她**要这套房子。她觉得自己堕落了。这肯定也是导致她母亲骨折的原因之一：两个小时后在骨科病房见到母亲，她愣在那儿，一时说不出话。

“妈妈。”

安娜睁开眼睛：“我摔得很厉害。”

玛格丽塔伸手贴上她的面颊，凉凉的：“现在没事了。”

“他们给我装了这个东西，”她指了指一直延伸到床底的塑料管，“还有——”

“没关系。”

“纸尿裤。”

“会好起来的。”

“嘿，小伙子，”安娜抬起头看向自己的外孙，“外婆想学超人一样在天上飞，但是没成功。”

洛伦佐一脸严肃，摸了摸她胳膊上的石膏。

玛格丽塔扭头看其他病床，还有五个病人，只有最里面一张床上的女人有人照顾。进门的时候她想到安德烈亚被狗咬伤住院那次：她看着窗外想起了同样的风景，只不过高三层楼。对面的楼已经完工，楼下的马路划出了新的步行道。这些年来她和安德烈亚之间不知不觉发展出某种关系；她会把许多心事说给他听，她也不知道为什么。她拿出手机写了一条短信：“我母亲从我家楼梯摔下来骨折了，能跟我讲讲肌肉的因果报应吗？”

安德烈亚收到短信的时候，正在等这一天的最后一位学员，他又读了一遍，隐约想起他曾经向玛格丽塔坦言，康科迪亚大道的事她欺骗了房主，可能会带来意外的肌肉挛缩。对肌肉的研究让他发现违心的行为会影响整个机体组织。身体就像法官和陪审团，她应和道。

安德烈亚看到他的学员穿过拉维扎公园的大门向他走来，他的两条腿冻僵了，眼皮也因为书报亭的日常工作而沉甸甸的。他迫不及待地想让自己的体脂率达到百分之十，那样他八十公斤重的身体就解放了。乔治有一颗想当自行车运动员的心，并且很尊重他作为教练的身份，而安德烈亚喜欢像称呼其他人一样叫他学员。

他看着乔治脱下外套把鬈发扎起来，问：“工作怎么样？”

“累死了。”

“热热身。”他给玛格丽塔发短信说晚点打给她，然后示意乔治加快节奏。每次看乔治做运动，他都会想起自己当初为何爱上他。他让乔治戴上负重，他们从俯卧撑开始，做完一组放松一分钟，他一只手按在乔治的背上给他加压，每次都是右手，这样他能够看到从大拇指蔓延到食指的伤疤。他再也没去看过胡桃树下的塞萨尔。埋葬了塞萨尔之后，他开始在夜晚开车兜风，开到拉扎诺①和巴罗纳区②的郊外，看到宽阔的马路边喷满涂鸦脏兮兮

---

① 米兰大都会区的一个市镇。

② 米兰市边缘的一个街区，属于第六行政区。

的卷帘门，院子里失眠出来抽烟的人，他会感觉好很多，他听着卡尔博尼的歌，有几次朝着历史中心区开，那些为了世博会开建的工地简直是活的纪念物，他开着车没有方向，突然好奇心高涨，开到米兰三年展中心①门前的弯道。他开得很慢，打量着停在道路两旁的汽车，有些车里有人，还有一些没有，车里黑漆漆的。某一天晚上，车里放着电台司令乐队的歌《计算者》，他找个位置停好，让车灯开着，几乎下一秒钟就有人来敲他的车窗。他看到一个陌生的中年男人，衬衫领口微微敞开，胡须精心修剪过，笑容温和。他解开门锁让他上车，调低音响的音量把座位往后移。他靠在椅背上，那个陌生人一只手伸进他的上衣解开他裤子的纽扣。米兰真美啊，哪怕从车窗看出去，在这个炎热的季节里，那些清朗的夜晚……从那以后，再去三年展中心他只让人用嘴。有那么几次，看着埋头在他两腿之间的陌生人，他会想到玛格丽塔，想到和她的那一次，她灵巧的双唇，他面对她意料之外的娴熟而感到的尴尬。

他的手一直按在乔治的背上，等他完成第五组俯卧撑的最后一个动作，他稍用力推了一下，乔治瘫倒在垫子上，顺手把他也拽倒了，俩人齐齐笑了起来——他总是一派轻松的样子强撑着做完所有动作，虽然已经进步很多了。两个人倒在地上，周围是二月的夜色和扎脸的寒冬。他厌倦了做身体康复，决定教别人健身，一天之内就办好了理疗所的离职手续，现在收费每小时四十欧元，

---

① 米兰三年展中心是意大利重要的现代设计展览馆，位于市中心森皮奥内公园内。

日程排得很满，因为早上他还要在书报亭干活。父亲说："我快退休了，你把它卖掉吧。"他回答说："那我接管。"

清晨的曙光中，索菲娅打开五金店的卷帘门，一入冬她就把开店时间提前到七点半。正要推开店门，她顿住了：一条红丝带扎着一个面包袋挂在橱窗前的货架上。她转头望向博尔多尼路的停车场，希望找到那辆金属灰色的高尔夫：有一次，托马索就坐在这辆车里等着看她拿到礼物的反应。

她抓起面包袋走进店里，开灯，袋子里是一块榛子酱泡芙。她觉得自己正在习惯惊喜，就像里米尼让居民们习惯了庆祝节日的气氛。她担心自己的这种习惯是因为她满三十岁了，这个年纪要么安定，要么大器晚成"闹革命"：她的革命就是任性地剪了一个假小子发型，以及交往了一个会偷偷在店里给她留早饭的男人。她在昏暗的灯光下眯起眼睛，品尝着泡芙，关了一个晚上的五金店里总是弥漫着木头的气味。

她给托马索发短信感谢他——一个感叹号，这是他们之间的暗号——她把几盏射灯打开，还有收音机，四处看了一下，确定店里一切正常。她把托盘和喷壶陈列到货架上，天气很冷，大海喷出的雾气到了下午才会散去，她检查了橱窗，还剩下一些节日期间没卖掉的日用品，她会打个七折，但一件都不撤——她永远不会主动撤下圣诞橱窗里的商品。她坐在柜台后面，蓝色的工作服挂在衣架上守护着她，那件工作服她母亲穿了十年，不久之前父亲把它挂在那儿。他会在临近中午的时间到店里来，对她说一家好的五金店总需要一套制服，而她基本上不会听他的。

从米兰回来三年之后她决心要重振五金店。每次她把店铺的照片发到Instagram——货柜或是柜台一角作为背景，前景永远是一本小说——都会收获至少两百五十个赞。好像网络那头的那些人能觉察她的情绪：只有在柜台之后阅读的书才能在她心里扎根。有时候只要读一读店铺遮阳篷上写着的“卡萨代伊五金日用品店”这几个字，就足以让她产生一种近乎喜悦的心情。

八点差十分，店里来了第一位客人，一位工人，想买腻子油灰、二十来个德国产的钉子和四个铁楔子。她爬上货柜前的梯子，两条腿结实灵敏，从最上面几层拿出钉子和楔子，爬下梯子把东西用一张报纸包起来。找完零钱，门重新合上，她觉得那一刻来临了。她从包里抽出一本书：伦纳德·迈克尔斯的《西尔维娅》①，砖红色的封面上有一张照片，一个躺在床上胸部赤裸的女人，这是一个大学生毕业回家的故事。关于一个男孩、一个女孩，天真单纯，纽约，以及降临到他们身上的命运。

她给这本书拍了张照片，试了好几次终于拍到想要的光线，用给顾客包商品的报纸把书包起来，塞到软垫信封里封好，用印刷体写下地址，这样做总是让她一阵颤栗。

卡洛提着几个帆布包向大运河方向走去，到利布拉乔书店门

---

① 《西尔维娅》是美国小说家伦纳德·迈克尔斯（1933—2003）的小说，发表于1992年，是一本带有自传性质的小说，其中穿插作者的日记节选。女主人公是作者的第一任妻子西尔维娅，她最后死于自杀。

口的时候已经气喘吁吁。走进书店打了声招呼，他把二手书拿出来堆在柜台上等待店员来算钱。他们说给他八十五欧元。他说可以，他不好意思讨价还价。他环顾四周，他甚至不好意思出现在这里，但是他跟自己规定好了，卖二手用品是为了玛格丽塔：一顿晚餐，一束花，上一次拿到三十五欧元买了一个羊毛领结。他拿出身份证，对方填好表格登记好，把证件还给他，同时递过来几张纸钞。他说了句谢谢，又问他们招不招人。

“最近应该不招，你可以留一份简历。”

他点点头，离开了书店，走过运河上的铁桥，紧紧攥住手里的钱，看着严寒之中冒着白烟的水面。周围一个人也没有，米兰常常会给他一种完全属于他的感觉。他看了一眼手表，一边走一边把帆布袋叠好捏在手里。到了约好的咖啡馆，她还没有来。他选了最里面一张桌子，点了一杯咖啡，注视着门口直到咖啡端上来。然后她进来了，拿着两本旅游指南，很匆忙的样子。

“你好。”她一边说一边解开围巾。

“让你跑这么远。”

“今天没什么事，我跟你说过的。”她向服务员点了一杯咖啡，“最近怎么样？”

“我岳母摔了一跤，股骨骨折。”

“啊……”

“要养一段时间。”

“那你呢？”

“上午都挺好。”

“然后就没事做了。”

他点点头。

“你不在，米凯莱都不说话了。”她的脸颊冻得通红，“都很想你。”

他还是一脸严肃，“为什么是两本指南？”

“加拿大这本你能多赚三分之一，另一本，好吧，是苏格兰，这个你用左手都能编好吧。二月底截稿。”

“给多少？”

“八百五，但可以预付。”

“我要做三本指南，告诉他们。之前说好的。”

“大学那边不做了？”

他摇摇头。“也许有一个地方还有一线希望，再看吧。”

“哪里？”

“《美意》[①]。”

“那不会差的。”

“我很快又要参加一场面试，薪水更高。”

“是什么？”

“市场营销，做啤酒和饮料。”

“啤酒和饮料？”

卡洛伸手去拿那两本旅游指南，她也伸出手，碰到了他的。

“看到你的办公桌空着，感觉很奇怪。”

---

① 《美意》(Bell’ Italia) 是意大利的一本旅游杂志。

他收回手拿起咖啡杯，杯底留下的一圈咖啡渍活像一个没有鼻子的人的侧影，如果有咖啡渣[①]他觉得解读一下也不错。两个人都没有说话，她揪着毛衣的衣角。她左眼的下眼睑有睫毛膏晕开的痕迹，在他眼里她还是许多年前那个刚到编辑部的、才二十多岁就很能干的实习生，他和米凯莱还说她长得像奥黛丽·赫本。卡洛把指南收起来："加拿大一直很吸引我。谢谢你，曼努。"

"要散散步吗？"

"你不是应该回去了吗？"

"我请了两个小时假。"

她拿出一顶毛线帽把脑袋裹起来，帽子的边缘将将要盖住她深色的眼睛。他们走出咖啡馆来到帕维亚运河边，一月的时候，政府清理了驳船[②]，现在他们走在河边几乎无法辨别方向，走到环城路路口他们停下脚步，卡洛说："我去接我儿子。"

曼努埃拉站在红绿灯前愣住了："现在？"

"现在。"

"那么再见。"她笑了一下退到人行道上，他也笑了一下，目送她消失在拐角。他朝幼儿园走去。

学校门口画的那棵大树添上了长长的树枝和红色的叶子，每一条枝丫上都有几只小松鼠，以及一只黑顶莺，还有更多的小松鼠。他来到窗边，看到孩子们围坐成一圈，中间是一位女老师。

---

① 指咖啡渣占卜，一般需要用不过滤残渣的土耳其咖啡或希腊咖啡，喝完咖啡之后，以所剩残渣的形状或图案预言吉凶。

② 指停靠在运河边的驳船，船上多为餐馆或者酒吧。

洛伦佐盘腿坐着，穿的罩衫在肩膀那块皱巴巴的，微微摇晃着。有时候他会想象洛伦佐长大以后的样子，应该是一个温柔又坚强的小伙子。

他走进教室，儿子看到他跑了过来，卡洛把鼻子凑到儿子的耳朵后面吹了一口气，小家伙笑了起来。他帮洛伦佐穿好外套，说他们要去大学取他的邮件。但他们先去吃了切片披萨，两人稳稳地坐在高脚凳上，和往常一样分了一片披萨，喝了一杯可口可乐。洛伦佐告诉他班上的菲利波·加泰伊做了弗兰切斯卡·韦基耶蒂的男朋友，卡洛问他："他俩在一起了，你开心吗？"这段时间孩子特别爱说话，他们尽量鼓励他说。

洛伦佐点点头，说："安娜外婆要死了。"

"她当然不会死。"

"她的腿摔断了。"

"她正在康复，好了就能回家了。"

"妈妈打电话的时候说她很担心。"

"跟谁打电话的时候？"

"跟西蒙娜姑姑。"

"她不是那个意思，别担心。"

小孩儿把最后一口披萨扔在餐巾纸上："可我很担心。"

卡洛亲了他一口："外婆很快就康复了，小机灵鬼。"

到了车上，卡洛打开收音机，洛伦佐看着窗外的风景，嘴唇跟着音乐一张一合，下了车也不停，到了大学的传达室，洛伦佐立刻闭上嘴。卡洛把儿子抱起来，找到校工，报上自己的姓名，校工点点头，在地上的一个大箱子里翻了一会儿，抽出一个软垫信封递给他。卡洛看到信封上没写寄信人，是她。他抱着洛伦佐离开传达室，快到校门口的时候他放慢了脚步，拐弯朝那间洗手间走去。那里的瓷砖和荧光灯，冲水声，镜子里的画面。他抱紧儿子。“你要尿尿吗？”

孩子说不要。

但他们还是进了洗手间。水龙头换过了，两扇门半掩着：那场误会。在这里他明白了欲望能够越界。但是后来他找其他女人并不是为了弥补对索菲娅·卡萨代伊的遗憾。她回里米尼之后的第三个月，有一天在编辑部，他正在做马提尼克岛旅游指南，突然起身来到另一间办公室找到曼努埃拉，邀请她下午一起看电影。坐在电脑前的她有点惊讶，这位已经订婚的姑娘回给他一个羞涩的好，这句回答伴随着惶恐在他心里回荡。他们等了半个小时，分别出门，在奥菲欧电影院会合，在漆黑的放映厅里并排坐着看电影，彼此的腿时不时地蹭到，电影结束字幕放完他们才站起来，散了一会儿步，又担心被别人看见。然后互相道别，他回到家，重新拥抱玛格丽塔，心里涌起一股不断上涨的不满足，他再一次意识到，在外面任性放纵会给家庭带来多么深的伤口。

“我要尿尿。”

“看吧，我问过你。”

他带着洛伦佐走进隔间，给儿子脱裤子，听着一连串尿流声，闻到氨的味道和儿子身上的味道。冲完水出来洗了手，走到大学校园里，他决定等一会儿再拆信封。他看着儿子，洛伦佐有一套固定的表达需求的方式——搓搓手，拥抱的力度，有时是一个姿势——洛伦佐几乎从来不要求什么，仿佛愿望被满足是不自然的事情。他和玛格丽塔一起渐渐发现怎样让洛伦佐快乐。

“我们去看安娜外婆好吗？”

小孩儿笑了，飞奔到车上。洛伦佐有一头栗色的头发，虹膜上有烟灰色的条纹。他在涂色或是看动画片的时候，在莱盖路那栋房子里跑来跑去的时候，那双眼睛会变得亮晶晶的。即便不是在狂欢节时，安娜也会任他把自己打扮成火枪手的样子，而她坐在沙发上假装向他发起决斗的挑战。卡洛开车到行善兄弟医院附近，绕了一圈才找到停车位。停好车他才打开信封。里面是一本被报纸包起来的书：他看了一下作者，伦纳德·迈克尔斯，还有标题，《西尔维娅》。他拿出手机，打开索菲娅的 Instagram 主页，找到了那张斜着拍的照片，照片里是躺在五金店柜台上的同一本书。他颤抖起来。

这是他收到的第三本书。都是在过去的一个半月里寄来的，都没有附纸条，没有写寄件人，书都用报纸包好，地址都是手写的印刷体。第一本是《星期六的报酬》。邮戳上写的“里米尼”立刻引起了他的注意。他越来越相信是她寄的，却更不愿意去主动查证。这九年来，他只是到 Facebook 看看她——她的新发型让他惊奇——还在 Instagram 上关注她。但她常常出现在他的幻想里：在伊索拉区她的房间里的那一天，清空了桌面，他把她压在身下做爱，窗外是米兰的屋顶，他和她躺在光秃秃的床垫上，他终于做到了。而现在，他下了车，抱着洛伦佐，拎着兔子背包，走在去看望岳母的路上，他还是能够让自己回到那种幻想中去。

他们到了骨科，发现安娜的病房房门半开着，他们在门外等了一会儿，听到房间里传来几声惨叫。洛伦佐凑到门边想要从门缝往里看，他把门推开一些，卡洛让他别乱动，他赶紧站好。几位医生从病房里走出来，撞见门口的洛伦佐。

“你是？”他们问。

洛伦佐从人群之中钻进病房，卡洛跟在他身后。安娜醒着，没有受伤的那只手抚摸着自己的外孙，而小孩儿正在小背包里找他的蜘蛛侠头戴耳机。

“幸好还有我的小伙子和他的音乐。”

“你感觉怎么样？”卡洛一边脱下外套一边问道。

“那位女士比较惨，他们对她肩膀做了什么。”安娜指了指最里面那张床，那位女士一只胳膊盖在眼睛上，“玛格丽塔不在门口吗？”

卡洛回答说不在。

“那就是在楼下的咖啡馆里。她刚刚告诉我博尼诺①要加入民主党②了。”

“所以？”

“所以我不会投票的。”

---

① 爱玛·博尼诺，意大利中左派政党“更多欧洲党”的领导人。

② 意大利民主党，成立于2007年，现为意大利主要政党。2014年，以民主党领导人马泰奥·伦齐为总理的新一届政府宣誓就职，2018年意大利选举中执政的左翼民主党得票并不理想。

“你再考虑考虑。”

“我已经不考虑了。”

洛伦佐坐在椅子上看着他们，眼睛睁得大大的。

“抱歉，亲爱的。”安娜捏了捏他的脸颊，把脑袋凑过去，他把耳机戴在她头上，向爸爸示意。卡洛拿出手机递给他，小孩儿翻了翻曲目表，用力按下播放键，然后看着外婆。

“英国佬还有他们的无病呻吟。”她嘀咕道。

小孩儿笑了。

她叹了口气：“不能给我放一首莫杜尼奥吗？”

洛伦佐调高音量，看到外婆闭上眼睛听音乐他特别开心，蜘蛛侠耳机罩在她小巧的脑袋上，她的皮肤像一张风化的纸，光看嘴唇却像一名少女。

卡洛瞥了一眼儿子手里的手机，他选了平克·弗洛伊德乐队的《继续闪耀吧，你这疯狂的钻石》。洛伦佐曾经躲在房间里听他们的音乐，听了整整一个冬天，在他们的带领下，他终于从自己的世界走出来了，之后他开始向所有人推荐他们：用耳机，家里的音响，莱盖路的留声机，他会跟着低声哼唱。渐渐地，他的话也多了起来，心理医生说他会变得朝气蓬勃。

他喜欢这个词，蓬勃。卡洛在病床边坐下来，拿出那本《西尔维娅》，读了几页，他嫉妒这位作者简练的文笔，如此简练，寥寥几行交代了男女主人公在纽约一间学生公寓的初遇，她的刘海遮住了眼睛，让人觉得她个性害羞或是生性低调，他们坠入爱河。每次读到人物相恋的情节，他总会想到妻子。玛格丽塔来了，他抬起头观察她：他可以剖析自己对她的感情了，迈克尔斯的文字为他指点了方向。首先当然是她的西尔维娅式刘海，还有那副看起来小心翼翼却似乎总是在偷笑的样子，面对突如其来的想法时那种不自在的感觉，她隐秘而强烈的诱惑力：他的妻子比他更了解是什么让他们在一起的。

他朝她走去，抚过她的发丝，她把他叫到门外，说医生们刚刚告诉她准备给安娜做手术。这是第一次，她的母亲成了负担。她向卡洛寻求某种安慰：这种时候她需要他的爱抚，要听他说一切都会好起来。她抓住他的一只手，这才意识到他的另一只手里拿着一本书。她稍稍后退瞄一眼封面，看到书名，僵住了，然后她说她要给公司打个电话。

她等着卡洛回病房里去，也想明白发生什么事了：她在手机上登录 Instagram——她用假名注册过一个小号打发时间，关注了琪亚拉·法拉格尼、费德兹、卡戴珊一家[①]，还有索菲娅·卡萨代伊，她希望是自己记错了，然而她点开索菲娅发的最新照片，就是那本《西尔维娅》，配的文字是"这本书看得人心痛"，一共有三百多个赞。卡洛手里的书，她发的照片里的同一本书。这是最近这段时间的第三本书和第三次巧合。她忍住了不去问丈夫："你们还在联系吗，书是她寄给你的吗，你的文学道路需要她来指点吗？"她能压住心里的疑惑，但怀疑已经生根。她只是想知道在他心里到底潜伏着什么：也许是逃避，他想逗留在可能和不可能的

① 均为社交网络红人。

边缘地带，想回到他还是半个老师，还可能是未来的大作家的那段时间，那时候他还拥有可能。有时候，她看着他，心情变得复杂：卡洛，一米八八的身高，刚刚开始有点驼背——身材几乎没有变化——在健身房用划船器塑造出结实的胳膊，络腮胡中只有零星几根白色胡须，依然浓密的头发，少年般的气质，行为举止中流露出一成不变的本性；而她更想看到岁月在他身上留下某些痕迹，证明他愿意成熟起来。在这件事上，她能克制自己，控制住对他的猜疑。她愿意承认他们的婚姻会变质：但没有什么能阻碍他们的家庭计划。她常常强迫自己想象他的那玩意儿在其他女人的身体里，可她做不到。解剖学一直是她的弱项。

回到病房里，她走到床头边笑着喊了一声："妈妈。"

"亲爱的，"安娜清了清嗓子，"你脸色真差。跟我说说怎么了。"

玛格丽塔看了看丈夫，仿佛是在对他说："他们说要给你做手术，上一块钢板，保证你跟没摔过一样。"

母亲盯着玛格丽塔，觉得自己仿佛不认识女儿了，她把脑袋转向枕头，咬着嘴唇。

"妈妈。"

"我一直以为这种东西是给没救的人用的。"

卡洛在床边坐下来。

安娜看向他："我能不同意吗？"

他们都摇头，她勉强笑了一下。

洛伦佐扔下宾巴贴纸走到床边。他手里拿着一支绿色的荧光笔，站在那儿没有动，他犹豫了一会儿，突然凑到外婆绑着石膏的那只胳膊旁边，慢慢地在石膏上画了起来，从手肘到手腕，从手腕到手肘，他要创作一幅荧光画。

“给我画一颗心吧。”外婆说道。

但是洛伦佐说不，安娜对玛格丽塔说：“这小伙儿真不浪漫。”

“妈，今天晚上等你睡着了，我给你画爱心。”

“今天晚上我不要人陪床。”

“别这样。”

“你才别这样呢。”

“再说吧。”

“没什么好说的，亲爱的。回去工作吧，人家的业绩快赶上你了。”

“他们都比我差得远呢。”

“拿破仑在滑铁卢也是这么说的。”

护士进来说探视时间要结束了。其他人都出去了，玛格丽塔凑到母亲的耳朵边上说：“晚上让我留下来吧。昨晚咱俩一起不是挺好的吗?”

“我想一个人待着，亲爱的。”

玛格丽塔握住母亲的手，转头看了一眼床头柜，确定上面有毛巾、水和饼干，安娜不需要任何用来阅读的东西。她又待了一会儿，走出病房之前，她看到母亲望着窗外的夜色。走廊里，她伸手捂住嘴，她想哭，但忍住了。她在医院大门口追上了卡洛，问他能不能照管洛伦佐，因为她得去一趟公司。步行让她好受一些，生完小孩她又变苗条了，因为经常推着婴儿车载着洛伦佐出门散步。米兰也变了，变得到处都是工地，充满惊奇，就像一个青年人被告知："去生活吧。"她带着孩子走在摩天大楼的玻璃幕墙之间，走过垂直森林公寓①，走过和小村庄没什么两样的街区，或者骑着自行车横穿历史中心区，那种可以租借的自行车遍布每个街区，然后再走几步路，再骑一段，赶上电车，乘上地铁，新线路向北一直延伸到伊索拉区，人们都说，二〇一五年世博会让米兰复兴了。

穿过索尔费里诺路一直向前，经过被填平的圣·马克运河水道②，沿着加里波第大道往南走到米兰大教堂，她在这里看到的"伤痕"清楚得多：昨天还开张的店铺现在关门了，有破产清算的，重新出租的，满是灰尘的橱窗糊着旧报纸，银行搬走了，又连夜开出中国风摆设店，超市开始二十四小时营业；罗马门大道上有两家餐馆倒闭了，一家眼镜店关门后就一直没有新店入驻。对房产中介公司来说这也是糟糕的时期。一开始，她不得不裁掉加布里埃莱，然后康科迪亚的贷款掏空了他们家的积蓄，她只能把自己的中介公司卖给一家大型地产集团。

她用自己的中介公司换来一套光线绝美的公寓和稳定的未来。但是几个小时之前，她发现了一件事：卡洛手里攥着索菲娅的书。

---

① 垂直森林是一对分别高约 111 米和 76 米的公寓楼，每一层阳台上都种植了各种乔木、灌木、草本植物等。

② 1970 年代以来，米兰的运河逐渐荒废，大部分被填平。近年来，米兰市政府开始重新整修部分运河。

卡洛，一个几乎完全失业的男人。一个找不到工作的男人，属于她的找不到工作的男人，如此脆弱。每个月只能赚到七百欧元和十几场失败的面试。还有两个面试结果没出来。他就算崩溃了也不奇怪。但他也是那个陪在她身边一起听神经科专家宣判的男人，他们坐在装着鸽子灰百叶窗的诊疗室里，医生说洛伦佐的情况“估计是不可逆的”，她都快崩溃了，却惊讶地发现她的丈夫从头到尾都很镇定。出了诊疗室他对她说：“孩子我们自己照顾。”八个字。八个字说得一字一顿，虽然近乎呢喃，却清楚而不合逻辑，好像他已经知道洛伦佐是一位交响乐团的指挥，需要安静才能开始指挥。后来果然全靠他们自己，或者说是靠卡洛：他想方设法刺激洛伦佐的各种感官，味觉、触觉，最后是听觉，他在音乐之中找到了灌溉语言的一方清泉。至少，他们从挂着鸽子灰百叶窗的诊疗室走出来的那一刻，她对自己的丈夫是满怀信任的。

她走过圣纳扎罗教堂，隔壁的那家印度烤肉店还在，那次和索菲娅·卡萨代伊谈完，她走进这家店坐了一会儿喘口气。索菲娅打工的咖啡馆已经变成了葡萄酒酒吧，而她变成了一个爱吃醋的女人，但是也变得更加明事理。似乎过去发生的事都有存在的意义，这是一种很奇怪的感觉。仿佛她之所以成为现在的她，他们之所以成为现在的他们，都有过往每一件事的功劳。她放慢脚步试图说服自己，但她突然停下脚步，退后几步钻进烤肉店后面的小巷，走到米兰大学门口，对面是科尔蒂纳书店。她走进书店，等老板招呼完两名学生，她说想买一本《西尔维娅》。她把书塞进包里，回到罗马门大道的十字路口等绿灯：买完书她平静了许多。

她拿路边药店的橱窗当镜子，把头发拨到一边，重新裹好围巾。她觉得时间在自己身上只留下了一点点痕迹，夏天的时候她的脸上还冒出了雀斑，朋友们信誓旦旦地对她说，雀斑对二十多岁的小伙子格外有吸引力。

但是，二十六岁的青年她已经体验过一个了，而且那份记忆她一直保留在心里。和他在一起，她隐隐觉得，不忠也许意味着对自己忠诚。安德烈亚。九年前的那个夜晚，离开他家后，她去了公司，同事都已经回家，她把自己关在洗手间，伸手盖住了自己的眼睛。她对自己说：你做了。你把不属于你的东西放进自己的嘴里，你脱了衣服，你让他脱了你的衣服，你坐在厨房桌子上张开腿，要他，紧紧抱住他，他强壮的肩膀，被他牢牢抓住；你让他进入你的身体，让他带你上床，你感觉青春焕发，感觉被需要，感觉快乐。

她一直待在那里，在公司的洗手间里，对自己重复这些话，两条腿又酸又痛，皮肤发烫，身上还有新的味道，终于，她说出了那个词：出轨。父亲说得有道理：她脱离了轨道，没有遵守既定的行驶方向，她的车钩总是太轻巧，她是夏芬博格小姐，而这就是后果。那天晚上走出洗手间，坐在办公桌前，她在键盘上敲下了一段介绍莫尔加尼路公寓的文字，她写了宽敞的卧室、雅致的陈设、双面采光的窗户，最后她写道："让你感觉青春焕发，感觉被需要，感觉快乐。"她的目光停留在这几个让人愉悦的词上，明白了罪恶感只是一种平淡无奇的步骤。事情的真相，真正的真相是，这件事发生的时候，原来那么自然。她睡了一个自己喜欢的男人，非常享受。对她的婚姻有什么妨碍呢？

她决定换一条路走，离开罗马门大道拐进一条小路，这条路通往拥有星形穹顶的圣卡利莫罗大教堂，继续往前走，路过壁画上的盖博和贾纳奇[①]：出轨对她的婚姻没有什么妨碍。那天晚上回家之后的事她也记得清清楚楚。她很小心，还有点害怕。躺在沙发上，有一种被掏空的感觉。第二天早晨醒来，她觉得一切都那么不真实——她不停地对自己说：我做了——这种感觉直到洛蕾塔的生日聚会才慢慢变淡，又伴着时不时出现在脑中的那些画面回来。她想着他自慰，想他最初的犹豫和后来的勇猛粗暴：仿佛随着衣物一件一件褪去，她终于让他信服。很长一段时间里，她忘不了他压在身上的重量，那重量里有她的婚姻。有些事她不再介怀：比如卡洛的欲望和冲动，他的温柔和小小的愚蠢，多么好笑。有那么一刻，她感觉自己好像放弃了一切。但毕竟，她仍是她母亲的女儿，她的母亲知道如何缝补裂痕，为自己，也为别人。

现在她满脑子是对母亲的担忧——断掉一根股骨会有什么后果？刚走过盖博的画像，她突然感到一阵害怕，一只手伸进外衣摁在胃上，把不祥的预感也摁进怀里。她一直摁着走到拉维扎公园，水泥小径边那两棵松树下的一方草地是安德烈亚喜欢待的地

---

① 该壁画出现在米兰圣福斯蒂诺路和罗索·迪·圣塞孔多路交会处的一堵高墙上，由奥尔内拉·瓦诺尼等七位意大利流行乐坛代表人物的头像组成。乔治·盖博（1939—2003），歌手、剧作家、戏剧导演、吉他手、演员；恩佐·贾纳奇（1935—2013），歌手、演员、作曲家、编剧、医生。两人均为二战后意大利戏剧界和乐坛的重要人物。

方。公园长椅上放着他的哑铃、拳击训练靶、运动包和拉力带。草地上站着一个姑娘，他正指导她做伸展运动。女学员点点头，拉开步子慢跑起来。安德烈亚走在她身后跟着，他知道如何让自己拳击手一般厚实的肩膀保持优雅的姿态，他没刮胡子，看起来有点凶。他一开始没注意到玛格丽塔，看到她站在路灯下，他走过去，才发现她快要哭出来了。他揉了揉她的后颈，把她带到怀里。每一次要拥抱她，他都害怕自己做不到。他问她母亲情况怎么样。

“都怪那个房子的楼梯。”

等女学员跑完一圈，安德烈亚叫她再跑两圈，玛格丽塔把事情原原本本告诉他，并解释了接下来安娜会怎么样。外科手术，然后在家或者在诊所休养，要用什么药，恢复需要多少时间，这个时间还有变数。玛格丽塔抬起手在他锁骨附近的某个位置点了一下。

“看看这儿，”她说，“你练得太猛了。”

他摸了摸她碰到的地方，一片擦伤，他用盐水湿敷过，但还没完全好。

“乔治看到这擦伤怎么说？”

“他习惯了。”

她努力露出一个微笑：“你来看一眼我母亲吗？”

“治疗股骨骨折有专门的医生。”

“就看一眼。”

“有情况随时通知我。”

他突然想一个人待着。他说学员要回来了，他得专心工作了，他亲了亲玛格丽塔的脸颊，说安娜要做手术的时候记得告诉他。

安德烈亚感觉自己整堂训练课都心不在焉，上完课他摸了摸脖子，又把手放下来按住腹部，深呼吸让肺部充满空气，直到肋骨痛得他无法呼吸。他低估了自己的伤。他盘算着晚上要怎么办，想了一会儿放弃了，专心享受这漫天的雾。公园周围没那么堵了，他注视着草地边一片空地上的几条狗和它们的主人，收好运动包抓起哑铃，走到空地边，一条马瑞马牧羊犬和一条美国恶霸犬正在玩耍，牧羊犬年纪大了，但是以它这个年纪来看，它还是很有冲击力，另一条狗还是幼犬，闹腾起来开心得发狂。他慢吞吞地朝书报亭的方向走去，时不时地放下哑铃，拉伸一下背部。到了书报亭，他把卷帘门拉起来，陈列架占据了书报亭一半的空间，他把运动包放在柜台下面，纸张的味道让他感觉好了点。书报亭里漆黑而温暖，取暖器尚未完全冷却。

他违背了父亲的意愿，把“店面转让”的牌子摘掉了，但他从来没有后悔过，而且他在这里认识了乔治。一开始，他只是一位礼貌斯文的顾客，每次来买《共和国报》和《名利场》杂志，某一天他们聊了几句，他知道了乔治是鞋样设计师，在斯德哥尔摩待了四年刚回来。他们渐渐熟悉起来，后来乔治来买报纸就直接从侧门探身进来拿。某天下午他等到安德烈亚关店，向他打听健身的事，他说想试一试，于是他们开始每周一在公园上课。一年下来，他的肌肉率提高了十二个百分点，他们相爱了。安德烈亚第一次听到有人用瑞典语对他说“我爱你”。不过一想到他父母已经知道他们的儿子现在和男人睡觉，他仍然觉得尴尬。对乔治，他从来没有说过斗狗的事。

他打电话告诉乔治要晚点回去，说要去健身房放松一下肌肉，还不准乔治一个人继续看《权力的游戏》，但可以看《王冠》[①]。乔治回答说会吃羽扇豆打发时间，等他回来。安德烈亚叫乔治别等，他还想练一会儿拳击，他可不想害别人失眠。

"我不是别人。"

"我说的别人就是你。"

"我知道我知道，你就是日常文盲一下，不过你还是别练拳击了，求你了，好好健身，亲爱的。"

"你也好好看《王冠》吧。"他把书报亭关好，在手机里找了一张没给乔治发过的在健身房锻炼的照片，准备发送，又打开车的后备厢，检查一遍放在里面的衣服、鞋子。他有一个小时的时间。他能感觉胃里一阵收缩，得强迫自己吃点什么。他打开特百惠保鲜盒，一边向北边开，一边吞下两颗水煮蛋和中午吃剩的最后一口鸡肉帕尼尼。他开始加速，尽量享受这趟旅程；前几年他经常开车路过三年展中心，想象自己停好车打开车灯，等待着某个人，但那些弯道边已经空无一人，他的米兰变了，他的那座复杂之城如今愿意接纳他了，而他欺骗了乔治，开着车向郊外飞驰。

他开上主干道，开往家具之都布里安扎的方向，经过一栋栋

---

① 《权力的游戏》和《王冠》均为当年大热的电视剧。

联排别墅和一片片被刻意修饰的荒地，他关掉收音机，听着车轮擦过水泥地的声音，这是他的准备工作。他会思考除了对手以外的一切，想一想锻炼项目的组合方式，研究一下他的学员，为每个人设定不同的蛋白质摄入量，然后又想到乔治。还有安娜：他真的很想再见到这位娇小的老太太，在他被塞萨尔咬伤住院的那天出现在医院的那个热情的脸庞。还有克里斯蒂娜：后来他再也没有她的消息，他也不想知道。她好像在梅莱尼亚诺①的一间驾校工作，他只知道这么多。

他沿着诺维德拉特省道②继续开，在路边的家乐福背面的小广场，他看到了几个尼日利亚女人，再往前开就是公园，蜷坐着许多小鹿，十五分钟之后开到卡里马泰镇，他把车停在一条碎石路上，关掉引擎拿出手机，把他在健身房戴着拳击头套背后是拳击台的照片发给乔治，加上几个字，“老虎之眼”③，每次上台之前他都会发这几个字给乔治。他等到乔治回信“要安全回来”，再把手机收起来，摸了摸肋骨，疼痛可以忍耐。他把包从后备厢拎出来。雾气像一层薄纱，厂房只剩模糊的轮廓。外面站着三个人，注视着他越走越近。他打了个招呼，沿着仓库的一侧向前走，拉开大门，里面已经有三十多个人。

很多人是下班后直接过来的，有泥瓦工和工厂工人，也有失

① 梅莱尼亚诺是米兰省的一个市镇，位于米兰市东南方向约 16 公里。
② 诺维德拉特省道是位于科莫省境内的 32 号省道。
③《老虎之眼》是 1982 年史泰龙主演的电影《洛奇 3》的主题曲，由美国乐队“幸存者”演唱，是全世界健身房经常播放的曲子。

业的人，他们到了这里当场换衣服，从超市购物袋里拿出拳击短裤，互相帮忙缠好绷带，大多数是北非人、意大利人，白俄罗斯人尤其多。每次都会增加几个新人，新人必须有老人介绍。这里还设有“保险箱”，这是对下注金额很高的那些人的称呼，他们的赔率也和其他人不一样。安德烈亚是被斗狗圈的人带进来的，一开始他只是赌点小钱，很快他就大胆起来，候了三轮终于自己上场。这个仓库曾经是木材加工厂，拳击台就是几根拦索绑在厂房柱子上围出的一块场地，厂主会按照一定比例抽赌资。黑拳擂台诞生于工厂主濒临破产之际。有三条规矩：不能袭裆；某一方拍地两次以上认输，或被打得丧失意识，比赛立刻结束；打假拳的会被揍个半死扔出去。

安德烈亚打了个招呼，想要上台，负责安排比赛的意大利人问他脖子怎么样了。

“没问题了。”

“我看一下。”

安德烈亚脱掉上衣，他的重量级超过在场大多数人，给他安排重量相当的对手得找那几个埃及人，全都八十公斤以上，或者阿根廷人，或者某两个斯拉夫人。最差的安排是波兰人和乌克兰人，他们喜欢攻击下半身，攻击的时候还会抬手臂挡你视线掩盖脏动作。

他光着上半身，那个意大利人的手从他的脖子滑到他的胸口，移到肋骨上：“是这里？”

安德烈亚点点头。

意大利人推了他一把，他缩了一下。

意大利人摇摇头。

“不严重。”

“也许吧。可你上去一分钟就被打倒，大家会气疯的。”

“没问题的。”

“你撑不了多久的。”

安德烈亚抬起目光，周围的人都看着他。他穿好衣服站到一边。他又回到那个意大利人跟前，要求上场当裁判。

“肋骨这个样子你镇不住他们。”

“先让我上一场，其他的再说。”

意大利人没有说话，然后告诉他，那就先上一场。

安德烈亚做好准备，当裁判是不一样的。他会隔三岔五地客串一下裁判，别人喜欢看他当裁判，因为他会等到其中一方被打晕的那一刻才叫停：两个人的身体和他的身体摩擦，拳打脚踢的格斗之中，最后他自己也变得残忍无情；有些人开始注意到他很享受这种状态。他胸膛起伏，站立的姿态像一条狗，在双方挥拳之前躬身闪避，戴着护齿的嘴仿佛在微笑。拳赛之后，无论胜负，他都会退到仓库一边休息，内心充斥着平静，一直持续到第二天。

他站到拳击台中央等待两个拳手上场，一个是三十多岁的阿尔及利亚人，另一个是加纳人，他对两人都很熟悉。那个阿尔及利亚人没什么头脑，不过忍耐力很强，而那个加纳人打拳很泄气、没什么毅力，很容易认输：他三年前来到意大利，在贝尔加莫市[①]找到一份木匠活，但今年夏天他丢了工作，在这里赚个七八百欧元他就满足了。他性格开朗，话很多，他跟安德烈亚说过，他在加纳只剩下一个叔叔要靠他养。在台上，阿尔及利亚人一脚把他铲倒，骑到他身上准备下重拳。安德烈亚弯下腰，看似要保护他，其实另有目的。加纳人的鼻子被鲜血浸透，脑袋埋在胸前，双臂护头抵御对手的攻击，而他在场上，在两个拳手之间，在加纳人被挡住的脸上，找回了无能为力的感觉。黑人的眼睛睁得大大的，随着一拳重击又重新闭上，他的睫毛颤动着：倒在地上的肉体让他想起了塞萨尔，还有那段让他心情复杂的时光，他愿意付出一切换它回来。

索菲娅同样如此：她愿意付出一切，但求有人像当初彭泰科斯泰那样追求她。她趁午休时间出来散步，算了算时间，《西尔维娅》应该已经寄到卡洛手里了，说不定前一天就到了。她乘上公交车来到奥古斯都拱门[②]，下车走到提比略桥，钻进圣朱利亚诺渔村，一栋栋联排小别墅曾经是渔民的家[③]，彩色的外墙已经有些开裂，她想象自己的行为可能得到的好的结果：彭泰科斯泰收到包裹，发现邮戳上印的寄件地，就会知道这又是她寄的小说。他读到一本好小说，接受她闯入他的生活，有什么不好的呢。她想象

---

① 贝尔加莫市大约位于米兰市东北方 40 公里。

② 奥古斯都拱门是里米尼著名古迹，由罗马元老院在公元前 27 年献给皇帝奥古斯都，是现存最古老的罗马拱门。

③ 渔村现在是里米尼的一个旅游景点。

他翻开第一页，他的表情看起来有点想笑——还有点狡黠——以前上课的时候她就注意到了他的这副表情，还有他稍显凌乱的头发。她常常看他的 Facebook 账号，从他这些年来为数不多的几张照片看，她觉得他变化不大。

她在渔村漫步，决定坐下来点半份宽面吃。服务员认识她，知道她吃完就要回店里，就立刻过来招待她，她的老爸曾宣称，这是全罗马涅最好吃的宽面，和卡诺尼卡路的那家伦齐餐厅不相上下——不是那种光滑的面，也不会煮得软烂。她一边吃面条一边看放在桌上的手机，打开 Instagram，翻了翻照片下的评论和动态故事的回复，她和几个好友就通过这种方式保持联系。她们都结婚了，几乎约不出来，难得有几次在海边碰面，带上开胃酒闲聊，聊丈夫，下一个假期去哪玩，有几个在练瑜伽。她们会聊孩子，她对自己三十多岁了还没有怀孕生子、没有丈夫、转而读了这么多书感到遗憾。她会沿着海岸线慢跑，一个人去电影院，在家给父亲做蛋糕，跟人网聊约会，她在等待，等什么她也不知道。不知不觉间，她发现自己把托马索留在了身边。

“你总是无缘无故地就厌烦了。”这是托马索的话，他一边说着一边轻抚她的左手。

“为什么这么说?”

“如果我让你厌烦了，你就伸出这根手指。”他捏了捏她的食指。

“然后呢?”

“我会消失。”

这个男人做好了消失的准备。从那以后她看自己的左手食指，就觉得它好像会说出真相。从小餐馆出来，她揉了揉食指，像托马索揉她那样。走进马雷基亚公园，冬天这里一片荒凉，踩在鹅卵石上的脚步声回荡着，她喜欢这条通往伊纳卡萨区的小道，一边走一边想她的举动可能有什么其他结果：卡洛·彭泰科斯泰收到包裹，检查邮戳。他已经在她的 Instagram 账号上见过她晒的另外几本书，他很紧张，打开包裹的动作有些僵硬，因为他知道是谁寄的；他把书拿出来，看到的是他从来都没有忘记的渴望。她问过自己，回里米尼之前她一直躲着他，是不是想培养一种遗憾的情绪。她接受这样做的风险，这样的遗憾可能会呈现不同的样貌：一段无害的回忆，一阵后悔，麻木冷漠。他们成了冷漠相对的两个人——是的，时间侵蚀了记忆中的米兰，但是每当她新认识一个男人，有些事情就会重新浮现。她又会想起彭泰科斯泰，几乎成了条件反射。自他之后，她就变得矜持了。一种无形的矜持，难以改变，但她感觉得到。老师留给她的影响好像是一个手刹，渐渐地变成了一种不耐烦——“你总是无缘无故地就厌烦了。”

寄第一本书的想法冒出来的时候，她就证实了这一点。那天下午她去剪了那个男式短发，兴奋极了：第二天一早，她去波韦拉切广场买了那本费诺利奥的书，她把书放在包里带回家，仿佛藏着一件宝贝。她扇动书页闻着纸张的味道，然后用报纸把书包好。费诺利奥、《星期六的报酬》和小说主人公的厨房；彭泰科斯泰在课上讲解那间厨房，厨房是主人公的避难所——就跟她家堆满螺丝钉、灰泥、铜制铰链的五金店差不多。只要手指一摸就能从抽屉里找到想要的钉子，拉开装铆钉的抽屉时滚轮发出咔啦啦的声音，爬到梯子顶端，看着总是在衬衫口袋里塞一包香烟的、上了年纪的老爸重新布置橱窗，这一切都让她更有决心。

他们一直生活在这里，从店铺到广场那头的家。那个周五晚上，他提出来："帕杜利区有几间房子不错，你去租一间属于自己的小公寓吧。"她摇摇头，他便不再提，开始认真地布置餐桌，准备晚饭。每个周五他都会做蛤蜊面，她做英国汤①。有时候他对女儿说："我们去看妈妈吧。"她回答："你自己去吧。"

玛格丽塔推迟了下午上班时间，把最后几页读完了，回到办公室，把书放在办公桌上，盯着砖红色的封面，上面有个半裸的女孩：《西尔维娅》，一本关于执念的小说。如果卡洛和索菲娅以前真的没什么，如果他真的没有如愿得到那个女人，那个女人没有满足卡洛的欲望，那么索菲娅·卡萨代伊就是现在发生的新情况。因为她懂：她追求并拥有安德烈亚，就是为了让自己得到满足，之后对他再无绮念。

她想和丈夫说几句话，就在办公室直接打电话给他，周围有同事们，她的紧张之中夹杂着对母亲的担忧。但她忍住了。她打开手机通讯录往下拉，翻到她和卡洛的介绍人。对于那场聚餐，她还记得桌子中间摆着几根蜡烛作为装饰：在她的小姑子身上，

---

① "英国汤"（zuppa inglese），一种意大利甜点，据传起源于英国甜点乳脂松糕（Trifle）。

她总是能找到跟她丈夫相通的地方，仿佛他们之间连着一个连通器。很奇怪，有时候遇到关于丈夫的事，她只需要听到小姑子的声音就能让自己镇定下来。她听着电话里的嘟嘟声，快要放弃的时候电话通了。

“你怎么气喘吁吁的，西莫。”

“尼科忘了足球鞋，我只能跑回去，总之……”

“现在没事了吗？”

“我本来想去医院看看你妈妈，但是你能信吗……”她还是气喘吁吁。

“她说你给她打电话了。”

“我打给卡洛，让他转了一下，”她缓了缓气，“我觉得她精神很不错。”

“我很焦虑，西莫。”

“你很快就会看到她重新站起来的。”

“你带尼科来医院看看她吧，她很疼尼科，说看到尼科特别开心。”

“她应该到我家来带他一个小时看看是不是还特别开心。每天只知道说唱和克里斯蒂亚诺·罗纳尔多①，说唱和克里斯蒂亚诺·罗纳尔多。不过现在周末他跟他爸一起过，总是开开心心的，上一次他发誓说马马杜给他做了奶油培根面。”

“马马杜居然做饭？”

---

① 克里斯蒂亚诺·罗纳尔多（1985— ），葡萄牙足球明星。

“呸。加油站工人变身厨师，说不定下次我也跟尼科一起去。”她笑得像打嗝一样。

玛格丽塔穿上外套走出公司：“那你会回去吗？”

“跟马马杜一起？”

“我觉得挺好。”

“我告诉你一件事好吗？但是你要保密：我会跟他一起睡，大概每个月两次。纯睡觉。尼科在我爸妈家的时候我让他到家里来。”

玛格丽塔捂住嘴巴：“你继续说。”

“我喜欢听他睡着之后的呼吸声。他整个晚上都保持一个睡姿，早上他起得很早，你甚至都听不到动静。等你睁开眼他已经上班去了，感觉就像做了个梦。”

“你想念他。”

“我想念的是那个。但是已经结束了。”

“你怎么知道，说不定时间一长。”

“结束了。尼科很乖，在学校的时候不算。而我，每个月有那么两个晚上，还有其他开心的夜晚，我很满足。”她笑了笑，“说说你吧。”

“我想要一点点你的……”她沉默了。

“我的什么？”

“不知道。”

“过一天算一天，玛格。你得活出自己，活在当下。”

“我应该给你看看我的日程安排，”她来回踱步，“我也只能过一天算一天。”

“那你就安排一下到你小姑子家来做客啊。我给你做酸樱桃杯子蛋糕。我们工厂里终于不用赶订单了。”

“你真的每个月有两天跟他一起睡？”

玛格丽塔的一个同事示意她赶紧回办公室，她们不得不结束聊天。她在办公桌前坐下来，想象着一张大床上，规规矩矩睡着的马马杜，在一旁听他呼吸声的西蒙娜。

等到下班时间，玛格丽塔离开公司，坐上地铁来到莱盖路，上楼进家门，打开书桌的抽屉，翻出母亲的通讯录，找到“布扎蒂（兰迪）”，然后走到客厅，坐在沙发椅上，通讯录在膝盖上摊开，拿出手机输入号码，电话通了，她说希望约个时间。电话那头说预约排到了两个月之后，玛格丽塔说她很紧急。

“别人也紧急，女士。”

“我母亲病了。她跟兰迪女士是老交情了。”

“女士。”

“求您了。”

她被排到第二天上午，只有十五分钟时间。当晚她几乎没睡，第二天，来到维杰瓦诺路，她对自己说，她绝不能过一天算一天。

她坐在客厅里，看着画框里的《小姐与流浪汉》拼图，等了一会儿，她被带进一间小厨房，边上一台冰箱嗡嗡作响。她向这位年迈的女士问好，对方抽着烟，眼睛半闭半睁。

“我母亲摔断了股骨。”她一边说一边坐在椅子上。

“你是为这个来的？”

玛格丽塔沉默了一会儿回答说是的。

“你想知道什么？”

“一切。”

老太太吸了口烟，把香烟摁灭在烟灰缸里。她颤颤巍巍地洗好牌，让玛格丽塔用左手切牌。她把纸牌一张张摆在桌子上，说：“问吧。”

“她会死吗？”

“您不用担心。”老太太盯着桌子上的牌说。

“他们要给她做手术。”

“不用担心。也不用担心您儿子。”

“我儿子？他怎么了？”

女士拿起一张权杖侍从，“不要拦他的路。”

“我们拦着他了？”

“是您。”她又指着一张宝剑侍从。

“我丈夫没有？”

“您丈夫没有。”她拿起一张纸牌，把剩下的收起来重新洗牌，摆成金字塔形。她晃了晃脑袋，眯起眼睛说：“您母亲的身体您大可放心，代我问候她。”

玛格丽塔猛地站起来，才发现手里的包被自己攥得死死的，她松开手，从钱包里翻出一枚一分钱硬币和七十欧元，放在小盘子里，准备离开，走到冰箱旁边她停了下来：“我能问问关于我的丈夫您看到了什么吗？”

“您想知道哪方面？”

“他参加了一场面试。”

兰迪女士又点燃一支香烟：“这次不成。”

“真的？”

对方点点头：“要有耐心。”

玛格丽塔屏住呼吸，“其他的呢？我是说我丈夫的其他方面。”

“其他的。”她仔细查看金字塔最下方一排纸牌，“没有其他的。”

“没有？”

兰迪女士拿起圣杯国王，“其他都很好。”

玛格丽塔把包挂在胳膊上，转头看到冰箱门上贴着几块冰箱贴，一块是比萨斜塔，还有一块是罗马斗兽场。她向兰迪点头致谢，慢腾腾地朝门外走去，那天她的衣服上一直残留着香烟的味道。

回到家她和卡洛做爱。做爱时她脑袋里什么都不想，有时候听着自己一声声的呻吟，她会忘记自己是一位母亲、一位妻子，她只想做个荡妇。与此同时，她卸下了心里一个沉闷的包袱，因为那位女巫收了她七十欧元和一分钱硬币，向她保证她将拥有体面的命运。她没有多问，她还想让命运告诉她什么呢？“我可以再次创业开自己的房产中介公司吗？我可以一直拥有高潮直到九十岁吗？我会一直爱我的丈夫和我的孩子吗，像我现在爱他们这样？”

手术的前一晚，安娜不想看到任何人，结果所有人都到了，玛格丽塔、卡洛、洛伦佐、彭泰科斯泰夫妇，她的不自在被彻底无视。她枕着两个枕头，身体很僵硬，从头往下一直到腹股沟好像瘫痪了一样，她觉得快要患上幽闭恐惧症了，只好看向窗外，她的米兰和它漫天的粉尘。只有小外孙为她带来些许安慰，看着他在她身上的石膏上胡乱涂鸦，她有一刻感觉仿佛回到了家里，在和外孙一起听唱片。她意识到，这群人的出现让她的恐慌情绪不断上涨。

她忍不住对卡洛说："你们都出去吧，好吗？"

但是洛蕾塔正在整理床头柜上的一束银莲花，而多梅尼科在跟骨科主治医生低声交谈。他走到病床边对她说，操刀的是副主任，专业过硬，十天后就会让她出院了，说不定更早。

"要十天？"

"我特意要求的，为了让你好好休养。其实一个星期就够了。"彭泰科斯泰微笑着对她说，"但是我们都会陪着你的。"

多梅尼科年纪大了以后，人也变温和了。有一次卡洛把他比作白兰地，越老越醇和，她认同这个看法。他早就应该退休了。但他对安娜说过，他宁愿死在工作岗位上，也不想一天二十四小时里十六个小时都陪着洛蕾塔，说完他俩都笑了，这很神奇，一分钟之前这个人还那么招人讨厌，一分钟之后他们都可以一起去野餐了。她看着站在床脚边的他，然后把目光移到病房中央的玛格丽塔和卡洛身上，他们俩在一起还是那么般配养眼。他们的身体会不自觉地彼此靠近，看到这一幕她总会安心一些。卡洛不再固定每周四来吃午饭，而是随时都可能来，玛格丽塔也来。两个人都像在自己家里一样，在长沙发上坐下，腿架在茶几上，脑袋靠着沙发背，安娜看着他们折腾来折腾去最终还是选择了同样的姿势，有点想笑。

“还有你，你帮我画好了吗？”她瞟了一眼洛伦佐，他正在石膏上画一条鱼。现在她是一个长着尖锐的鱼鳍的外婆了，洛伦佐给青绿色的鱼涂上眼睛，对外婆说：“这是你。”

“我这条青绿色的鱼是鱼缸里的还是海里的呀？”

“海里的。”

“宝贝真棒。”她大声说道，说完靠在枕头上。她摸摸他的脑袋，突然大家都朝门口看去，一个男人站在那儿，问能不能进来。

她看着那个男人说：“我不是教徒。”

“您信不信教，我都要来的。”说着他走了进来。是一位中年神父，戴着一副玳瑁眼镜，她注意到他的头发上抹了一层发蜡。

“我们在门外等。”玛格丽塔出声提醒。

司铎和其他病人打了招呼，问是否可以在椅子上坐下来。

“您是来为我祈祷的吗？”

“就一两句话。有人要做手术的时候我都会过来。”

“噢。”她低声应了一句，眼眶里涌起泪水。但她转而露出一个微笑。

“怎么称呼您，女士？”

“我叫安娜。”

“安娜，如果打扰到您，我马上离开。”

她摇摇头：“我只是突然想到我丈夫。”她的目光飘向窗外，“他临终前也来了一位神父，为他涂圣油①。弗兰科一只脚已经迈进那个世界了，但是我看着他：某个瞬间他抬起手做了一个赶苍蝇的动作，您知道吗？”

“可您的情况不是临终。”

“谁知道呢。”她看着神父的手，它们看起来很柔软，有一根手指的指甲盖有点脏，两根手指一直搓来搓去，“您的名字是？”

“我叫安东尼奥。”

安娜想了一会儿说：“跟那部电影一样，您看过那部电影吗？”她按住脑门，在记忆里搜寻着。

“我不记得了。”

“主角留着长长的刘海，是个情场高手。”她靠着枕头调整了一下坐姿，“安东尼奥，开始吧。”

“可以吗？”神父问道。

“您都已经在这儿了。”

神父抬起一只手臂，举得高高的，以圣父圣子圣灵的名义为

① 临终涂膏式，或涂圣油礼：天主教的一种圣礼，神父用油膏涂在临终前的病者双眼、双耳、鼻子、嘴唇、双手、双脚及腰的两侧，使病人抵抗邪恶，并获得对罪过的宽恕。

她祝福。

“还有圣母马利亚。为什么你们总是漏掉她？”

“您信仰她？”

“请祝福我吧。”

神父照做了。

“谢谢。”她说。

“我明天再来找您。”

“如果您找不到我了，您知道我会在那边为您说句好话的。虽然您可能并不需要。”

“别说傻话。”他碰了下她石膏上的鱼，“明天见，安娜。”

神父走出病房的时候，安娜把卡洛叫了进来悄悄对他说：“我把所有唱片都留给你。”

他看着安娜额头上拧起来的皱纹，知道她是认真的。他摸摸她的头：“我还要那些漫画。”那个不祥的预感又来了：她可能要坐轮椅。前一天晚上玛格丽塔对他说：妈妈要坐轮椅了。他沉默，她哭了，他们在厨房紧紧相拥，直到他们为了泡咖啡烧的水开始沸腾。

“都怪这个房子。”玛格丽塔接着说道。

“怪骨质疏松。”

“怪我不择手段得到它。”

“她八十岁了。”

“我少付了十万块钱，却换来了妈妈股骨骨折。”

“别说了。”

“我们每个月要交九百欧元，交三十年。公寓管理费每年三千。连个电梯的影子都没有。”

“那在这套房子之前我们有什么？付差不多金额的房租，面积只有现在的三分之一。你能想象我们带着儿子挤七十平方米吗？”

“可以买一套便宜点的，供房压力没这么大的。”

“不要变成那种人，玛格。”

“哪种人？”

“放马后炮的人。”

她从他身边走开，泡好咖啡，勺子在杯子里转着。“你回答我：如果不是指望着你父母的遗产，你会买这套房子吗？如果不是指望着你父母的遗产，你会不断拒绝编辑部的全职工作，十年下来落到现在这样一无所有的地步吗？”

“当年我没跟他们签约是因为那会让我没时间好好教书，这你也知道。”他拿走她手里的咖啡杯，“你妈妈会没事的。这个房子在米兰算是买得很划算了。我很快会去《美意》杂志当编辑，或者去啤酒行业干杂活，要不然总能通过一场面试。我的天哪！”

“问题是恶有恶报，欺骗是要付出代价的，卡洛。”

他想起曼努埃拉。想起他如何掩盖自己的骗局。多年前某个下午，他跟她做爱了。回到家一阵手忙脚乱，尽管他知道玛格丽塔会在外面待到很晚。他仔仔细细洗了个澡，突然意识到，从这一刻起，他成了婚姻的定时炸弹。如果被玛格丽塔发现，如果他承认，他就是分手病毒的无症状感染者。如果这件事情出于任何原因而暴露，一切都随时可能改变。原谅、修复、理解，他没有考虑过这些宽大的处理。他知道，他和玛格丽塔之间不存在类似的结局。他一直知道。出轨后的那天傍晚，他在家里走来走去，到淋浴头下冲洗，从浴室走出来，平静地擦干，检查自己的身体，他不断地对自己强调：跟没做过一样，跟没做之前完全一样，龟头可能有点红。他的这位女同事有一身光滑的肌肤，背上有几颗痣，体味比玛格丽塔刺激，乳头没她那么明显……他满脑子比较着这两个女人。他裹紧浴袍重温下午发生的事：这次是曼努埃拉邀请他去看另一场电影，他考虑了一下手头的工作，观察了一下坐在旁边办公桌前的米凯莱·拉图阿达，对他说要出去一趟，米凯莱看了他一眼，意思是不必多说。卡洛离开编辑部，走到圣戈塔尔多大道尽头，那是九月份，他们刚刚把康科迪亚大道的房子骗到手。他等待着曼努埃拉的到来，心里暗暗激动，是那种嗅到机会的激动：胸口感觉到一股压力，和跟索菲娅一起时那种压得人喘不过气的力量不一样，更微弱，但还是存在，他心里的这一簇火苗，与眼前人是谁无关。

他们一起漫步，走到大运河边，他在红绿灯前停了下来，暗示他想穿过十字路口往电影院相反的方向走。他们边走边聊上午的会议，出版社近半年亏损百分之九，他们预测所有部门都会裁员。他们走过环城路，他注视着她，这个邻家女孩穿着一双低跟短靴，棕色的短发衬着她棕色的眼睛，他们的奥黛丽·赫本。他觉得可以继续朝市郊走，但在经过默库里奥酒店时放慢了脚步。他在门口停了下来。一阵尴尬，然后她说："你先请。"

你先请。他的心跳得更厉害了。到了前台他们拿出身份证，他没拿稳掉了下来，重新拾起证件，他什么也没说，进了电梯，电梯门关上了，到了五楼，电梯门重新打开，还是什么也没说。他们走在铺着米色机织割绒地毯的走廊里，他想到了妻子，眼前出现她扮鬼脸的可爱模样，有几次他们各自下班在家门口偶遇，他才看到她的这一面。然后他打开靠大楼天井一侧的67号房间门——在随后的一小时中，他仿佛是和两个人——曼努埃拉和玛格丽塔——共处这个空间，一起在那张特大号的双人床上，被子的四角摊开，曼努埃拉抓着他，他进入她的身体，变换体位，尽情享受这陌生的肉体。呻吟声响起，没有玛格丽塔，阴囊绷紧，没有玛格丽塔，饥渴的舌头，没有玛格丽塔，高潮的冲击，没有玛格丽塔——第一次射精时他感觉到一团阴影：原本的迫不及待变成惴惴不安。到两人躺在床上，房间一片寂静时，在铺着淡蓝色瓷砖的浴室淋浴时，在检查毛衣上有没有留下长发时，他再次感到这一团阴影。他走到窗边，窗外是另一栋建筑的外墙。他说走吧，他们离开酒店，一路上几乎不说一句话。他们在车来人往中穿行，这座城市到处是建筑工地、闲逛的无业游民和外表寒碜的自由职业者。自由落体般下坠的意大利的所有碎片仿佛是自由落体般下坠的他自己。他们沿着大运河一直走，直到河上出现一道道水闸、一座座活动桥，迎来真正的郊外空气，他们彼此不需要再说什么了。

那天傍晚玛格丽塔回来的时候，他不得不面对那份疏离感；他应付得很好。他们一起吃了蛋卷和沙拉，她打开收音机，两个人分了一瓶可口可乐，聊了几句，然后沉默。他问自己为什么会走进那间 67 号房。和玛格丽塔在一起他很幸福，真的很幸福。他那样做是因为某些根源上的东西吗，因为贷款，因为彭泰科斯泰家，因为还没有决定要生的孩子，因为出版社经营困难，因为没有得到与索菲娅做爱的性高潮？总之他做了。那天晚上收拾餐桌的时候，他趁着妻子洗盘子偷偷观察她，他问自己，和妻子之外的一个女人上床是不是意味着未来他还会和其他女人上床。

是的，成为父亲以前，他还有过其他女人。经常到出版社来的营销顾问，在大学教书时的老同事，编辑部附近一家餐馆里打工的女孩。还有曼努埃拉。和每个人都见几次，再粗暴地把潘多拉的盒子盖上，免得出轨变成习惯。未来是和玛格丽塔一起，这一点他从未犹疑。但是渐渐地，他觉得这些经历是必要的——是塑造自我的过程——现在再让他回想，那些画面只剩下黯淡的光，甚至只有几行解说文字。而在当时，他有那个需要，也能做到。他觉得自己超越了庸俗意义上的背叛、出于生理需要的背叛、为了逃避和出于好奇心的背叛，也不是对背叛所揭露的不满足作出一种回应。如果背叛是他重新对玛格丽塔忠诚的回归之路呢？

多年以后，当他在即将接受股骨手术的岳母病房里看着她石膏上青绿色的鱼，这个疑问依然在他心里徘徊。看着洛伦佐，他也会想起这个问题，虽然他很清楚，并不是儿子的出生促使他改变。护士们进来，要带安娜去做术前最后的检查，他想带儿子出去，但这孩子拽着床单一角不肯撒手。

“爸爸带你去荡秋千。”玛格丽塔走到他身前。

孩子哭起来。

“宝贝，我有你给我画的幸运鱼。”安娜把石膏举给他看。

“我们去荡秋千。”卡洛抱起儿子，洛伦佐抱住他。他走出行善兄弟医院，脖子被孩子的眼泪打湿了。他抱紧儿子一直走到加里波第大道才放下来，给他擦了擦鼻子和嘴巴。

洛伦佐看着他。

“洛伦佐，你见过和你给外婆画的幸运鱼一样漂亮的鱼吗？”

小男孩摇摇头。

他牵起儿子的手，从市民竞技场①那个入口走进森皮奥内公园，但是没有去秋千那儿，而是朝街边的一栋小楼走去。进门买了票，他问孩子能不能拿围巾把眼睛蒙住三十秒。

“为什么？”

“给你一个惊喜。”

孩子想了想，点头同意了。

卡洛把围巾裹在他脑袋上绑好，牵着他走进一个房间，一个巨大的弧形鱼缸出现在他们的头顶上②。

“准备好了吗，小机灵鬼？”

洛伦佐点点头。

卡洛帮儿子解开围巾。

全都是幸运鱼。十条，二十条，一百条，到处都是，身边也

---

① 市民竞技场，正式名称为“詹尼·布雷拉竞技场”，始建于 1807 年，是一座多用途的体育场，位于森皮奥内公园北侧。

② 这里提到的地方为米兰水族馆，位于森皮奥内公园内，建于 1906 年，是当时为米兰世博会所建的一系列建筑之一。

是头顶上也是，还有几条鳐鱼，妈妈和他一起读过的书里出现过鳐鱼，有些鳐鱼长着特别危险的刺。他走到玻璃前，伸着脑袋，一条长着巨大嘴巴的石斑鱼盯住他，洛伦佐回头看着爸爸笑了：“是一条金枪鱼！”

卡洛也笑了起来。

小孩儿伸出一根手指贴在玻璃上，卡洛走到他身边叫他用口水把手指舔湿重新贴上去。两个人都这么做了，那条石斑鱼游了过来。

“这是一条幸运鱼。”小孩儿说。

“是的。”

有段时间他老担心洛伦佐会遗传他一激动就打嗝的毛病，好像情绪性行为会传染似的。收到从里米尼寄来的那些书，他又想起了这件事，仿佛他的兴奋也会削弱他身为父亲的影响力。这些书几乎立刻就传来了回声：索菲娅上课时嚼着杏仁的样子，他逃离她在伊索拉区的租房时她拽住他胳膊的样子。收到第一本书的时候，他想可能是哪家出版社的赠书，只是赠送一本费诺利奥的小说有点奇怪，他把书带回家，扔在沙发扶手上。可是，费诺利奥也是他在课堂上讲得最多的一位作家。当他打开 Instagram 看到她主页上有这本书的照片，他以为是巧合。几个星期后，第二个包裹来了。他发现邮戳上还是“里米尼”，不免有一种对答案揭晓的期待。他拆开包裹，看到的是通代利的《分开的房间》①，她在

① 皮耶尔·维托里奥·通代利（1955—1991），意大利作家。《分开的房间》（Camere separate）是他 1989 年出版的自传性小说。小说通过大量回忆和闪回，讲述了一对分居两地的同性恋人的故事。

主页上贴过这本书的照片，背景是五金店一角。他全身发麻，那一整天都被一种兴奋感占据了，其他所有事，甚至他的失业，都变得不重要了。他期待收到下一本书。这一个半月的时间里，他无时无刻不在问自己，她到底想表达什么。

索菲娅心想，他为什么不回信。有时候午休闭店，她会回家，特意看看邮箱，或是放邮包的客厅一角，希望他从学生资料里找到她的地址给她寄点什么。

回里米尼后，她一直想联系他。她曾经有一两次机会回米兰，但她退缩了。她再也没有读过《事情的真相》，那几张纸被她塞进一个蓝色塑料文件夹里，和其他课堂资料以及一个 U 盘放在一起，U 盘里有她从手机上转存进去的彭泰科斯泰说到小鸡的那段话，他的声音说着“推动”，轻柔，有力：她居然想过把录音寄给他的妻子，她为此感到羞愧。那段时光留给她的还有与哈利勒的友谊，他们常常发短信联系，在社交媒体上互相关注，他在迪拜的一家酒店工作，发的照片都是阿拉伯的破败景象，他迷上了风筝冲浪，目前还没有找到对象。他满怀期待（speranzoso）。他特意用了这个意大利语单词，因为觉得发音很有意思，他经常问她是否和他一样。

索菲娅对一个男人满怀期待。他比她大三岁，在贝拉里亚①经营一家酒店，一头鬈发，刘海挡住了他一双海蓝宝石一般的眼睛，某些夜晚，他会开车来接她，为她打开车门。他在床上很让

① 贝拉里亚是里米尼省的一个市镇。

她满意。对于一个像他这般真诚的男人来说，“托马索”真是一个好名字①。她发现，白天她也会想他，有时候她会看向五金店的橱窗外，想着他会不会出现，她觉得等待他就是等待一封来自米兰的回信，是一种碎成了许多颗粒的急切渴望，她想把它们揉成一团。

那天早晨她又印证了这种情绪。看到他带着早饭出现在店里，她的心里瞬间平静了。两人在柜台后面分一块开心果香炸奶酪卷，他要了杏仁更多的那半块，索菲娅看着他一口吃下去，这时候她父亲回来了，说：“我忘了拿灯泡。”说完径直朝店铺最里面的货架走去。托马索几乎要躲起来，然后他提高声音打了声招呼，溜出去之前偷偷亲了索菲娅一下，没弄出“啵”的声音。

父亲抱着一堆蝶形灯管走了出来：“是德拉莫塔家的儿子，对吗？”

“对。”

“看得出来这孩子不错。”

她把蛋糕店的包装袋扔掉：“从哪里看出来的？”

“得了，他是个好小伙。”

“你说是就是吧。”

“我留下来看店，你跟他去吧。”

“他还有事。”

---

① 与托马索（Tommaso）同名的圣人圣多马（San Tommaso）是耶稣十二门徒之一，因为对耶稣复活采取“非见不信”的态度，被称为“多疑的多马”。意大利语中有一句谚语：像圣多马一样，指某个人坚持眼见为实。

父亲把灯管放在搁板上，开始往箱子里装。“他们修复了富国电影院①。”他有点气喘吁吁地说，“是一个著名建筑师主持的，你跟他去看场电影，告诉我修得怎么样。”

“别想了。”她帮他一起码放灯管，父女俩动作干脆利索，父亲的呼吸有烟草和薄荷的味道。“倒是你，爸，你上一次去电影院是什么时候的事了？”

“我？”父亲把身上风衣的纽扣扣好，“十年前。”

“今晚一起去看电影吗？”

父亲低下头；她已经学会根据他的手判断他快乐与否——他的双手紧握在一起。

玛格丽塔看到的安娜也是这个姿势，手术已经过去好几天了，她刚刚听女儿说，可以出院了。

“亲爱的，对一个快死的老太太可不能说谎。”

“我要带你回家呢。”

“什么时候？”

“明天。”

母亲扭头看向别处：“那么你打算拿我怎么办呢？”

“我们会请一位护工。”

“你有你的生活。”安娜双手紧握在一起。玛格丽塔走近，把

① 富国电影院（Cinema Fulgor）是出生于里米尼的意大利著名导演费德里柯·费里尼（1920—1993）童年接受启蒙的电影院，于2018年修复完重新开放，并成为2021年开放的费里尼博物馆的一部分。

母亲的手包在自己手心里。手术之后她的腿恢复得不错，也没有感染；她对母亲说今后需要加强理疗。

“让那个小伙子理疗吗？”

手术之后她等了几天才叫安德烈亚来，来的时候是下午，他进了门，外套也没脱就在床沿坐了下来。看到母亲和安德烈亚待在一起，玛格丽塔觉得非常和谐。母亲打量了他一下，安德烈亚开始仔细询问她的症状，闲聊了几句之后他说：“您别担心，安娜。”

第二天他又来了。玛格丽塔站在走廊看着病房内，安德烈亚一条腿跪在床垫上，开始帮她母亲检查肌肉状况，脖子、没受伤的那只胳膊，还有他能够触碰的一小部分腹部。他引导安娜小幅度地转动上半身，微微扶着她，建议她动作时小心一点，她照做，紧紧抓着他强壮的肩膀——这也是她女儿眼里强壮的肩膀。然后卡洛带着洛伦佐来了：玛格丽塔突然有些后悔，她曾经那样坦白一件属于她私密的事。不过她觉得就算她没有说出安德烈亚对她的吸引力，卡洛其实也知道这个人在她心里是多么重要——但她不愿意认为卡洛是因为安德烈亚的同性恋身份而信任她。

在他之后她没有其他男人，只有心里的欲念和暧昧的接触，让自己在一场中断的诱惑中得到满足。她任由各种机会消逝，她对自己的爱似乎不再是顺从欲望的冲动，而是为了一种安安静静的专注。她开始渴望有一个小孩，这种渴望虽然俗套，但轻易就能让她抵御诱惑。生下洛伦佐对她来说不是压抑或者给自己设限，而是“就这么着”了。这件事让她心满意足。她对那场误会也曾经挺知足的，现在呢？

“外婆没有治好。”

“治好了，洛伦佐。明天外婆就回家了，明天！”

男孩看着玛格丽塔。

她冲他笑了一下：“今天在幼儿园做了什么呀。”

“做了给知更鸟住的小木屋，和罗贝塔·卡尔卡泰拉一起做的。”

“罗贝塔·卡尔卡泰拉是那个鬈发的小女孩？”

洛伦佐点点头。

“她长得很可爱。”

洛伦佐摇摇头。

“不可爱吗？”

他继续摇头。

“那你为什么跟她一起玩呢？”

男孩从沙发上爬下来，蹲在地毯上：“她说我和她永不分离。”

“真的吗？”

“真的。”

“你知道永不分离是什么意思吗，小机灵鬼？”

“就是朋友的意思。”

玛格丽塔和卡洛对视了一眼。“洛伦佐，坐到沙发上来，地上凉。”

“我不冷。”

“听你妈妈的话，回到沙发上来。”

洛伦佐听话地挤到父母中间坐好。

玛格丽塔给他挪了点位置：“给知更鸟做小木屋，你们俩都表现得好吗？”

“都是她做，我看着她。”

“你真狡猾呀你。你不怎么说话，但是暗地里其实是个小滑头是吗？”

“罗贝塔·卡尔卡泰拉说，就算我不怎么说话，她也不会不要我。”

他们拿起花呢格子毛毯把儿子裹住。“当然，就算你话少她也不会不要你的，宝贝。”

“外婆真的明天就回家了吗？”

看着母亲被护士们抬上救护车，坐在车里从行善兄弟医院赶往莱盖路，握着母亲的手，玛格丽塔心里一直在想，自己不耐烦的性格就是受了担架上这位女士的直接影响，仿佛是她命令女儿不要变成自己这样似的。玛格丽塔抚摸着母亲的头发：“感觉还好吗？”

“我正在恢复，亲爱的。”

他们抬着安娜躺的担架要进公寓门的时候，玛格丽塔突然感觉身体里涌出一股力量。她把包斜挂在肩上，伸手一起抬，十二万分地小心。卡洛把门敞开让他们进来。

“麻烦把我放在客厅。”安娜说道。

“妈妈。”

“别把我像你爸那样关起来，跟坐牢一样。”

“去客厅。”卡洛说。

安娜被安放在沙发和餐桌之间，他们从房间里搬来一张防褥疮护理床，把她从担架上抬起来，被几个人抬起来的瞬间，安娜闭上双眼。她想象着睁开眼会看到什么：大家都担心她，她肯定碍他们的事。结婚之后，丈夫说过会照顾她，实际上他只照顾过她一次，那次她得了流感，在床边端汤送药可不像在餐厅帮忙拉一下椅子那么简单。她需要一位护工，不管是意大利人、乌克兰人、俄罗斯人，还是印度人，只要存在感够低，让她的女儿还愿意回来就行。他们说过正在找人。她转头看向书柜上一排书脊，寻找那套《特克斯·威勒》漫画，然后把脸颊压在枕头上——她知道这个姿势可以拦住眼泪。

女儿和卡洛收拾客厅的时候她双眼紧闭，然后女婿走了，她被安置在墙边。她心跳得很快，呼吸有点困难，她盯着胳膊上青绿色的鱼让自己镇静下来：洛伦佐画这条鱼的时候抿着嘴一脸严肃，她相信这条鱼一定很机灵。在医院的时候外孙陪在她身边，给她胳膊上的这条鱼一点一点补充细节，绿色的鳞片，尖锐的鱼鳍，他问外婆是什么鱼，问完自己回答说是一条金枪鱼。可是金枪鱼对安娜来说是晚年生活的一个耻辱。如果在鱼市见到，或者哪怕有人说出金枪鱼这几个字，她的记忆就会闪回到五年前的那天早晨，电话铃声响起，玛格丽塔说她怀孕了，两个人叽叽喳喳说个不停，挂掉电话她觉得有必要好好庆祝一下：她走进布宜诺斯艾利斯大街附近那家潘姆超市，准备买点费列罗巧克力，她想赶紧买了先吃一颗，但是经过卖鱼的柜台她发现金枪鱼非常新鲜，让人包了一小块准备晚饭吃。她还买了布拉塔奶酪，冰箱里藏着一瓶贝卢奇酒庄的酒，升级当外婆自然是开瓶庆祝的绝佳理由。

然后，朝收银台走去的时候，她心血来潮：手一松，装金枪鱼片的袋子滑进了手提包。她手里拿着费列罗和奶酪，走过洗护产品区，心里有一种从未有过的惶恐，她假装选了一瓶护发素，又放了回去，又逛了一会儿，最后在五号收银台前排队付款。她拿出钞票，收好找零，发现自己在又害怕又暗喜的心情中竟然还能对收银员保持亲切友好。她把所有东西装进一个塑料袋，朝出口走去，但门口一个男人叫住她。

“您好？”

“请跟我到这边来。”他指了指存放待上架货品的服务间的门。

“不好意思，请问您是哪位？”

男人从口袋里摸出一个徽章亮给她看，安娜立刻感到脸颊发烫。她躲开他的目光，发现自己跟着他来到了一个昏暗的空间，里面堆满了货物托盘，另一个男人在等着他们，问她买了什么。她打开塑料袋，等他们问她手提包的事。

“能请您打开您的包吗？”

“向一位老太太问这种事情挺难堪的，是吧。”但她还是服从了，“接下来你们还要对我做什么？”

两个男人对视了一眼。“您大概是忘了付钱，这也是有可能的。您回收银台过一下吧。”

她没有动。她觉得自己要昏倒了，她一只手撑在托盘上，其中一个男人搀住了她的胳膊。

“没关系，是有顾客会忘付钱！”

“我女儿刚刚怀孕了。”

那两个男人点了点头，她也冲他们点头致意。她到四号收银台付了钱，脸色惨白地走出超市，回到家时背上还冷飕飕的。这是一次冒险，她这样告诉自己。就像让一个三十五岁的年轻人给她按摩一样，他有一双钢琴家的手，以及僧侣一般的谨慎。那个安德烈亚能给她安全感。

门铃一响，她赶紧靠着枕头坐直，用手指肚捋了一下头发。安德烈亚走进客厅，她对他笑笑说：“看到没？我这把老骨头还是回家了。”

他打了个招呼，走到床边。玛格丽塔说她可能会躲在房间里打几个工作电话，安德烈亚在房子里转了一圈，在厨房门口停了下来。

安娜笑了：“你饿了吧，说实话。”

他说没有。

“你为什么不打开冰箱顶上的柜子呢，应该有几块朗姆巧克力。”

他没有动。

“哎呀，你太拘谨了。”

安德烈亚走进厨房打开冰箱上的柜子，什么也没找到。

“应该是放到别的地方去了。在附近再找找。”

“我们应该问一下您的女儿。”

“问了就没那么好吃了。”

“服药期间最好不要吃含有朗姆酒的食物。”但他还是继续在柜子里翻找，最后在灶台边上找到了装巧克力的盒子，递给安娜。

她拿了一颗：“你也吃吧。”

“晚上我要给我的母亲过生日。”

“所以呢？”

“我到那边再吃巧克力。”

“啊对了，你是健身的，要控制饮食。”她皱起眉头，“你妈妈几岁了？”

“六十八。”他把毛衣袖子卷起来。

“给她买几枝黄色和红色的郁金香。”她从包装盒里又拿了一块巧克力，“确定不要？”

他拿了一块，两个人安静地吃着，都眯起了眼睛，直到美味融化在口中。安德烈亚弯下腰开始按摩，从她没受伤的那条胳膊开始，他渐渐学会了通过肩关节的状态判断她的心理状态，今天她的肩关节非常松弛，他明白，回到家让她如释重负。他在肩胛骨上多按了一会儿，时不时地观察她肿起来的眼睛，是因为用药，或者因为抑郁。他从胳膊按到脖子按到背，让她转过来坐在床边双腿垂下来，客厅里有一股发胶的味道，许多年前有一次，玛格丽塔邀请他到这里来，那时候他也闻到了这股味道。玛格丽塔说，我妈妈去科莫的亲戚家了。他喜欢这种少女一般趁家长不在约人来家里的方式。他接受了邀请，好奇会发生什么。其实他们只是聊天，聊完亲了一下，站着亲的，几乎只是心不在焉地一碰，然后他们一起煮咖啡，摩卡壶咕嘟作响的时候他说，我喜欢男人。

她精神一下子绷紧了，他也绷紧了。莱盖路上车来车往的声音从窗外飘进来，她说："我也喜欢男人。"

他们背靠着柜子笑了起来，她伸手抓住他，他们紧紧地抱在一起，他说："我无能为力。"我无能为力。他也想对乔治说出这五个字，以解释那些狗、那座厂房和他要去打的黑拳比赛。那天晚上他也去了。

"我们来试试腿恢复得怎么样。"

"我害怕。"安娜冲他笑了一下。

"准备好了吗？"

安德烈亚弯下腰让她环着他的脖子，他扶着她的腰，准备好陪她完成关键的康复运动。让她下床之前，他先检查了一下她的睡衣有没有穿整齐——有一次安娜一站起来就小声地说："别往下看，拜托了。"

他们一步一步地走，一直走到客厅中央，走到波斯地毯上，他觉得自己仿佛在和她跳舞。奇怪的是，他能习惯触碰她这温顺的身体，习惯触碰当天晚上要与之对打的强壮的身体，还有他第二天要指导的学员们反应灵敏的身体，还有乔治热情的身体，唯独不习惯的是他父母的身体。这里结束以后他就要去他们家，先吃蛋糕，然后爬上梯子把走廊的灯泡换掉，坐在沙发上打开电视，声音只放一点点，和父母聊聊书报亭，聊他的健身，接着就会离开，出门直奔工厂，但是走之前他应该会以打招呼的名义捏一下父亲的肩膀，触碰父亲的身体太难了……

索菲娅挽着父亲胳膊的时候，也能感觉到母亲的存在。在她小时候，一家三口去阿斯托里亚电影院看《玩具总动员》，如今她还记得的是爆米花，其他都忘了。现在，她和父亲步伐一致，一起走过加富尔广场；下过了小雪，路灯下的里米尼像一幅深棕色的肖像画。他们走到大街上，看到富国电影院门前人有点多。父亲放慢脚步说："票可能卖完了。"

"来吧。"她把他的胳膊挽得更紧了。

他们默默地排到队尾，索菲娅想买爆米花，父亲想买甘草糖，他喜欢吃甘草糖卷，虽然这会让他血压升高。他穿着羊毛开衫，戴了一条酒红色的粗针织领带，要付钱的时候他已经手拿钱包准备好了。他们走进放映厅——它金碧辉煌的装潢和猩红色的座椅，真的再现了二十世纪三十年代费里尼经常来的那家电影院。他们聊起了导演的轶事，在某个十二月的夜晚他开着奔驰车穿过伊纳卡萨区，有人发誓看到车里还坐着马斯楚安尼①。有一瞬间，她有点遗憾不是和托马索在这里；可能她也知道如何对待一个可靠的爱人，只不过她永远无法就这样满足。她从上衣口袋里掏出手机，写了一条短信："希望书都已经寄到了，这些年我还是经常读费诺利奥。索菲娅（卡萨代伊）。"然后点击发送，倒在座椅上，放映厅里灯光全暗一片漆黑，她可以专心履行女儿的角色了。

---

① 马塞洛·马斯楚安尼（1924—1996），意大利演员，曾在费里尼的自传性电影《八部半》中扮演主角。

卡洛收到短信的时候一家人都在莱盖路的家里。他和玛格丽塔躲在她的小卧室里，洛伦佐和外婆睡在客厅。他们正准备在笔记本电脑里选一部电影看，她提议《心寒》①，虽然这部片子她已经看过一遍又一遍，他更想看《特殊的一天》②，争论到一半他的手机震动了一下，他拿出来看，是索菲娅的短信。此时玛格丽塔正在安德烈亚·吉亚尼的海报旁边，把翘起来的海报一角摁回去，她说《心寒》是她心目中的十大佳片之一。“你同意吗？”

他看着她，没有回答。

“卡洛？”

“你说。”

“你同意吗？”

“同意。”

“谁给你发信息？”

“什么？”

“你的手机。”

“哦，我妹妹。”

---

① 《心寒》，美国电影（1983），讲述了学生时代出类拔萃的亚历克斯自杀身亡，他的七个大学同学来参加葬礼，一起回忆二十年前在大学求学时的情景，思索亚历克斯自杀的理由。

② 《特殊的一天》，意大利电影（1977），马塞洛·马斯楚安尼和索菲娅·罗兰主演。电影讲述 1938 年 5 月 6 日，希特勒与墨索里尼高峰会议的这一天，罗马全城放假，居民到广场集合听讲话，女主人公忙于家务没有参加，由此认识了新来的邻居，一位身为同性恋的电台播音员，两人在一天之内从素不相识到互相攀谈，发展到激情和肉体交欢。

“西莫说什么？”

“面试的事。”他顿了一下，“她想知道有没有新进展。”

“可是这个话题我们今天已经聊了半个小时。”

他抬起头说：“她还问你妈妈怎么样。”

“那她的儿子呢？”

“她说……”手机仍然攥在他手里，“我明天打电话给她问问看。”

“她说什么？”

“昨天她说他们给儿子换班了。”

“换作是我，我会给他换学校。他们都在走廊上喊他黑人尼科。”

“是黑鬼尼科。”

“这对饶舌歌手来说倒是个不错的名字，仔细想想的话。”

“她说他们在尼科的书包上贴了一张纸条。”他把手机放到一边。

“你不回短信吗？”

“我们来看电影吧。”他邀请她回到床上来。

玛格丽塔示意他等一下，然后走出房间去了客厅。他趁机重新读了一遍短信：他盯着那几个字，确认收信时间是三分钟之前而不是一个世纪，原本会让他心乱如麻的一整个世纪。现在他有些迟钝，兴奋带来的刺激很微弱，他又把手机放到一边。她回来了。

“都睡熟了，洛伦佐在沙发上睡得很好，我觉得还是不要叫醒他。”

“你妈妈呢？”

“做了理疗累坏了。”

卡洛躺到床上，叫玛格丽塔也躺上来，他把枕头堆在背后，微微侧身朝向她躺好，开始播放《特殊的一天》。

“你这个暴君已经选好了啊。”她假装要把他推下床。

“我想看罗兰。”他等着片头字幕放完，火车的汽笛声，车厢里的希特勒，旁白解说着这是对罗马的一次成功的军事访问，公寓楼的门房在阳台上挂起了纳粹万字旗，他说：“之前给我发短信的不是我妹妹。”

她靠在他的胸口调整了一下位置：“好的。”

玛格丽塔看着电影，至少是面向着房间的另一边，那里有她从前伏案学习的书桌，还有堆在搁板一角的一叠音乐磁带。

镜头停留在公寓楼上：天亮了，窗户一扇接一扇打开。

“那本书看得人心痛。”他的妻子说。

“哪本书？”

“《西尔维娅》。”

他维持着让她靠在身上的姿势，目光盯着墙上的安德烈亚·吉亚尼海报以及它翘起来的一角。“我这些年都没有收到过她的消息。”

“你看的那些书，跟她在Instagram上发的照片里的书是一样的，对吧……这算怎么回事呢？”

“这些事都是她干的。”

“卡洛。”

“书都是她寄来的。”

“她寄的?”

“我说了，全都是她自己的想法。”

“卡洛。”

妻子的身体很轻，传来的热度沿着他的胸口向下到肋骨，此时，电影中的索菲娅·罗兰在厨房餐桌上烫好一件衬衫，煮好咖啡；他从衣服口袋里翻出手机：“给你看短信，没什么特别的。”

她把他的手摁在被子底下：“我不感兴趣。”

“你看。”

“我真的不感兴趣。”她把他的胳膊挪开，温柔地。

他把手机放在床单上，她的手原本放在他的肚子上，现在慢慢往下滑，轻轻地触碰他。她解开他的皮带和牛仔裤的纽扣，想把他的裤子褪到大腿处。他没有配合，她用力拽他的裤子，索菲娅·罗兰穿着皱巴巴的裙子拧着脸在家里转来转去，她有那么多小孩要照顾，年纪最大的女儿竟然在涂口红。

卡洛眼睛盯着屏幕，玛格丽塔也是。接着她开始抚摸它，摸着摸着她的脑袋凑了过去，含住它，索菲娅·罗兰独自在家，玛格丽塔吮吸着，它勃起了，而马斯楚安尼坐在一张书桌旁，穿着红色的毛线背心，衬衫领子翻在外面，玛格丽塔没有松口，他盯着妻子的嘴把她想象成另一个人，他很长时间没有这样想象过了，男人的幼稚病。他收回心思看着妻子，准备好为她呻吟，准备好为她享受，释放在她嘴里，他很兴奋，其中还混杂了一丝奇怪的感觉，两者都让他困惑。

这么多年了，丈夫的味道从没变过，玛格丽塔把脸颊贴在他的耻骨上闭上眼睛，有一刻，她的妄想症又犯了：也许另一个人同样尝过这味道。她下了床，看向电脑屏幕；罗兰出现在马斯楚安尼家门口，说明来意进了屋；玛格丽塔离开卡洛走出卧房来到过道，客厅里一片昏暗，她走到熟睡的母亲和儿子身边。洛伦佐一条腿露在毛毯外面，他从小就这样，喜欢伸出左腿贪凉。她走到落地窗前，这样的时刻她总是向父亲祈祷，她想回到丈夫身边告诉他安德烈亚的事。当她转身，卡洛就站在过道口。她走到他身边抓住他的胳膊，拖着他穿过过道走进她母亲的房间，缝纫机已经被搬到衣柜旁边去了。

“在那个洗手间里你没跟她做爱。”

“你知道的。”

“你说你没有做，我就相信你。”

“那还有什么问题。”

“也许问题就是你没跟她做爱。”

“说什么呢。”

“如果你做过了，你对她就翻篇了。或者你对我就翻篇了。或者我对你翻篇了。至少你不会一边和老婆躺在她的闺房里看《特殊的一天》，一边还读这种让你心慌意乱的短信。”

“心慌意乱？”

“心慌意乱。还是说你更喜欢坐立不安？”她提高嗓门。

他示意她小点声。“现在有问题的人是你。”

“哦，当然。有个妻子看到她丈夫为了一个早该安葬的小妖精时隔十年发来一条短信而脸红得不行：而这倒是她的问题，当然。”

“这是一条没有意义的短信。”

“如果真的没有意义你可以闭嘴不提。”

“就是因为没有意义我才告诉你。”

“跟当年一样吧，我想。”

“我没想到你一直为那事纠结。”

“我也没想到。”她深呼吸，然后说，“那个女孩儿比每个月九百欧元的房贷还要糟糕，比……鬼知道比什么东西还糟。”

“比一个失业的丈夫还要糟糕。”

“别。”

“别什么?”

“别转移话题。”

“你会看到的。我会通过这次面试，我会拿到这个啤酒公司市场营销的工作，打拼出自己的事业，让你刮目相看。”

“别这样，求你了。”她的两条胳膊无力地垂在身体两边。

他抓住她的手：“没问题的，你别担心。”

“你跟她有多久没联系了?”

“从那件事以后。”

她挣开他：“卡洛，说实话吧。”

“就是从那以后。”

“那她给你寄这些书是什么？文化交流?”

"是她自作主张。"

"卡洛，我要你彻底忘掉她。"

"已经忘掉了啊。"

她又深吸一口气。"我累了。"这句话轻得连她自己都几乎听不见，"请你彻底忘了她吧。"

"是你应该忘了她。"

"卡洛……"

他仍然站在房间中央，在昏暗之中几乎看不见。她走上前，伸出一只手放在他的胸口："我累了……"然后任由卡洛抱住自己，只要他好好地抱着她，她就好像变回了年幼的自己。

"再待一会儿吧。"母亲又说了一遍。

安德烈亚抱了抱她，站直身体拉开两人之间的距离。"我得走了，生日快乐，妈。"黄色、红色的郁金香插在玻璃瓶里。他远远地向父亲挥手告别，出了家门。去厂房打黑拳之前在父母家待一会儿，总是让他有点泄劲。

他坐进车里，看了一眼手机，发动引擎。他不想听音乐，脑袋昏昏沉沉地上路了。他把座椅放倒一些，稍稍往后靠；肋骨的伤只是有点麻烦，不疼；胸腰筋膜的伤势因为教安娜练俯卧撑变得更加严重，现在还能闻到她身上的玫瑰香味。他胃口很小，蛋糕也吃得很克制，重要的是生日蜡烛和母亲吹灭蜡烛时他许下的愿望，他希望她幸福，每一年都是同样的祝福。

路面结了一层薄薄的霜，米兰的夜晚让他安心，他放飞思绪，希望自己遇上那个埃及人，那个做面包的大个子，那家伙刚刚得了个儿子，打拳专打耳朵，已经把两个拳手打到昏迷。三十五分钟之后他开到诺维德拉特省道上，家乐福超市门口站着三个尼日利亚人，继续开，下坡，到了卡里马泰，在路边一小块空地上停好车，解开安全带。他朝后备厢走去，几米之外一辆汽车在夜色里迷了路，车灯晃眼，安德烈亚一手挡在眼前，试图辨认司机但还是放弃了，打开后备厢拿出运动包，他听到那辆车慢慢开过来，在他身旁停下，他这才认出是乔治。车窗摇了下来，乔治看着他，什么也没说，往前开到不远处停下。

安德烈亚走过去："回家去。"

"你要去那里面吗？里面是谁？"乔治指着厂房问道。鬈发盖住他的额头，他拨了拨刘海探身出来问道："你要去跟谁上床？"

"走吧，我请求你。"

"我整个晚上都在你父母家楼下。"乔治垂下目光看着方向盘，"看到你从大门出来的时候我想：看来他没有跟其他人做。看来他不是嘴上说着去父母家去健身房结果跑去别的什么地方让别人给他口交。"

"我说了让你走。"

"没想到。"

"走！"

天太冷了，夜空冻得格外晴朗，汽车引擎的声音格外清晰，而安德烈亚只想去找那个埃及人。车开走了，转弯，加速，安德烈亚扫了一眼车窗后面他的男人，就那么一眼，转身离开。

卡洛在玛格丽塔少女时期睡的床上醒来，妻子蜷成一团靠着他的肩膀睡在他身边。卡洛小心翼翼地起身，天还没亮。他走出卧房，感觉脖子有点酸，走进浴室坐在浴缸边缘，闭上眼睛。浴缸的边缘。新生儿洛伦佐从医院回到家的那一天只有五斤重，一个让人忧心的小家伙，他把儿子抱在怀里在康科迪亚大道的家里来回走，躲进浴室因为那是最暖和的房间，坐在搪瓷浴缸边上他讲了一个现编的童话故事：怀里他的小宝贝睡着了。

他淡定地换好衣服，穿上英伦风燕尾鞋，决定两天之后的面试也穿这双，穿着舒服，鞋型也好。墙的另一边，邻居低声哼着歌，好像两个人在一起刷牙——安娜告诉过他，那家人夫妻俩分床睡。他想到昨晚争执之后，玛格丽塔对他说："和我一起睡。"

他扣上衬衫纽扣，拿起手机，重新读了一遍索菲娅的短信，琢磨着那些来自里米尼的书背后的非常明确的动机——她真的想再见到他。也琢磨着妻子嗅出他异样以后的反应——"我要你彻底忘掉她。"

他觉得自己对妻子没有这种想法倒是他的过错，那是以前发生的事：有一天早晨他醒来，玛格丽塔还在床上躺着，他在准备早饭，看到她把黑莓手机忘在桌上。他坐下来，和往常不一样，这一次他拿起了她的手机。他也不知道那天早晨怎么了。他快速地浏览了她的手机短信，发现了“理疗师安德烈亚”，一共九条信息，发出去五条，回复过来四条，最后一条发出去的短信写道：“如果你愿意，找个下午，我想来看你。”没有收到回复。“如果你愿意”，多么优雅的呢喃，在他的脑海里久久回荡。

出轨对出轨：“我做了，你很可能也做了。”他把疑心搁置起来，一边为自己的欺瞒开脱，一边恼火、妒忌、犹豫。他们的婚姻经受过了怀疑的冲击，他们保护了自己，用某种方式保护；而他在假设安德烈亚与她有染之后，又利用他们之间的脆弱关系，对她的身体重新燃起欲望。他会研究她的下体（没什么变化，很紧致，还是更热情了？更冷淡了？感觉不一样了？），亲吻她的乳头（他也亲过这里吗，谁亲得更舒服？），听她愉悦地呻吟（和他在一起的时候她也这么享受吗？）

做爱时他不再问她是否渴望着别人。自己的猜测得到印证使他更有快感：玛格丽塔渴望过别的男人，说不定现在还有，但真正和她一起生活的只有他。他又提高了警惕。他娶了一个别人也渴望的女人，他可以对她更好一些。他不再认为她只是他的妻子。她的纤纤玉腿成了属于她自己的纤纤玉腿，她的聪明才智成了属于她自己的聪明才智，她的眼睛，她的嘴巴，只属于她，还有她的力量，这一切还可以成为她诱惑其他男人的手段。

他仿佛重新认识了妻子，不再是他那个日常习惯的人，而是重新认识一个女人。多么痛苦的认知。后来，某天吃晚饭时，她问他：“你记得我的理疗师吗？”

“那个被狗咬过的？”

“他是同性恋。”

“我完全没看出来。”

“我也没有。”

在那一刻，他仿佛看到一个受伤的女人，或者说他相信自己看到了。

他走出浴室，来到客厅，洛伦佐还在睡，安娜醒了，正看向窗外黎明的一线曙光。“护士快到了吗，卡洛？”

“还要一个小时。”

“一小时太久了。”

他走上前问道：“你不舒服吗？”

她紧紧握住他的手：“你可以叫玛格丽塔来吗？”

他发现她的手指在颤抖。他回到卧室，妻子站在床边正要把百叶窗拉起来。看到他进来她说：“我喜欢跟你一起睡在这张床上。”

“我也是。”卡洛伸出手想抱她，她走开了，“你妈妈找你。”

玛格丽塔走到客厅，安娜揪着床单的边沿对她说：“亲爱的，你能叫护士早点来吗？”

“很疼吗？我做点东西吃，然后我们吃止痛药。”

“我不疼。”她的目光落在床单上。床单下面传来一股臭味。

玛格丽塔点点头：“我来吧。”

“叫护士来，好吗？”

“我来。”

“不要，亲爱的，求求你。”

“有我在，妈妈。”她回头看向走廊，她知道丈夫在那儿，也知道心里的恐惧不需要明说。她打了个手势让丈夫赶紧把洛伦佐带走，自己回卧室换衣服。母亲一动不动地等待着，手里攥着床单，眼睛盯着外孙，卡洛正在给他穿裤子和卫衣。“早点回来看外婆，好吗宝贝？”

“你打呼噜。”小孩儿说。

“你也打呼噜。”她回答说。

“我也打呼噜。”卡洛帮儿子扣上罩衣的纽扣。

“没错。”玛格丽塔说。

“在幼儿园好好表现，小伙子。”

玛格丽塔送洛伦佐和卡洛出门，回到客厅把百叶窗全部拉起来，发现安娜的目光盯在父亲的沙发椅上。

“我为你爸清理过许多次。你知道给他递毛巾的时候我心里在想什么吗？”她清了一下嗓子，“我心想，看看你现在成了什么样子，弗兰金。”

玛格丽塔走到书柜边：“我们放谁的唱片？”

母亲不说话。

玛格丽塔挑了一张黑胶唱片：“德格雷戈里①？”

“太干净了。”

“里诺·盖塔诺②吧，我们听里诺·盖塔诺。”她抽出唱片。

“什么都别放。”

---

① 弗朗西斯科·德格雷戈里（1951— ），意大利民谣音乐的代表人物。

② 里诺·盖塔诺（1950—1981），意大利民谣歌手、音乐家。

“真的？”

“什么都别放。”

玛格丽塔把黑胶唱片塞回书柜，走进浴室，取出一包纸尿裤，抽出一片，拿起脸盆倒满温水，拿起毛巾和海绵，往水壶里灌满热水，再找出一块防水油布、一瓶中性液体香皂、一个水桶，把所有东西放在当年照顾父亲时用过的那个带转轮的置物桌上，推进客厅，来到床边，转动旋钮让靠背升起来。“这个位置舒服吗？”

母亲点点头。

她摸了摸母亲的胳膊，亲了亲她的脸颊，扶着她的腰，想让她侧过身，母亲痛得叫出了声。引流管限制了她的行动，她看了一眼尿袋，还有一半的空间。她扶着母亲的肩膀把她挪到床的右半边，把防水布盖在床单上，铺上毛巾。“有我在。”

安娜仰头躺着，紧紧闭着眼。

“我在，妈妈。”玛格丽塔往水盆里加了一点热水，拆开塑料包装，拿出海绵吸饱水，打开液体香皂的盖子。

“昨天晚上你们吵架了，对吗，亲爱的？”安娜抬起头伸长脖子看女儿在做什么。

“吵架？”她掀开母亲睡袍的裙摆，一股恶臭扑鼻而来，“我们在电脑上看了一部电影，里面有人吵架。”

“什么电影？”

“索菲娅·罗兰和马斯楚安尼演的。”她用嘴巴呼吸。

“因为什么事啊，罗兰要那么大声说话？”

玛格丽塔帮母亲解开纸尿裤的第一个粘扣，这才回答说：“因为马斯楚安尼沉湎于过去。”

“什么样的过去？”

“他错过的美好生活。”

“当年他可是如日中天的明星，亲爱的，现在基本不演戏了。对了，他什么时候面试？”

母亲身上的背心勒住了她，玛格丽塔把背心掀到胸口。“后天。”

“他有这个能力，没问题的。”

“他四十四岁了。”

“人到了四十四岁更有经验。”

“如今的人到了四十四岁等于半只脚踏进坟墓。总之工作不是唯一的问题。”

安娜把打了石膏的那只手贴在胸口：“我昨天好像听到你们说房贷。”

“腿再分开一些好吗。”玛格丽塔强忍着呕吐的冲动转身抬起胳膊把鼻子埋进毛衣里，她转回头看了母亲一眼，解开纸尿裤的第二个粘扣。“你们战后的这一代人只有涉及钱才这么紧张。”

“因为我们在婚姻里妥协了。”

玛格丽塔看着她。

母亲的表情很严肃：“妥协是一种自由，亲爱的。”

“我做不到。”

“你呀，辛苦费力才能得到的自由你从来不喜欢。”

玛格丽塔捏住纸尿裤的正面，一边掀开一边看向母亲，冲她笑了一下，低下头。毛巾和她的手指都粘上了粪便。

“我怎么成了这样。”

“你很美。”她帮母亲脱掉纸尿裤，包成一团放到一边，拿起脸盆，她学过要从肚脐往下擦，避免感染。“水温合适吗？”

“你要向马斯楚安尼学习，迎难而上。”然后她点点头回答道，“温度非常合适。迎难而上总是有用的。”

玛格丽塔擦完一遍，趁着弯腰用胳膊挡住鼻子，不让安娜看到，换成海绵，集中擦她身侧的某一点。擦着擦着，玛格丽塔厌倦了自己的恐惧，看着母亲，她发誓安娜就像个二十多岁的姑娘。她轻柔地为安娜擦拭身体，从上到下，洗干净海绵，再从上到下，洗海绵，从上到下，洗海绵，她时不时看一眼引流管，把海绵扔进水桶里，换一块新的。“妈，你真的怀疑过爸爸吗？”

“稍微轻一点，亲爱的，拜托。”安娜吐出一口气，“当然我很认真地怀疑过他。我也很认真地怀疑过我自己。但是我不是生活在你这个时代。”

“不然呢？”

“不然就迎难而上了，我相信我会的。”她笑着说。她有点呼吸困难，咳嗽了几声。玛格丽塔让她别说话，等她呼吸平缓了，在她的额头上亲了一下。“知道吗？你很美。”她腿上的绷带也弄脏了，玛格丽塔清理纱布边缘的时候，母亲突然发出一声尖叫。

“这么疼吗？”

“有点。”

“肿起来了，不过应该是正常的。”她继续小心翼翼地清理，“我们要和护士说一声。”

“最后我还是站在罗兰这一边，你知道的。”

玛格丽塔点点头，拿来几条新毛巾，一下一下在母亲的皮肤上按压，现在母亲闻起来格外清爽。之前用海绵擦拭的时候床单有一点打湿了，她走进浴室，从洗手台下面的柜子里拿出电吹风把床单吹干，关掉电吹风之前向母亲猛吹一阵热风。

安娜笑了。

玛格丽塔收拾好所有工具，放在桌子上推回浴室，关上门。她靠在墙上，捂住眼睛。两只手又酸又痛，她张开手掌又握成拳头。给母亲清洗，清洗是她应尽的义务，她理应帮母亲清洗干净，不带一丝恐惧。她背靠着瓷砖，等到心情平复，站直身体，正要朝洗手台走去，但又停在原地。她拿起手机拨通丈夫的电话，铃响了三声，他接了，她说：“我只是想听听你的声音。”

卡洛认出了这个沙哑的声音，问她有什么事。

她说：“没别的事。”

两个人都沉默了，然后他说：“我爱你，你知道吗？”

挂掉电话，卡洛感到，以前他和其他女人上床以后回到家看着玛格丽塔，心中涌起的是一种温柔之情，现在却是对自己所作所为的悔恨，一种发自内心深处的悲哀。因为现在他知道她是对的：他必须彻底忘了索菲娅，他要再见到她。

他把洛伦佐送到幼儿园，看着儿子朝其他小朋友走去；他身上的罩衣偏大，显得他特别瘦小。卡洛离开幼儿园，向热那亚门地铁站走去，不再想着儿子。寒冬之中他的脸像被烫了一样疼。他乘上地铁，在卡多纳站下车，买了一张三欧元的火车票，等着开往阿索①方向的区间慢车②。车准点到达，他靠窗坐下，没有脱外套，看着车窗外，一间间待售的厂房，一片荒芜的田野，一座座小镇车站，站台上候车的外来移民三五成群，还有一些老年人，都冻得瑟瑟发抖。他在卡比亚特站下车。有一次，他和达尼埃莱·布基一起算了一下，从米兰市中心到他家的洗衣店需要四十五分钟：一个小时不到就能见面；然而他只去过一次。

走出车站，眼前的路通往巴掌大的镇中心。他对路线不是很确定，走着走着，看到一块白色的招牌，上面写着“曙光洗衣店”。他看到玻璃窗后面站着达尼埃莱，停住了脚步。柜台前有一位顾客，达尼埃莱一边冲她点头，一边从衣架上取下一条裤子，他身后的洗衣机指示灯都亮着，达尼埃莱把裤子放在绉纸上包起来，目光一直放在顾客身上。他撕了一段透明胶把包裹封好，低下头收钱找零。顾客出了门，响起一阵清脆的铃铛声，卡洛想起有些老餐馆挂在门上的铃铛。卡洛走到门口喊了一声：“我可以进来吗？”他的老朋友正对着里间跟熨衣服的女士说话。

“是我，莱莱。”

达尼埃莱把手里拿着的订书机随手放下。“是你！”他迎向卡洛，“这些年你干什么去了？”两人握手。

他能察觉到友谊生出了锈迹。他没说话，达尼埃莱请他到柜台里面来，帮他脱下外套。“过得怎么样啊，彭泰？”

---

① 阿索是科莫省的一个市镇。

② 区间慢车是服务于特定大区或跨区运行的慢速列车，停靠站点多，车票不指定座位。

“跟要参加巴利老师的考试似的。”

“拉丁语还是意大利语？”

“拉丁语。”

“哎哟喂。那么惨？”

“整个帕里尼中学作弊第一人在此啊。”

“是啊，那是快乐的时光。”达尼埃莱拉动洗衣机上的一个把手，指着观察窗说，“这一台是我们刚刚换的，耗能只有以前那台的一半，花的钱足够买一台小轿车了。但这事儿做错了。”

“因为以前那台还能用？”

“可以这么说。”达尼埃莱走到窗边示意卡洛跟上，他伸出一根手指，指着窗外一排房屋最远处的一块蓝色招牌，“看到了吗？”

“以前没有。”

“一夜之间冒出来的，在我们装好新机器之后的第三个星期。是一家中国人。你知道他们洗熨一条裤子收多少吗？两欧元。我呢？你问问我。”

“你呢？”

“两元七角，基本不赚钱。你到这儿来找谁？”

“找你。”

“比犹大还假。”他假装要打卡洛的肚子，卡洛作势躲开，“你有了儿子身材还是这么好啊，彭泰。”

“我锻炼是为了不被人打。”

“被谁？”

“我爸妈。”

“别为了什么傻事摔跟头就行了，对吧？”

“我尽量吧。”

一阵沉默。高中的时候他们也经常这样，一个人一不小心说出了真相，两个人一起沉默。在学校他们是同桌，胳膊肘抵着胳膊肘，在球场上，他们一个是后卫一个是边锋，周日的下午，他们有时候去卡洛家玩，下一周就去达尼埃莱家，聚精会神地听着广播里的球赛转播一秒钟都不错过，一边做着拉丁文作业，或者坐在阿斯普罗蒙特广场的长凳上偷偷抽烟喝啤酒，或者在布基家的厨房，他那位穿背心的老爹会突然跑进来做个火腿三明治，顺便也做给他们吃。

“所以敢问这件傻事叫什么？”达尼埃莱扬起左边嘴角，他仍然留着长长的鬓角，眼窝因为疲倦深深陷了进去，但他的眼里闪烁着光芒。

“这件傻事有好几个名字。”

“你当老师的时候？”

“也有。”

“上了年纪，有了孩子，还有那些中国人开的店，事情就复杂了，这种时候人就是会犯傻，你懂的，对吧？”

卡洛点点头。

“不过你也知道，忍住不犯傻，你所保护的东西就会更加强大。”

“如果不是傻事呢？”

“那就去做。”达尼埃莱的腿还跟以前一样，一双足球运动员的腿，有些畸形，趿拉着一双运动鞋在店里乱晃，“我信奉要不做大，要不回家。”

“你一个有老婆还有三个小孩的人？”

“正是。”

店里走进来一个男人，戴的帽子压到眼睛上方，达尼埃莱默默地接待顾客，此时他举止优雅，手脚轻快，仿佛一只灵敏的蜻蜓；他从电动衣架上取下一件衬衫，用袋子装好，消失在店铺里间，回来的时候手里拿着一件羊毛衫，大拇指和食指轻轻一拨，羊毛衫叠好了，用绉纸包好，贴上两条胶带固定住。“一共六元两角，感谢惠顾，罗萨蒂先生。”

男人付了钱，说：“我不会背叛您的，布基先生。”他指了指窗外：“我不会把衣服拿去给那群黑人洗的。”

“他们是中国人。”

“对我来说都一样。”他收好找零和衣服，手搭了一下帽檐，走出店门。

卡洛学着那个沙哑的声音说：“我不会背叛您的，布基先生。”

达尼埃莱点点头说：“你也不要背叛自己。”

“你也是。”

“就一点点。”达尼埃莱在台历上写了什么，然后说，“但是你知道吗，为阿涅塞和孩子们做点小小的牺牲，是理所当然的。”

洗衣机发出规律的响动，像一首单调的曲子。“你是国米球迷。你做了十年的日式指压按摩。你吃速冻披萨。说不定你天生就是个受虐狂。”

“我有一点幽闭恐惧症，彭泰。我曾经被关在一台电梯里面四十分钟，在米兰，当时我去谈洗衣店的保险。被拉出来的时候我假装什么问题也没有。但是从那以后我就会心悸、呼吸短促，甚至堵车坐在车里也会发作。去年我们去兰萨罗特岛度假，在飞机上我把场面搞得很难看，坐地铁的时候车一减速我就惊慌失措。”他伸手擦过柜台扫掉了一根毛线，“我看了一年的心理医生，他对我说，为了保护家庭，我忽视了……总之我忽视了一些自己的事。”

卡洛笑了。

“你他妈笑什么?”

“我在想如果是我，我会不会去看心理医生。”

“那医生要改行了。”

“我去过，被大学辞退之后去过。”

“你应该继续看的。”

“一个失败的大学老师，一个不靠谱的丈夫，一个有钱人家不成器的儿子：太多破事了。”

他们看着对方，卡洛突然意识到墙上的搁板上有一张照片，他走过去拿起一看，是阿涅塞躺在吊床上，他们年纪最小的女儿坐在她身上，一条腿荡着，脚踝上戴着一条脚链。“做爱太棒了，莱莱。”

“你说的是谁。”

“跟不同的女人，我是说。”

“可以想象。”达尼埃莱扭头看了看里间，示意卡洛说话轻一些，“但是我想象了一下，等我随心所欲地放纵完了，回到家，给伊莎贝拉做迷你意面，和马努埃莱一起玩游戏机，在走廊里跟朱里奥追来赶去，陪老婆一起看《X音素》[1]，她的脑袋枕在我的腿上，我受不了，我做不到，彭泰。你怎么做得到？”

“如果你老婆做到了呢？”

“你怀疑玛格丽塔？”

“我只是不想大男子主义，女人也会那样。”

“但是和二十岁的小姑娘做完你还怎么回家面对老婆。这事……不行。”

“也许吧。”

“别跟我扯什么这种事不走心。”

“我爱玛格丽塔。”

“你在害怕。”

“害怕什么？”

“害怕困在那里，结婚成家，和婚姻家庭一起走向结局，就像一本书。”达尼埃莱转身狠狠地在洗衣机上按下两个按钮，“看完一本书需要胆量，对吧？这是你跟我说的。”

“是需要‘鲁莽’[2]。”

两个女人牵着一条混种狗走了进来，达尼埃莱去看收款机旁的价目表，卡洛走到暖气片前，背靠着取暖。他重新读了一遍她

---

① 《X音素》（X Factor），一档2004年开播的英国的选秀节目，获得极大成功。

② “胆量”（i coglioni）和“鲁莽”（l’incoscienza）在意大利语中发音相近。

的短信。抬头看向窗外中国人开的洗衣店，店外的霓虹灯刺破冬日，他感到自己似乎嗅到了春天的气息……

索菲娅看着玻璃窗外的博尔多尼路，路面解冻了，她告诉自己，彭泰科斯泰永远不会回信了，也许他根本没有收到那些书，也许她主动过头了。

她爬到梯子顶端，打开一个抽屉，抽屉里墙钉的数量充足，可以过两天再和黏合剂、铁楔一起补货。站在高处往下看，店铺呈现出它独有的优雅，她心想自己曾多么期待他的回复。她不会再给他寄任何东西了。

她关上抽屉，爬下梯子，回到座位上，把手搁在膝盖上，目光落在桌子上一个不确定的地方。她完全动不了。每次特别想念母亲的时候就会发生这种情况。她等着这种感觉消失。她想起以前夏天，她们会去韦尔贾诺镇小学后面的田野。开车过去十分钟，到了目的地，妈妈会拿出一个瓶子，里面装着许多小纸团，她让索菲娅抽一个。

“好好抽，索菲，好好抽。”

最后有一次她抽的时候挺犹豫的，抽出一个纸团打开一看：“黄色的。”

“输的人打扫阳台一个月！”

她们关上车门冲进田野里，规则是要摘黄色和橙黄之间的花才算——雏菊不行，难度太低——花束必须和厨房的花瓶相衬。

索菲娅跳进一片蒲公英丛中，屏住呼吸拽下来几根，吸了一口气又在田野的另一头搜寻妈妈的身影，妈妈身材娇小，经常像猫一样往前一扑，时不时地打个喷嚏，接着就失去了踪迹。索菲娅更仔细地寻找，不见了。她站起来。“妈。”她走到之前看到妈妈摘花的地方，“妈妈。”放眼望去全是匍匐在地上的茎秆。终于她找到了：在一旁的小麦田里。

“不算！”她冲她喊道。

妈妈抬起头，她有一头乌黑的秀发和一双闪亮的眼睛。“是黄色的！”她边说边笑，手里拿着几根麦穗。

麦子和蒲公英，她们把花束保存在厨房里作为纪念，就在壁橱一角。那场车祸后，父亲把它们扔掉了。

她想，她只要一根麦穗就够了，放在五金店里，也许插在一个细长的花瓶里放在柜台上。她看着衣帽架，走到那件蓝色大衣旁。她想象着妈妈在加富尔广场看完瓦诺尼的演唱会，跑去买下这件衣服，带着愉快的心情轻轻地哼着歌回到店里；想象着妈妈在韦尔贾诺镇小学后面的田野里，在夏天快要到来的时候。

她从衣帽架上取下大衣，套进一只袖子，然后是另一只，理了理胸口的衣襟，担心臀部可能太紧，扣上纽扣却发现很合身，松了口气。她低头闻了闻肩膀，有灰尘的味道。她问自己，妈妈去哪里了。里米尼的春天总是来得这么早。

安德烈亚听到有人敲车窗，醒来看到乔治在车外拢着两只手扒在车窗上瞪着他。他抬起头。车子胡乱停在书报亭前，天蒙蒙亮。他伸手摸了一下裂开的嘴唇：是那个埃及人打的。两个回合他就输了。要过很久他们才会让他再打拳。他解开车锁，乔治打开驾驶座的门。

“上帝啊。”他把门关上，绕了半圈坐到副驾驶座，“昨天晚上我给所有人都打了电话。”

“给我爸妈也打了？”

“你爸妈没有。我又回到厂房去找你，一个人都没有。”

“我们得把书报亭开起来。”安德烈亚探出车窗外，隐约看见摇滚餐吧的服务生正朝这边张望。

“是他告诉我你在这里的。”

“报纸。”

“他领了报纸，通知了我。当时他们正准备打急救电话。”

“我没事。”

乔治摸了摸他的脖子，他躲开了。那个埃及人还击中了他的胸腔。他按了一下肋骨，知道不太严重。他调低后视镜，微微张开嘴，一颗门牙裂了一道口子。“后座上的包里有止痛药，麻烦帮我拿一下。”

乔治没有动。

“包，谢谢。”他把椅背调直。

乔治找到药递给他。安德烈亚把药粉溶在半瓶水里喝了下去，血的味道和止痛药的薄荷味混在一起。乔治从他手里拿过钥匙，下车把书报亭的卷帘门拉起来，走进酒吧开始搬报纸。两个人都进了书报亭，关上门，乔治拉开一把折叠椅叫他坐下来。

他们相对无言，天很冷。安德烈亚坐下来说：“我需要这个。”

乔治搬开一堆报纸："我请半天假，让我来整理。你回家去。"

"我没事。"

"你回去。"

"一场比赛可以让我维持好几个月。"

"维持什么？"

"我需要这个。"安德烈亚按着自己的肋骨，低下头，眼里湿漉漉的，肺部随着吸气、呼气而起伏，声音像新生儿。

乔治割断捆报纸的带子，把小刀扔在柜台上。他走到安德烈亚身边，掌心按在他的太阳穴上，让他的脑袋靠在自己的胸口，用瑞典语说："我爱你。"他擦干安德烈亚的眼睛："至少你赚了点钱？"

"没多少。"

"穷人版《搏击俱乐部》① 啊。"

安德烈亚按住自己肿起来的嘴唇。

乔治看着他说："我有什么做得不对的地方？"

"我认识你以前就这样了。"

乔治一动不动地站在那儿。接着他把报纸堆在柜台上，检查货单上的数量，用马克笔做上记号。他注视着安德烈亚，抓起他的一只手，放在一堆《体育报》上面，拿起一支他们每天收摊时盘点账目用的马克笔，摘掉笔帽，在安德烈亚的手掌心画了一条

① 《搏击俱乐部》是美国作家恰克・帕拉尼克 1996 年出版的小说，1999 年由大卫・芬奇执导拍摄电影。剧情讲述了一名被失眠症纠缠的大公司职员遇上了一个地痞商人泰勒，共同创立了一间地下搏击俱乐部。小说与电影情节和叙述风格都很强烈。

线，从食指到手腕。又画了一条，中指到手腕。无名指到手腕。小拇指到手腕。大拇指到手腕。

安德烈亚看着自己画满线条的手。

“你的家庭出身，你自己的烂摊子，我都接受，”他突然从小拇指到大拇指横着画了一条线跟五条线交叉，“但我不接受这样。”他放下马克笔，“你对自己的羞耻感让我觉得恶心。”

安德烈亚看着自己的手，像是在看别人的手。乔治放开他。他把手掌举到眼前，轻轻摩挲那五根线。等他回到家，站在花洒下，他又摩挲着那五根线，然后拿起软软的浴棉擦拭。忽然又停住了：他想留下这个印记。

洗完澡，处理好伤处，给有肿块的地方敷上冰块。他打电话通知学员们课程延期。他走进卧室，房间里有一个凹角被他们塞了一张小桌子，桌上乱七八糟堆着乔治的马克笔和散落的铅笔屑。他打开文件夹，拿起放在最上面的设计草图，是秋季系列的一双麂皮牛津鞋，图纸的下半部分画满了各式各样的鞋跟，乔治已经奋战了三天。他拿起铅笔，在设计图的角落里写下那句瑞典文：“我爱你。”

他又冲了一包止痛药喝下去，上床睡觉。睡了很久，或者只睡着一会儿，他不知道到底多长时间，手机响了。他还没睡醒，等铃声断了重新睡去，第二阵铃声响起他重新醒来。窗外一片漆黑。他走到厨房拿起手机，是玛格丽塔打来的。接起电话，她说她母亲腿疼，腿的颜色也很奇怪。

“颜色奇怪？”

“就像被打了一样。护士很肯定地说没问题。”

他叫她相信护士，问她有没有其他症状，发烧、发寒，或者呼吸困难，他听到玛格丽塔问安娜，安娜说都没有。

“我明天下午过去。”

起风了，云聚集起来。他穿好鞋子，把自己裹得严严实实的，不等电梯直接走下楼，左侧股四头肌火辣辣地疼。他告诉乔治自己准备去那位摔到股骨的女士家里，因为她出了点状况。然后他说：“今天谢谢你。”

“你真的要带着这一身伤去看那位受伤的女士吗？”

安德烈亚安抚了他几句，又说了一遍：“今天谢谢你。”

四十分钟开到目的地，下了车，风暖暖的。玛格丽塔为他开了门，仿佛一直在等他。

“我的天哪。”她看到他的嘴唇和颧骨，惊呼出声。

“他的右手拳打得很漂亮。”

“你疯了。”她没让他进门，“你都这样了还是来了。”

“我来看一眼，”他走进客厅一边问候道，“是我。”

安娜没有反应，于是他走到护理床边：床放平了，安娜正望着书柜的方向。“你来做什么？”她问道，躺着没有动。

“我正好在附近。”

“就像奥纳西斯坐飞机到美国只为了和杰奎琳①共进早餐。”

---

① 杰奎琳即1963年遇刺身亡的美国总统约翰·F. 肯尼迪的遗孀杰奎琳·肯尼迪，1968年她嫁给长期的好友、希腊船王奥纳西斯。

“玛格丽塔和我说了你的腿。”

安娜转过头来：“老天爷啊，你怎么了？”

“我打拳击了。”

“愚蠢。”

“我帮你检查一下？”

“把你亲近的人的手机号码给我，我马上打过去。”她拽开被单露出腿。

玛格丽塔打开客厅的灯，他低下头，闻到一阵干净清爽的味道。绷带边缘的皮肤被勒得挤了出来，呈现出黄褐色。

“护士有没有把绷带放松一点？”

“我觉得绑得更紧了。”

安德烈亚垂下双手，让风衣往下滑，着地之前一把抓起搁在沙发椅上。

“你的爱人见过你这样脱风衣吗？”

“怎么了？”他开始拆绷带上的别针。

“魅力无边。”

“你在说傻话。”

“你长得像亨弗莱·鲍嘉。”安娜咬紧牙关，“你的爱人叫什么名字？”

他的手停留在第二根别针上。“您的大腿能稍微再抬起来一些吗？”

“不好意思我多管闲事了。”

他停顿了一下：“他叫乔治。”

“那么你应该让乔治每天晚上坐在沙发上等你，你呢每天晚上到他——哎哟哎哟！麻烦轻一点好吗。”

“抱歉。”

“每天晚上到乔治面前做这个脱风衣的动作。”

“好了。”他把绷带拆了下来。

她呼出一口气：“终于解放了。”

安德烈亚在安娜的那条腿上按压着，她的腿随之一抽一抽的。他一直按到大腿根部，一边用眼角余光偷瞄客厅角落里的玛格丽塔。他的肋骨有点疼，他直起身看着双手，又看到了乔治画的那些线条，它们好像枝丫，随着他的手指沿安娜女士的腿攀援而上。他把玛格丽塔叫过来。“每两个小时这样给她按摩一次，但是不要碰到腿的内侧。”他握住她的手指，抓着她的手放在她母亲的腿上，一起按摩安娜僵硬的肌肉。他的手一直没松开。“你是说，这样？”她的手指圈住他粗硬的指关节，这还是一个男孩的指关节啊。

按摩还在继续，安德烈亚双手合拢，玛格丽塔仿佛回到了理疗所的床上，那双手从大腿移动到腹股沟，在她泳衣下身的移动，拨动她心弦的按压，强烈的欲望，想要他移动一下小拇指的念头压倒一切，她多么渴望他的小拇指能够放肆一点。她为了一个喜欢男人的男人背叛了卡洛。很奇怪吗？不，是沮丧，她把自己交给了一个只是因为优柔寡断或者同情心泛滥或者注意力不集中而屈从她的身体。长久以来，她一直认为这只是自己快乐的生活小插曲。后来她又觉得自己真是稀有品种：她诱惑了一个不可诱惑的人改变他的本性。她从中得到一次性高潮，以及持续到现在的温柔相待。一段友谊。一个会照顾她妈妈的男人。

“今晚不绑绷带了。但是明天你们问一下护士。如果腿上的皮肤颜色变深了，打电话叫医生。她是不是在吃抗凝血药？”

玛格丽塔点点头。

“他们说要下雪了。”安娜说道。她目光低垂，头朝着书柜的方向。

“外面风刮得很邪乎。”安德烈亚小心翼翼地把安娜拖到床铺中央。

“三月雪带来新消息。”安娜还是不看他们，她还在想按在她腿上的那四只手，那个场面让她的一种想法成型：女儿也许和他有过一段，如果是真的她可太震惊了。她突然厌烦了操心别人的事：她自己还卧床不起呢，现在她只是一个会尿床的女裁缝。但她的手指还好好的，她可以躲在被单底下把手指举到眼前细细欣赏：习惯穿针引线的指尖随着缝衣针移动，手指比一下长度就能毫不犹豫地裁掉褶边，用指腹抚摸锦缎的质感。她想象自己一直坐在厨房那张高脚凳上，弗兰科在沙发椅上看书，炉子上炖着香甜的肉汤，玛格丽塔在房间里叽叽喳喳讲电话。过去的记忆仿佛就在眼前。

她问玛格丽塔，洛伦佐去哪儿了，女儿回答说去游泳了，正在回来的路上。对外孙的事她总是急不可耐，他们生他生得晚了，她得尽量弥补。如果可以，她愿意永远不拆石膏，这样洛伦佐就能给那条幸运金枪鱼不断加细节画下去。她摸了摸鱼鳍、鱼尾，用手指一遍一遍描画鱼的轮廓，听到玛格丽塔和安德烈亚在门口窃窃私语。她打了个盹，醒来发现洛伦佐回来了。“你好啊小家伙。”她的声音一听就是刚睡醒，“你游得好吗？”

洛伦佐点点头，绕过床走到沙发旁，把靠垫堆到一旁的椅子上堆出一个宝座，他坐下来：“马西莫·尼科利尼游得最快。”

“马西莫·尼科利尼是谁呀？”

“我的好朋友。”

“你游了第几名？”

“第七。”

“一共几个人？”

“八个。”

“你还喜欢别的运动吗，宝贝？”

“击剑。”

小男孩在小背包里一通乱翻，拽出一块福卡恰面包，他咬了一口嚼了几下：“但是妈妈不喜欢剑。”

“没有剑你照样是火枪手。你和我，我们俩是什么路火枪手？”

“莱盖路。”

“真棒，我的宝贝。”

小孩儿分给她一小块福卡恰面包，她接过来一边吃一边继续观察外孙，他有一双浅蓝色的眼睛，额前一缕不安分的刘海和玛格丽塔一模一样。她还看到了弗兰科的影子。想笑的时候他会先忍一下再张开嘴巴哈哈大笑，无拘无束的样子和棱角分明的下颌十分不相称。面包不是很合安娜的口味，但她又问洛伦佐要了一块，小孩儿喂到她嘴边，看着外婆吃面包，突然她停住了。

安娜把面包吐了出来，一下子喘不上气，她用力呼吸，一只手按在胸口，一只手朝小男孩伸去，孩子抓住她的手："外婆，外婆。"

她咳嗽起来，喘了几下，发现自己紧紧抓着外孙的手，她摸摸他："亲爱的，抱歉。"

但小男孩盯着她。

"没事，宝贝。"

"你吃得太快了。"

"是的。"她又咳嗽了几声，口水流了出来，"我被下午茶呛到了。"她用手抹去唾沫，心脏蹦得飞快，仿佛跑到了腿上怦怦直跳，她摸了摸安德烈亚按摩过的那块僵硬的皮肤："现在外婆好多了。"

"爸爸！"小孩儿想从椅子上下来。

安娜拦住他："你怎么不在我的石膏上画画了呢？"

洛伦佐坐着没动。

卡洛走出房间："怎么了？"玛格丽塔跟在他身后。

"你们有什么事儿吗？"安娜问道。

"我们？"

小孩儿转过来看着外婆，她冲他眨了眨眼，他爬下椅子打开小背包拿出彩色粉笔。

"我们想，"安娜咳了几下，"我们想对你说，祝你明天好运，几点钟面试?”

卡洛走到床边,把被单上的残渣碎屑掸到地上。“九点。”他看着这对祖孙,一直看着,“你不要累着外婆。”

“没有累着我,我刚刚叫他给我画幅画,正准备让他用火枪手的神力把我推进卧室。”

“妈,你想回到卧室里?”

安娜点点头。

玛格丽塔弯下腰把护理床轮子上的制动装置解开,似乎她一直在等待安娜说出这个愿望。她抓住护栏小心翼翼地推动床铺。

玛格丽塔认识卡洛之后展现出一些特质,安娜一直没能找到确切的说法。会专注地照顾人了,或许还不止:玛格丽塔能够包容他人的矛盾之处。婚姻生活让她学会了接受不一致,甚至去主动维护,比如同意母亲躺在一张笨重的临时床上占据客厅,等母亲要转到卧室去的时候又立刻帮她搬;比如照顾突然重病可能早逝的父亲,比如跨过一场可能存在的背叛。

玛格丽塔把护理床推到卧室中间的位置,小心地调转方向让安娜正好躺在缝纫机旁,她把百叶窗放下来一些,去客厅把剩下的东西搬过来,打开衣柜门,让妈妈可以看到里面挂着的衣服。

“谢谢。”安娜看到了结婚那天穿过的披肩。透明防尘罩隐隐透出布料的颜色。“那天我是正反面倒过来穿的。”她轻声说。

“我知道。这在五十年代可是颠覆性的创举。但要我说,你就是穿错了而已。”

安娜冲女儿笑了笑,调整了一下枕着枕头的姿势,一阵疲倦袭来。等她睡醒天已经黑了，唯一的光线来自走廊，护士把沙发椅搬了进来，正就着一盏便携灯读杂志，一边看顾她。她想咳嗽但是忍住了，有点气短，用肺部使劲吸气，腿上一片清凉，但她并不害怕，因为被子底下传来的味道是干净的味道。她看向窗外，发现路灯下的空气中混杂着微粒，仔细一看，原来这三月时节飘下了雪花。

“来了。”她喃喃地说。

“怎么了，安娜。”护士问道。

“下雪了吗？”

“雨夹雪，下了一小时了。”

她希望这场雨夹雪下得再大一些，过了不久，愿望成真了，她想站起来，到外面去：她还是那个住在帕多瓦路的小女孩，用一根西葫芦做鼻子，用涂成黑色的报纸纸团做眼睛，赢了堆雪人比赛。

下雪了！这句话安德烈亚本想对乔治说，但他忍住了。他走到窗边，希望白色蔓延到沥青路面和胡桃树下的土堆上，可是他又怕冻着塞萨尔，它逗号一样的尾巴，水汪汪的眼睛，它的伤口上、腰上、腿上、鼻子上盖满了白霜。他紧紧抓着窗户把手，一双手臂从他身后环住了他的肩膀。乔治抱着他，脸颊贴在他的脖子上。

米兰对下雪永远不设防……不过玛格丽塔觉得这对她丈夫的

面试是一个好兆头，她很兴奋，穿过康科迪亚大道公寓的客厅，伸出一根手指轻轻拍着玻璃窗，卡洛从沙发上站起来关掉电视走到她身边，他也觉得这是一个征兆，关于面试以及其他事。他紧紧抱住妻子，她身上的香味一如他们初见之时，他希望他们的生活只有他们俩，但也确定不可能只有他们俩。“我的玛格丽塔。”他在康科迪亚大道的寂静之中在她耳边低语。妻子抓住他的胳膊，紧紧地抓着，说：“到床上等我。”

雪花纤细小巧，在风中打转；一道亮光从外面照进来。她穿过走廊走进洛伦佐的房间，他睡着了，脚伸在棉被外面，她决定不帮他盖被子。她走到门口的书桌前，这是一件二十世纪初的家具，父亲翻新过，他们搬来这里的时候妈妈送给了她：她们都喜欢用最上面一层抽屉。她打开抽屉翻了一阵，找到那瓶抗过敏药。她丈夫不再随身携带这个小药瓶了，她也没有再提醒过他带着。她朝衣帽架迈了一步，伸手探到卡洛外套的内侧口袋里把小药瓶塞了进去，鼻子深深地埋进他的衣领。

索菲娅在母亲工作服的杂物口袋里找到了一张很久以前的小票，是博尔多尼路上女理发师利迪娅的理发店。她把小票从五金店带回家，现在正在台灯下仔细查看：剪发烫发一共二十八欧元，日期是十五年前，九月十三日。

她把小票放在床头柜上，躺上床，托马索帮她盖好被子。床不大，两个人睡在一起她总觉得不方便，因为她需要翻身，他的一头鬈发和粗重的呼吸让她睡不着觉。棉被底下她抓住他的手，十指相交，突然觉得有点古怪。父亲的房间就在隔壁的隔壁，说不定他还没睡。

屋外的风打在窗框上。她关掉床头灯，他们看着窗外渗进来的微光，一起打瞌睡。托马索摸摸她的头发把她叫醒。她喜欢抚过她的短发的他的手，他说他得走了，她没有挽留。他穿衣服的时候她一直注视着他，壮实的身躯行动却格外灵敏。她送他出了门，回到房间走到窗边准备把百叶窗放下来，她发现窗外下起了雨夹雪。“噢。”她说，心里涌上一片喜悦。

米兰有一个传说，每年圣安博节[①]那天上午十点左右，会有三把钥匙被挂在森皮奥内公园竞技场对面的一棵杉树上。在马尔塔路路口，第一棵就是。根据传说，那三把钥匙能够开启位于和平门[②]外的一套公寓，欧皮利路，门牌号6A：是一幢独栋小楼，灰泥外墙，第一把钥匙打开栅栏门，第二把打开木制大门，第三把打开顶层的公寓。公寓内部精心布置，客厅不大，放着一张桌子和一张天鹅绒沙发，书柜里摆满了书。一间带有浴缸备有浴盐的浴室，存放好美食的小厨房。卧室里有舒适的床垫、全新的床单和三床柔软的毯子。无论是谁从杉树上取下钥匙，都可以在公寓里待到第二天上午，只须遵守三条规则：遵守时间，不要打探公寓的主人是谁，只能一个人进入。

卡洛向弗兰科打听这个传说的时候正是二〇〇五年的圣安博节，他们在科瓦甜品店里排队等甘纳许巧克力和覆盆子蛋糕。弗兰科假装没有听见他说什么，继续排队，卡洛说现在才十点过五分，他们还来得及。

---

① 圣安博节是米兰地区的节日，纪念米兰的守护神圣安博（Sant' Ambrogio），时间为每年的12月7日，米兰人会休假一天。

② 1807年拿破仑为了庆祝欧洲之战的胜利兴建这座凯旋门，还未建成，拿破仑就在滑铁卢战败。战后米兰统治者费朗西斯科将凯旋门改名为和平门。

“已经晚了。”

“来吧，弗兰科。”

玛格丽塔的父亲站在原地。

“快，弗兰科。”

“哎。”

“这个故事还是你告诉我的。”

“这只是个故事。”

“你从哪里听来的？”

“米兰人人都知道。”

“你去找过那棵杉树吗？”

弗兰科摇摇头，把钱包放回夹克口袋里。他是一个很有气势的男人，眉毛和雪纳瑞犬的一模一样，现在皱成了一团，他瞪着卡洛：“女人们等着我们带蛋糕回去呢。”

“这能花多少时间？我们去找一下那棵杉树就回来。”

弗兰科捏了一下自己的鼻子，每次他专心思考都会做这个动作。他看了一眼手表，把帽子戴上说：“走吧。”

他们坐上丰田卡罗拉汽车，二十分钟之后到达森皮奥内公园，没找到停车的地方，弗兰科说：“你去吧。”

“女婿永远不能扔下丈人。”

“你还没跟玛格丽塔结婚呢。”

“快了。”

“爱的誓言只能坚持一天。①”

---

① 原文为伦巴第大区方言，当地谚语。

“我会娶她的，迟早会的。”

卡洛下了车，弗兰科打起双跳灯，他们走进公园，踩着砂石路面沿着马尔塔路走出一个半圆，路口第一棵就是杉树，在路上一眼就能看见。天气很冷，嘴巴里呼出白气，他们走到那棵树前驻足。

弗兰科摘下帽子。

卡洛凑到树干前：最高处一根枝条的根部钉着一颗钉子，就在那儿挂着。三把钥匙，要摘下来需要一个人站在另一个人肩膀上。

弗兰科也走了过来。

卡洛看着他说：“我们把钥匙摘下来吧，你帮我一下。”

“跟女人们什么也别说。”他搓了搓手掌像是觉得冷。

“我们去摘钥匙吧。”

弗兰科低下头：“我这样就足够了①。”

“我想去欧皮利路。”

“我这样就足够了。”他捏了捏鼻子，退开了。

叫到了他的名字，该他面试了，卡洛捏了捏鼻子。这个动作成了他的幸运动作——玛格丽塔不知道，安娜不知道——每次捏一捏鼻子都仿佛杉树下一脸震惊的弗兰科又站在了他的身旁。

他们把他请进一个房间，里面摆着一张木桌，可以看见窗外

① 原文为伦巴第大区方言。

是共和国广场积雪的交叉路口。他认出了墙上德佩罗[①]的招贴画，画上是一个戴着博萨利诺软毡帽的男人，举着大啤酒杯祝酒。卡洛脱掉外套，把背包放在地上，坐了下来，面试官们进来的时候他站起来和他们握了手。他们闲聊了几句天气，然后说，他会遭到一连串问题的轰炸，面试的第二部分将会用英语进行，可以开始了吗？

卡洛点点头。

“彭泰科斯泰先生，您很清楚自己的履历，我们可以说您的工作记录是‘断断续续’的吗？”

“您是说经历丰富的意思？”

“毕业于现代文学专业，做过文案撰稿人，策略企划专员，兼职大学讲师，给硕士生上叙事技巧课，旅游书出版社编辑。”

“不同的阶段干最适合自己的工作。”

“最适合的……我懂了。您觉得这样的经历是否表示您不够果断？”

“我觉得是懂得变通。”

“您应聘的是饮料行业的市场营销类职位，这是一个大跨越。”

“市场营销融合了我的许多兴趣。”

“比如说？”

“构思一个故事，并且能讲好。”

“也就是说，蛊惑别人？”

---

① 福尔图纳托·德佩罗（1892—1960），意大利未来主义画家、雕塑家。

他想了想说："是诱惑。"

"也适用于啤酒？"

"重要的是效果。"

"您指的效果是什么？"

"能激发多少激情。"

"您是说，给学生上课、编一本马尔代夫旅游指南或者谈双麦芽啤酒，都源于同样的激情？"

"所有这些事情的结果，都是使受众产生情绪影响。"

"您知道吗，从二〇一〇年起，消费者逐渐丧失了我们称之为'消费快乐'的冲动，现在他们对一种产品出于感情因素的购买欲大概只有原来的三分之一。您会如何应对这样的变化？"

"先灌他们一杯啤酒，一边聊一边说服？"

面试官们笑了。

"那么您认为自己是不是一个有说服力的人？"

"我擅于分享知识。"

"你指的是之前教书的时候？"

"也可以算，是的。"

"但是你的讲台生涯终止了。"

"薪水太低。"

"所以对您来说，经济动力比情感动力更重要，可以这样说吧？"

"同样重要。激情也很重要。"

"激情。"

“对生活的渴望。”

“您的意思是？”

“去开拓自我。”

“好的，那么接下来我会列举一些需要您打分的场景，打分标准是这些场景让您兴奋的程度，或者说带给您的‘激情’，您可能更喜欢这个说法。完全不兴奋，或者毫无激情，零分。全情投入或者激情澎湃，十分。”

“请说。”

“给十五个学生上莎士比亚课？”

“我对莎士比亚不够熟悉。”

“请打分。”

“七分。”

“给最新款苹果手机编写一本使用手册。”

“一分。”

“还是这本使用手册，加上一段文字描绘苹果手机将如何为日常生活带来便利。”

“五分。”

“为一场艺术展做讲解员。”

“什么展？”

“请打分。”

“请告诉我是哪个艺术家的展览。”

“毕加索。”

“五分。”

“可口可乐包装瓶设计展。”

“八分。”

“在公共场合宣讲一款吸尘器新的专利。”

“四分。”

“做一场演讲，主题是坐飞机头等舱虽然贵但能带来的心理舒适度。”

“八分。”

“主题换成一种无毒除草剂。”

“七分。”

“七分？”

“不管怎么说也是一样新鲜事物。”

“主题是传统除草剂。”

“零。”

“一种具有瘦身效果的草莓味饮料。”

“三分。”

“为一个极具潜力的音乐团体打理 Facebook 账号。”

“六分。”

“您举一个十分的例子。”

“十分？”

“是的。”

“每天早起去上班，有我喜欢的同事，一天工作八个小时，工作内容不会让我消沉堕落，合理稳定的薪水，合适的劳累度，有时间陪伴我的家人。”

"您说的劳累度是什么意思？"

"不被压榨。"

"您知道您应聘的是高级职员吗？"

"当然。"

"那么您应该知道您至少有两位主管，另外还有两个人职位比您高。"

"当然。"

"他们可能比您年轻。"

"没有问题。"

"可能还是单身。"

"您的意思是？"

"意思是他们对时间的看法跟您的不一样。可能周六也在工作。"

"没有问题。"

洛伦佐。

"在市场宣传活动期间，我们的办公室在正常上班时间之外也是开放的，需要加班，这一点您知道吗？"

"他们跟我提到过。"

"我看到您的英语水平是 A2①。"

"是的。"

---

① 根据欧洲委员会制定的共同参考标准，欧洲国家语言等级的划分从低到高分别为：A 基础水平、B 独立运用、C 熟练运用。每个等级又分为 2 个级别：A1（入门级），A2（初级），B1（中级），B2（中高级），C1（高级）和 C2（精通级）。2009 年新增 A2+，B1+，B2+ 三个等级。

"法语是 B1。"

"我法语说得更多。"

"现在我列举几个业余时间从事的活动，您继续打分。阅读。"

"八分。"

"园艺。"

"我不确定。四分？"

"旅游。"

"十分。"

"到朋友家聚餐。"

"七分。"

"参加一次奶酪品鉴会。"

"七分。"

"参加一节侍酒师课程。"

"两分。"

"使用社交网站。"

"六分。"

"我们注意到您不常使用社交网站。"

"可以不用的话最好。"

"不用的话最好？"

"别人可以在网上和我打个招呼。"

"打个招呼，那么这不会让您感到兴奋？"

"看情况。"

"明白了。"

“您明白了？”

“在开始英文对话之前我还有五个问题。关于积极改变，您觉得自己有多少灵活性？”

七十分钟后他出来了，在车站前的马路上走了几步，雪的味道扎进他的鼻孔。他缓缓吸了口气，走进一间咖啡馆，要了一杯玛奇朵咖啡。他解开外套的纽扣，拿出手机给玛格丽塔打了个电话，说：“非常顺利。”

“他们人怎么样？我是说工作环境。”

“不错，很人性化，我很喜欢。”

“他们问了什么问题？”

“安娜呢？”

“一切正常。”

“我们聊得很愉快。”

“亲爱的我觉得很幸福。”

“你很幸福？”

“是的。”

“会顺利的，你会看到的。”

他握紧手机：“今天早上洛伦佐跟我说，爸爸可以的。”

玛格丽塔说：“爸爸可以的。”

走出咖啡馆他步履疲惫，精神紧绷。他捂住眼睛，然后一点一点松开手掌。走到米兰中央车站，买了一张十点三十五分的白箭列车车票。他先是不想去，又想去，他觉得需要去一趟：偷偷乘上列车，在靠窗的座位上坐三个小时面对窗外伦巴第和艾米利亚-罗马涅的田野。他打开背包，拿出笔记本，仿佛这趟正在进行中的冒险之旅能够激发他创作的灵感，哪怕能写出一句漂亮的文字他也会惊喜万分，只要一句话，就能让他确信自己能够得到那份啤酒营销的工作，能够写出一本书，能够摆脱那段为了一个二十二岁的姑娘暗自神伤的过去。列车驶离站台，他看向窗外，过了皮亚琴察的乡村之后景色变得柔美起来。雪抹平了这片土地的棱角，一片片果园措手不及地迎接寒冷，一根根烟囱吐出污浊的空气，他十几岁的时候来过里米尼，和布基一起，还有其他人，他们去“帝国湾”夜店跳舞，睡在里瓦贝拉区的一家小旅馆，其他的他都忘了，只记得一块赭黄色的招牌和几张嵌有烟灰缸的沙发。他要怎么和玛格丽塔说呢，他打电话给母亲问她能不能去幼儿园接一下洛伦佐，他会在晚饭时间以后去接他。他要和索菲娅说什么呢。

他查了查回程车次，算了一下自己只有不到三个小时的时间。他放下手机，倒在靠背上：多么草率啊，从零到十打分。他笑了一下，脑海里出现了面试的时候刁难他的那个男人的脸，他锃亮的脑门，他的板材镜框眼镜，他突出的喉结上系着的领结，他想象着这个男人在大冬天出门遛狗的样子，也许是一条腊肠犬，他觉得这个男人挺亲切的，因为他几乎忍不住的傻笑、桌子下紧张的腿，结束时他还热情地说：“我们会通知您的，卡洛。”一边说一边喝了一口水。

“我们会通知您的”，安娜的骨折，洛伦佐和去年夏天在厄尔巴岛①一样游蛙泳——这个四十四岁男人在旅途中想着这些事，去往什么地方呢？只有一个念头：五金店里屋的索菲娅和站在她身后的他，完成他一直没能完成的那件事，她会紧紧抓着他的胳膊就像在伊索拉区她的房子里他们道别那次一样。窗外，帕尔马的雪更加稀薄，露出一块块黑色的地面，到了博洛尼亚，他有一种下车跳上另一辆火车回米兰的冲动。他把围巾卷成一团贴在玻璃上当靠枕，叫醒他的是切塞纳②的检票员。卡洛给他看了票，穿上外套，系好围巾，走到两节车厢的连接处，这时候他才意识到外套内侧的口袋里有东西。他伸出两根手指探进口袋，夹出那瓶抗过敏药，瓶子在他的指间转来转去，这时候车停了，他攥紧药瓶，车门开了，他到里米尼了。

他裹紧大衣。车站前的空地他还有印象，二十五年前他和朋友们从一趟区间火车上下来，挤在夏季度假的人群中，有人叫卖迪斯科舞厅"黄色旗帜"和"戈黛娃小姐"的门票，海滨的喧闹和光影现在笼上了一层薄薄的雾。他来到一条步行街上，这里以前是大马路，向左看能望见大教堂③，象牙白的外立面让人想到冰霜，他突然有些困倦。走过一排店铺，前方不远处是一座广场，当地居民都躲在拱廊下，他站在广场中央圣彼得小石块铺成的星形图案上，拿出手机查地图，他所在的地方叫做三烈士广场。往

---

① 厄尔巴岛，意大利中部托斯卡纳大区西边海域的一个岛屿。

② 切塞纳，艾米利亚-罗马涅大区弗利-切塞纳省的一座城市。

③ 指马拉泰斯塔诺教堂，未完工的里米尼主教堂，约建于 1450 年。

前走两公里是博尔多尼路，亚得里亚海在另一个方向，他也想看看亚得里亚海，不过现在他很饿，他吸了口气，闻到海水的咸味，还有刚刚结束的暴风雪的味道。

“现在，走吧。”他对自己说。街道两旁挂着小喇叭放着音乐，他跟着音乐，跟在人群中一辆缓慢前行的自行车后面，骑车的是一个留胡子的男人。

“绍罗！”他们经过一间书报亭，亭子里的人都朝骑车的男人打招呼，绍罗也向他们致意，卡洛一直跟着他。自行车在一间酒馆门前停下来，招牌上写着“莫里”，背后就是里米尼的市中心，他知道自己在做什么：大学的那间厕所，顶着他身体的她的腰，厕所里氨气的味道，她的嘴唇和海绵般的舌头，她低声说着“我们不能这样”，《事情的真相》，渴望。这一切都从这里的街道、树木、人群之中向他涌来。他知道自己经历了一切，也知道自己什么都没有经历。记忆该如何沉淀？他穿过一条交通干道来到里米尼市郊，这里的房屋都被打理得很好，自行车就停在门口，比米兰的郊区让人安心多了。他又拐进一条林荫道，迪亚里奥坎帕纳路，看地图还要走十二分钟。路过一个环形路口，中心岛上是一块草坪和一间红色的小房子，博尔多尼路就在两百米之外。

他突然觉得很混乱，好像回到了酒店 67 号房间的门口，或是躺在一张陌生的床上，有一种紧迫感。不远处是一片公共住房，整整齐齐的外形美观之余又有一些可悲。他看了一眼手表：两点二十分，应该快到下午的营业时间了，那家五金店也许已经开了。他沿着住宅区的围栏往前走，边上有一家斯巴超市和一家卖鱼的店铺，有人拎着满满当当的购物袋穿过街道，和熟人打招呼，停下来聊几句，重新出发。他解开围巾。索菲亚在作文里写到过，她就住在这一片的某栋楼里，他记得是二楼还是三楼，发生车祸的那天，那辆朋多就停在楼前，她和母亲坐上车打开了收音机。

他到了博尔多尼路，路面十分宽敞，像一个小广场。人行道是一段拱廊，沿街开了一家乳品店，一家餐馆，一间书报摊，一家洗衣店，这些店铺的楼顶是一个大露台，俯瞰着周围的公寓。他从一家家店铺门前走过，对面街边一家花店正要开始营业，岔路口有一座花坛，边上有两张长椅和零星的几张单人椅，最后，他终于看到："卡萨代伊五金日用品店"。店里没开灯，店外的货架上挂着几个喷壶。他走上前，发现一面玻璃窗里有忽明忽暗的光，紫红色的，是一盏圣诞节彩灯照亮了橱窗里陈列的商品。他朝里张望，寒气使玻璃蒙了一层雾。店铺里一片昏暗，他勉强认出一张柜台，货柜里有彩色塑料内塞、弹簧钩和钥匙环，一排抽屉式高柜充当了背景墙，抽屉上的字迹看不清楚。他伸出一只手在玻璃窗凝结的水汽上画下一道痕迹，一个行人走过，他突然转身，发现店铺里有了动静。一个人影在货架之间走来走去：是一个男人，他示意卡洛稍等，转动钥匙打开门。"您需要什么，尽管找我们。"

"我只是看一下。"

"我们正在重新整理货架，如果开着灯就会不停有人进来，不过我们马上营业了。"他很瘦，一边低声念叨着一边眯起眼睛，"确定没什么需要的吗？"

“没有，谢谢。如果打扰到您很抱歉。”

“没有的事，祝您愉快。”

应该是她的父亲。他很遗憾没有同他握个手。在索菲娅写的故事里，这个男人懂得照顾人，但拿不了主意，过于沉默，过分客气，只在面对顾客的时候显出几分果断。卡洛最后看了他一眼，退了几步准备离开，突然转过头，仿佛感应到了似的：他看到了她。索菲娅从博尔多尼路的另一头走来。他看不太清楚但知道是她。他在原地停留一会儿，等到确定真的是她，便绕过橱窗拐到店铺后藏在角落里。

男人跑过来开门，和她说了什么，索菲娅脱掉外套放下包，挂到衣帽架上，不慌不忙穿上一件蓝色工作服，举起胳膊伸了个懒腰。很美，是她。她的面庞更加消瘦了，一头短发衬得脖子修长。她在柜台边忙活着，店里的灯开了，她摸了摸耳垂。这么多年过去，她的脸颊少了一分孩子气，但他看到了以前她努力听讲时总会露出来的那对酒窝，多么令人怀念，他知道与怀念相随的是温柔之情。他多么希望自己对她的感情从一开始就是这样的温柔，他只是老师而她只是学生，他希望自己不曾招惹别的女人，他不应该把那些肉体和对她的痛苦放弃相提并论。他很冷，却任由围巾松松垮垮地系着，他把背包背到一边肩膀上，侧身靠在墙上透过橱窗观察店里，尽量不引人注意。他看到索菲娅把毛衣袖子拉起来，手上戴着手镯。他感到既痛苦又欣慰，因为他的激情没有再次点燃：不是在沉睡，而是被驯服了。他太熟悉她的容颜和姿态，知道她可以做出多么诱人的举动，这个在五金店的货架之间穿梭的女孩，已经以一种确定的形象在一个确定的画框中定格，画面柔和而无光泽。她是已逝时光中的美人。他想向她挥手，又目不转睛地看着她一边跟那个男人说着什么一边在身后的抽屉里翻找东西。

索菲娅爬上两级梯子，工作服下是她那双健美的腿。她从梯子上爬下来的时候对父亲说："吃点东西吧。"

"我不饿。"

她还是递过去一个塑料盒，里面装着她做的蔬菜古斯米："吃两口。"

父亲指指橱窗："圣诞节已经过去两个多月了。"他走到橱窗前，在一堆货品之间挤出一条路，轻轻地抓起一串紫色蛇形灯，解下来绕在胳膊和肩膀上。"帮我把插头拔掉，索菲娅。"

然而索菲娅爆发出一串笑声，看到一个瘦巴巴的男人被节日彩灯晃得睁不开眼——父亲扮成了一棵圣诞树。"别动啊。"她从口袋里拿出手机拍了一张照片。

"我有一个傻女儿。"

"行啦，摆个造型。"

"别闹！"

"来吧老爸！"

他把缠在身上的灯解下来，自己去拔掉插座："别给我发到网上。"

"能发吗？"

"不能。"

“让我发吧，你很帅啊，你看。”

父亲把彩灯放到一边，开始找记录订单的登记簿，索菲娅把手机拿给他看：他老了好多，至少彩灯的闪光增添了一点欢乐。“你觉得怎么样好就怎么样吧。”

“那我发出去了。”她修了图，调整阴影部分，把父亲的脸挡住一点，配上文字：“圣诞老爸树依然亮着，春天还会来吗？”加了七个标签，加上地点，在 Instagram 上发了出去。

四十二分钟之后玛格丽塔看到了这张照片，她正在等一位客户的回复，关于莫斯科瓦区一套高品质的三居室。照片很搞笑也很温馨，那位父亲的表情像是刚刚被逗笑了，她想他们应该都是善良的人。她突然想给丈夫打个电话，但她放弃了，回想起卡洛结束面试后那个自信的声音，她知道应该放过这一天。她倒在座位上，她的工位面朝窗户，可以看到加里波第大道和路上的行人，她喜欢看到年轻的情侣停下脚步研究橱窗里的房产信息，如果他们进来了，她总是亲自上前接待，她学会了坦诚相待，房产存在什么风险都会委婉地提醒：管道需要重装，周围邻居比较吵，公寓管理费可能上涨。因为她在康科迪亚大道那套房子上得到了教训，也因为她慢慢意识到：她有点厌烦这份工作，一点点，不是很严重，但是和另外七个竞争激烈的同事待在一间办公室里，为一家美国公司贡献营收，拥有一张办公桌和一套标配办公用具……就这样，一天忙完，她想为这一切赋予意义。每次经过她自己的旧公司附近，她都会握紧拳头：终于有一次她特意去看了，那个地方现在成了一家咖啡馆，但是镶木地板留下来了，还有墙上的装饰物。她走进店里点了杯喝的，看着熟悉的地板和墙上的装饰品对自己说，那段时光还会回来的。

她站起来，不等那套莫斯科瓦高品质三居室的确认邮件了。她和同事说要去照顾妈妈，没什么大事，她会电话跟进那位客户。出了门，步行来到蒙特拿破仑大街，走进科瓦甜品店点了一份迷你甜点拼盘，要求里面要有外交官方糕，她想象着母亲在这家店里，在一群穿皮草的女士中间，这位来自莱盖路的女裁缝闯进了属于她客户们的城堡，显得如此瘦小；在富人的甜品店里的，是羞涩的母亲们和把圣诞彩灯挂在身上的、好脾气的父亲们。

回到家，母亲正在打瞌睡。“看我带来了什么。”她说。母亲的眼睛张开一条缝，像刚刚出生的婴儿。她把装甜点的托盘放在床上。“外交官方糕?”玛格丽塔点点头，把蛋糕拿给她看。“亲爱的，等晚上咱们和家里的小伙子们一起吃，他们也特别喜欢这个蛋糕。”

索菲娅的父亲把两个大箱子堆到停在店门口的车上，一辆雷诺风景，卡洛从橱窗边退开几步，又退了几步，看到的最后一幕是她站在梯子顶端，脚上穿着一双软底芭蕾鞋，一双匀称、轻盈、优美的腿。“你好索菲娅。”他穿过博尔多尼路的拱廊喃喃地说道。他双手插在大衣口袋里，步履飞快，那幅画面还在眼前，缠着彩灯的男人和他的女儿，走到红色小房子前，他想，这段青春的尾巴就让它去吧。

现在他想看一看大海。他朝海边走去，一路上有一种感觉挥之不去，他觉得里米尼似乎知道，知道这是一场告别，所有人群、自行车、交错的路口，都是为了他的路过，为他指明方向，从近郊到提比略大桥再到渔村。他穿过古城市中心，走进火车站的地下通道，回到地面，眼前是一座喷泉，喷泉中央有四匹石马，从鼻孔里喷出水柱。不远处是里米尼大酒店，他在大雾重新降临之际朝着酒店方向继续走。沿着滨海公路拐到海滩上的一段木板步道上，步道边有一间海边淋浴房，外墙的涂料已经褪色，正面写着一个数字 4，继续走，经过一个低矮的沙丘。亚得里亚海一派宁静，温柔的海浪冲刷着海岸线，他呵出白气，在海面上搜寻船只的身影，但没有看到船，他被雾气笼罩了。

一天晚上，莱盖路的房子里响起电话铃声，安娜和丈夫、女儿正在一起吃晚饭。全家人都吓了一跳，因为这个点一般没有人打电话来。安娜跑到电话旁，屏住呼吸拿起话筒，她听到一个女人的声音，说是安娜经常合作的一家高档时装店介绍来的，她想找一个会改衣服的人。安娜说她就是，然后仔细听对方说的要求，回答说她会尽力。她挂掉电话回到餐桌旁，对家人说有人要过来，有一件急活。

“现在?”弗兰科一边问一边开始收拾餐桌。

安娜点了点头，玛格丽塔给她的玩偶玛丽萨喂了一块吃剩的面包，从椅子上爬下来，跑到沙发椅上缩成一团。

半个小时之后，人到了，两位女士裹着大衣，还有一位男士留在门外。女士们拎着一个带防尘罩的衣架进了门，安娜招呼她们在客厅坐下，弗兰科和玛格丽塔躲进卧室。

她们一起打开防尘罩，拿出一件衣服：是伊夫·圣罗兰设计的时装。安娜做过高级定制女装，认识圣罗兰的剪裁，问题在于不耐穿。她在桌上铺了一块棉布，把衣服平铺开，像欣赏艺术品一样细细观察：这是一条深色的裙子，面料高档，花纹繁复。

“设计灵感来自马蒂斯的画。”一位女士说道，她戴着看似贵重的耳环，大衣里面穿着另一件晚礼服，“我穿了一条备用的，万一这件补不好。”

“也很美。”

“但他们给我的是这一件。我觉得，总之……”

安娜点点头。“派对什么时候开始，女士？”

“最多一个半小时之后。”

礼服的腰部有一个浅蓝色的蝴蝶结，上半身的领口开得有点低，黑色的长袖，她看到缎面上有嵌花图案。礼服侧面破了一道口子，那一侧裙摆也受到了影响。“我尽力，但补好以后您得试穿。”

“您真是太好了。时装店的人告诉我您是米兰独一家。”

“这个点还接活的，大概是独一家吧。”

她们笑了起来。安娜端了杯咖啡出来，女士们礼貌地拒绝了，在餐桌边坐了下来。安娜开始工作，没有再看她们一眼。裂开的口子需要两个对称的褶皱来掩饰，她埋头干了四十五分钟，卧室的门突然打开让她分了心，是玛格丽塔走出卧室上洗手间；她听到女儿走路的声音、冲水的声音以及弗兰科用方言催促女儿的声音，她有些尴尬。

“您的女儿几岁了？”那位女士问道。

“四岁。”

“我有一个儿子一个女儿。”

安娜凑近裙子仔细检查；裙摆上的树叶图案源自马蒂斯的作品，指尖轻轻抚过红色、绿色、黄赭色的树叶。这样的时刻她总是心潮澎湃，她仿佛看到设计师画草图时的果断，他戴着一副黑框眼镜，头发梳到一边。他们几乎同龄，在他身上她能看到和自己一样的决断力。她又花了几分钟弯着腰检查修补过的地方，然后直起身，请那位女士试穿。

女士在安娜的帮助下脱下礼服，几乎全裸地站在客厅一侧，安娜趁机看清了她有多美，娱乐杂志上的照片根本拍不出她的美。安娜把书柜边的镜子搬过来，书柜只有一层放了几本书，剩下的都是一些小摆件。

“比原版还要好。”那位女士说。

安娜摸了摸裙子上缝补过的地方：“转身的时候小心一点。”

“今天我穿着这件礼服被一个衣架钩到了。”

“这种事是会发生的。”安娜帮她整理好裙子，系好腰上的蝴蝶结，她真瘦啊，又帮她把项链摆正，把领口提起来一点。“好了。”

女士最后看了一眼镜子，转身看向安娜，拍了拍她的肩膀：

“你是一位设计师。”

“我是一个裁缝，女士。”

女士示意另一个人支付报酬，那人拿出一个宣纸信封。

安娜一只手接过信封按在腰上，说了句谢谢，另一只手帮两位客户穿好大衣，送她们出门。“再见。”

女士站在门口说：“我的丈夫在楼下车里。”

“噢。”安娜说着，移开目光。

“我会告诉他，米兰也有幸拥有您这样一位裁缝。”她笑了笑，转身离开，大衣里面的裙子上一抹红叶一闪而过，仿佛伊夫·圣罗兰走下莱盖路的楼梯。当玛格丽塔、卡洛和洛伦佐走进卧室端来甜点时，安娜的眼前又出现了圣罗兰裙子上的红色树叶和女人的纤腰。

“来一块外交官方糕吗？”

安娜几乎没看他们。她努力回忆自己把信封交给弗兰金时他脸上的表情，他打开信封惊呆了，那么多现金。

“一块也不要吗？”

“把那张都灵寄来的便笺拿给我，好吗？”

“都灵寄来的便笺？”玛格丽塔拧起眉头。“都灵寄来的便笺，是的。”她把装甜点的盘子交给卡洛，洛伦佐望着外婆，吃着他的杏仁酥。安娜转过头对他说：“现在外婆给你看一个秘密。”

玛格丽塔拿着一张象牙白色的便笺回来了，安娜用露在石膏外的手指捏住便笺，纸上的笔迹很清晰但她看不清了。

卡洛把便笺抽走，低声念道："谨代表本人及圣罗兰先生，向您热心的帮助和您创造的艺术表示感谢。M.A.①"

洛伦佐咬了一口杏仁酥，安娜对他笑了笑说："这是你外婆的幸运时刻。"

"你知道吗，那天晚上的事我一点都不记得了。"玛格丽塔把护理床放平。

"你那时候还小，亲爱的。"

"爸爸说那之后你们不得不把电话线给拔了。"

"那之后来了好多客人，但是我们从来没有拔过电话线。"

"弗兰科说'律师'② 本人也带着他的衣服来过。"卡洛把下巴搁在儿子的头顶上。

"弗兰科有一个美好的幻想。"安娜开始伪装病情有所好转以来，便沉溺在怀旧的情绪之中。实际上，她感到全身有一种钝痛，一直疼到头；太阳穴突突直跳，胸口仿佛压着一块石头。她不喜欢发牢骚，她对值夜班的护士撒谎，对白天照顾她的护士撒谎，那天下午对安德烈亚也撒谎。她看向窗外，想看看积雪的屋顶，但是雪已经化了。然后她想睡觉，每次入睡前她都会向圣母马利亚祷告，一下子就能找到说心里话的感觉，这是女人之间的对话。

---

① M.A. 是马雷拉·阿涅利（1927—2019）的姓名缩写，她出身贵族家庭，是意大利的时尚标志，经常登上时尚杂志 VOGUE，1963 年入选《名利场》杂志全球最佳着装榜。她的丈夫是菲亚特汽车公司董事长乔瓦尼·阿涅利（Giovanni "Gianni" Agnelli，1921—2003）。菲亚特公司的总部位于皮埃蒙特大区首府都灵。

② "律师"是乔瓦尼·阿涅利的昵称，因为他念过法律专业。他不仅是意大利重要的企业家，也是时尚教父。

她请圣母马利亚多帮助别人，她自己只希望不要太受罪。疼痛的四肢、什么都做不了如同废人、卧床不起成为家庭的负担，这一切都是她无法言说的折磨，她多么想在夜晚的蒙特拿破仑大街散个步，静静地欣赏绚丽的橱窗。她冲卡洛做了一个手势，对他一个手势就够了。她看到他把洛伦佐放下来，叫他去厨房帮妈妈的忙，等到房间里只有他们俩，她抓住他的手腕："你要像弗兰科那个时候一样，如果我的时候到了。"

"安娜。"

"拜托了。"

"不会有那个时候。"

"你不要让我……"

他在她的手指上蹭了蹭："让你什么？"

"让我，"她攥紧他的手，"害怕。"

卡洛一直待到安娜睡着。然后他关掉大灯，留了缝纫机边上的台灯，拿起她手里那张都灵寄来的便签放在床头柜上。他走进客厅，玛格丽塔哼着歌正在洗盘子，他走过去贴着她的背，她的手在水流之中僵住了，他说："你继续。"

玛格丽塔重新洗了海绵，卡洛把下巴枕在她的肩膀上，说这天晚上他们应该住下来。她又拿起一个盘子冲洗起来，问他是不是妈妈要求的，他又说了一遍："我们今天在这个家睡。"她点点头，他牵起她的手，水滴在地板上，她转过来面对他，窗外又开始下雪了，她说："今天我担心过你可能不会回来了。"

安德烈亚把头上的兜帽摘下来，刺人的寒冷扑面而来，他锁好车，穿过马路来到公寓楼下，进门之前又看了一眼三月冬末的米兰。

他在大门口的门垫上抖了抖鞋子——他真的很想回家，因为他发现自己上楼梯都是一步跨过两级台阶。不再一个人住之后，他经常两级两级地跨上台阶，在转角处停一会儿，体会一下自己轻松的心情。他转动钥匙打开门，正想打招呼，发现家里黑乎乎的，他没有开灯，在门口站了一会儿。他往前走一步，心想家里应该没有人。然后他隐约看到躺在客厅沙发椅上的乔治，他睡着了，微微的光照出一个拉长的、弧形的、深蓝色的剪影。

他轻轻关上门，他想叫醒乔治，又想让他好好休息。他站在原地几乎要笑了，好像有个声音从街上，从雪中传来。

“弗兰金，我是一条青绿色的鱼，弗兰金，我是……”

外面传来说话声，卡洛瞬间反应过来，是安娜。他从沙发椅上站起来走进卧室，屋顶积雪的反光照亮了夜空，他能清楚看到她睡着的样子。他听着她微弱的呼吸声，在门口站了一会儿，往前走到另一间卧室门口，房门紧闭，里面睡着玛格丽塔和洛伦佐，他回到客厅，朝关着的留声机走去，唱盘上还放着卢乔·达拉的唱片[1]，他把落地灯调暗了一些，走到书柜前，书整齐地并排放

[1] 卢乔·达拉（1943—2012），意大利著名歌手、音乐创作人、演员。

着，有的是塑料书皮，每一本书的扉页上安娜都写了阅读的年月，他摸了摸书脊，离开书柜，心里十分平静。他在沙发椅上坐下，这个座位的主人曾经向他展示过这样的生活，那棵杉树和三把钥匙，我这样就足够了。也是一种忠诚。

他把腿架在桌子上，陷进沙发坐垫，皮层发出噼里啪啦的响声。他打了个瞌睡，闭上双眼还是能感觉到落地灯的光线，他没有关灯，从小他睡觉的时候总喜欢在床脚留一盏灯。安娜的房间里又传来声音，这一次他听得很清楚，他赶到卧室。她还是刚才的姿势，头稍稍倒向右边肩膀，一行口水流到了她的下巴上。他走近一看，安娜眼睛睁着，看着衣柜，没有呼吸。

那条青绿色的鱼小心地守护着她。

他们从五金店出发，索菲娅看到伊纳卡萨区的许多房子阳台上摆着一盆盆茉莉，父亲认真开车，开过红色小房子的时候她提出能不能让她来开。他打起转向灯靠边停车，虽然离仓储超市只剩一点点路了。他们换了位置，重新系好安全带，沉默地开到北城墙，索菲娅打开收音机，沿着老城区边缘继续开，到了停靠船只的码头豁然开朗，超市就在海岸警卫队的驻地前面，她突然转弯开往相反的方向，父亲朝后面指了指让她倒回去，她还是朝北边的里瓦贝拉区开，几公里之后他问她要去哪里，她说去妈妈那儿。

父亲不说话了，也不再靠在椅背上，车子来到公墓前的拐角处，开进一条小道，绕着外墙转了一圈，停在一块草地上，她先下车，父亲慢吞吞地下了车，立刻点燃一根烟，他眉头紧皱，笑得迟疑，她明白他不会去了。她朝墓地走去。

从卖花的摊位前走过，来到入口处，她看到一座雷克斯号①船头造型的雕塑，雕塑下是费里尼、玛西纳②和他们的孩子之墓，

---

① 雷克斯号，1932 年交付的一艘意大利轮船，次年打破了客船向西穿越北大西洋最快速度的纪录，并保持了两年。二战开始后仍维持运营，并于战争期间被毁。

② 茱莉艾塔·玛西纳（1921—1994），意大利女演员，曾获 1957 年戛纳电影节的最佳女演员奖。玛西纳与导演费里尼于 1943 年结婚，费里尼去世五个月后，玛西纳死于肺癌。他们唯一的儿子皮耶尔费代里在 1945 年出生，仅 11 天即夭折。

青铜雕塑反射着阳光，她向左转，又走了几步才想起正确的方向。一盏盏蜡烛陪伴她回到母亲身边。

她的坟墓是右边第三个，父亲上次带来的玫瑰花仍然新鲜，她把手从口袋里拿出来，把玫瑰花摆正。她看着母亲的照片，齐肩波浪鬈发，一双害羞的眼睛，照片里她总是有些尴尬，其实她很喜欢拍照。

“我来了妈妈。”

玛格丽塔走进卧室，那张防褥疮护理床和缝纫机都在。“我来了。”她打开衣柜门，一扇，另一扇，那些衣服，所有衣服，她摸着那件花纹衬衫，天气转暖的时候母亲会穿上这件衣服，那是他们所有人的美好季节。

她要花多长时间清空衣柜，把裤子、鞋子和女士套装仔细整理好再放回去，给自己留下点什么？她想告诉母亲，卡洛通过了面试，开始了试用期，而洛伦佐坚信外婆安娜游入了大海；她想告诉母亲，进了家门她总能看到母亲的身影，坐在高脚凳上，站在唱片机旁，把脚架在茶几上，有时她还会和母亲说话。“你好啊。”她轻声说，她在客厅和走廊之间转来转去，到浴室里看一眼纱布和清洗纱布的必需品，她会看着那双曾为母亲擦洗身体的手，她本来可以做得更好，更加细致，更加熟练，不用以咳嗽掩饰干呕，在母亲没有提出要求的时候也陪着她。她还从来没有带母亲旅游过，没有带她去过她的圣彼得堡。

她把衣架上的花纹衬衫褪下来，铺在床上，还有剩下的衣服，一件一件堆起来。轮到那件罩着防尘罩的婚礼披肩。她拉开防尘罩，拿起披肩走到窗边，发现保存得很好，她把披肩反过来，罩在肩上：“一位一九五〇年代自由的新娘，我来了。”

Questo libro è stato tradotto grazie ad un contributo del Ministero degli Affari Esteri e della Cooperazione Internazionale Italiano.
本书翻译得到意大利外交与国际合作部特别经费支持。

图字号:09-2021-803

图书在版编目(CIP)数据

忠诚/(意)马尔科·米西罗利著;邵思宁译. —上海:上海译文出版社,2023.4
ISBN 978-7-5327-9246-7

Ⅰ.①忠… Ⅱ.①马… ②邵… Ⅲ.①长篇小说-意大利-现代 Ⅳ.①I546.45

中国国家版本馆CIP数据核字(2023)第036536号

忠 诚
[意]马尔科·米西罗利 著 邵思宁 译
特约策划/彭伦 责任编辑/黄雅琴 封面设计/李佳
封面摄影 © Zissou/Gallery Stock

上海译文出版社有限公司出版、发行
网址:www.yiwen.com.cn
201101 上海市闵行区号景路159弄B座
苏州市越洋印刷有限公司印刷

开本 889×1194 1/32 印张 8.75 插页 2 字数 137,000
2023年4月第1版 2023年4月第1次印刷
印数:0,001—6,000册

ISBN 978-7-5327-9246-7/I·5760
定价:68.00元